HERBERT BECKMANN

Rumpelstilz

KINDERWAHNSINN Am Fuß des »Vennebergs«, Vennebecks gigantischer ehemaliger Mülldeponie, wird die Leiche von Jenny Stratmann gefunden: einer jungen Frau Ende zwanzig, die es anscheinend darauf anlegte, Vennebecks Eltern in den Wahnsinn zu treiben, indem sie deren Kinder stalkte.

Doch warum?, fragen sich Kommissar Hufeland aus Münster und sein junger Assistent Kevin Kuczmanik. Und welche Rolle spielte Jennys dubioser Freund dabei, der in der Mordnacht ebenfalls in Vennebeck war? Oder der Gynäkologe, zu dessen Patientinnen nicht nur Jenny Stratmann, sondern auch die verängstigten Mütter zählen?

Und was eigentlich ist von den Unkenrufen eines praktischen Arztes zu halten, der die Atom- und Müllwirtschaft für die auffällig hohen Erkrankungs- und Sterberaten in und um Vennebeck verantwortlich macht – bevor er selbst stirbt?

Herbert Beckmann wurde 1960 im westfälischen Ahaus geboren. Heute lebt er mit seiner Familie in Berlin. Er veröffentlichte Sachbücher, dann Erzählungen und Radiogeschichten für Kinder und Erwachsene, zudem zahlreiche Kriminalhörspiele und im Jahr 2007 seinen ersten Kriminalroman.

Bisherige Veröffentlichungen im Gmeiner-Verlag:
Verrohung (2014)
Hühnerhölle (2013)
Die Nacht von Berlin (2011)
Mark Twain unter den Linden (2010)
Die indiskreten Briefe des Giacomo Casanova (2009)

HERBERT BECKMANN

Rumpelstilz

Kriminalroman

GMEINER SPANNUNG

Personen und Handlung sind frei erfunden.
Ähnlichkeiten mit lebenden oder toten Personen
sind rein zufällig und nicht beabsichtigt.

Besuchen Sie uns im Internet:
www.gmeiner-verlag.de

Im Ehnried 5, 88605 Meßkirch
Telefon 07575/2095-0
info@gmeiner-verlag.de

1. Auflage 2015

Lektorat: Claudia Senghaas, Kirchardt
Herstellung: Mirjam Hecht
Umschlaggestaltung: U.O.R.G. Lutz Eberle, Stuttgart
unter Verwendung eines Fotos von: © o-zero/photocase.de
Druck: GGP Media GmbH, Pößneck
Printed in Germany
ISBN 978-3-8392-1661-3

Heute back ich, morgen brau ich,
übermorgen hol ich der Königin ihr Kind;
ach, wie gut, dass niemand weiß,
dass ich Rumpelstilzchen heiß!

Nach den Brüdern Grimm, 1812

1

Sofie stand barfuß auf der lichtgefluteten Terrasse, ihr Smartphone im Anschlag. Sie zupfte ihren Bikiniträger zurecht und blinzelte zu Paulus hinüber.

Okay, der kleine Scheißer war versorgt und würde nicht weglaufen.

Im Sandkasten hinten spielte er mit seinen Förmchen und brummte dabei zufrieden wie ein Kreisel. Hin und wieder stand er auf und wackelte mit seinen nackten dicken Beinchen von links nach rechts oder umgekehrt.

Ein kleiner dicker Brummer mit einem weißen Spiegel hinten, oder wie die Jäger dazu sagten. Mit dreieinhalb, oder was, immer noch eine Windel am Hintern, war das eigentlich normal?

Sofie zuckte die Achseln. Die Wittekinds zahlten nicht schlecht fürs Sitten, einen Zehner die Stunde und hin und wieder noch was oben drauf, der Rest ging sie nichts an.

Und Paulus war voll der Glücksgriff! Immer gut drauf, keiner von diesen ätzenden Quenglern, da konntest du krass in die Scheiße greifen, wenn du Pech hattest. Svenja hatte letztes Jahr ein Lied davon singen können, meine Fresse, muss die kleine Dingsbums, wie hieß sie gleich, nervig gewesen sein. Und ihre Eltern erst, die Große-Aschhoffs aus der Mozartstraße. Große-Arschlochs, wie Svenja immer lästerte. »Mal 'nen Zehner extra von denen zum Geburtstag oder so? Drauf geschissen, von Große-Arschlochs doch nich!«

Fuck, Svenja. Warum ging sie nicht ran? Sie hatten doch vereinbart, zu telen, während sie heute Paulus sitten musste. Svenja konnte da angeblich »was an Land ziehen, und das kannste wörtlich nehmen«, hatte sie heute Vormittag in der Schule verdammt geheimnisvoll getan.

An Land ziehen, ja was denn? Oder wen? Das musste sie jetzt wissen!

Sie drückte wieder Svenjas Nummer, und hey, da war sie ja!

»Svenni, endlich! Ich versuch schon die ganze Zeit, dich …«

»Sorry.« Svenja kicherte. »Du, der Typ hat vorhin wirklich *angerufen*. Stell dir vor, er sagt, er nimmt uns mit rein!«

»Wie jetzt? Welcher Typ?« Und was sollte das heißen, ›er nimmt uns rein‹? Wen? Sie und Svenja?

Sie warf noch einen knappen Blick auf den Brummkreisel drüben im Sandkasten und patschte dann plattfüßig ins Haus, das Smartphone am heiß laufenden Ohr.

»Na, ich hab dir doch von dem Chat erzählt, Sofie, mit *blueboy*, diesem Typen.«

Im Wohnzimmer der Wittekinds war's nicht kühler, nur schattiger.

»Blueboy? Von dem hast du mir nicht erzählt, Svenja!« Sie hatte es bestimmt wieder nur Chantal gesteckt, die lief ihr langsam aber sicher den Rang als beste Freundin ab. Dabei war Chantal voll malle und überhaupt erst vor 'nem Jahr oder so nach Vennebeck gezogen. In ihre Nachbarschaft, ausgerechnet.

Aber Svenjas Laune war im Augenblick unerschütterlich. Sie gackerte in einem fort, während sie redete. »Jedenfalls, er ist eigentlich schon ein bisschen älter, blueboy, Mitte zwanzig, keine Ahnung. Jedenfalls nicht fünfzehn, wie er ganz am Anfang mal gesagt hat.« Sie kicherte wieder.

»Und was will er von dir?«

»Er macht Fotos. Und jetzt halt dich fest: Er ist auf der Suche nach neuen *Models*! Voll cool, oder?«

»Hm.« Sofie merkte, wie ihr der Neid den Rücken hochkroch. »Isser Fotograf oder was?«

»Ja! Beim Chat hat er mich gefragt, ob ich ihm nicht mal zur Probe ein paar Fotos von mir schicken könnte. Von mir und Chantal.«

»Wieso *Chantal*?«

»Na, weil Chantal dabei war, als ich mit ihm gechattet habe. Egal jetzt, schon 'ne Weile her.«

Egal? Ganz und gar nicht. Nicht für Sofie. Ihre beste Freundin Svenja hatte also mit dieser eingebildeten Schnepfe Chantal gemeinsam gechattet. Mit einem Fotografen. Vor einer ganzen Weile schon. Ohne dass *sie* davon einen Ton erfahren hätte. Na toll.

»Und warum will er Fotos von euch?«

»Na, weil er doch für die *Landlove*, das Portal, du weißt schon, weil er doch für die den Online-Kalender macht. Den *Landlove*-Kalender.«

Sofie hatte keinen Schimmer, was das *Landlove* für ein Portal war. Aber das gab sie jetzt besser nicht zu, sonst hielt Svenja sie noch für ein Landei, das von Tuten und Blasen keine Ahnung hatte.

»Und habt ihr ihm Fotos von euch geschickt?«

Svenja lachte grunzend. »Erst mal mussten wir ja welche von uns *machen*! Wir hatten doch keine.«

»Hä? Wieso?« Jeder hatte doch Fotos von sich. Hunderte. Tausende. Bei Facebook und überall.

Svenja grunzte wieder. »Weil er doch ...«, sie senkte plötzlich die Stimme, »weil er doch Nacktfotos von uns braucht. Er sagt immer Akt, weißte, weil das ist Kunst, was er da macht.«

»Ach, sagt er das, euer cooler Fotoheini!« Bei Sofie brannten plötzlich alle Sicherungen durch. »Kapierst du gar nicht, dass der euch verarscht, Svenja? Dich und deine Supi-Tupi-Chantal? Das issn Perverser, der sich bloß mit euch verabreden will und dann …«

»He, Sofie, was solln das?« Svenjas Stimme klang plötzlich scharf und hart. »Ich dachte, du wärst meine Freundin und freust dich für mich. Außerdem weiß der Typ nicht mal, wie wir heißen, der kennt bloß unsere Chatnamen.«

»Und deine Handynummer! Oder? Sonst hätte er dich ja wohl kaum anrufen können.«

»Stopp mal, ja! Wer bist du, die Polizei oder was? Bleib mal cool.«

Sofie brannte das Ohr, mit dem sie den Hörer hielt. Nicht wegen der Hitze. Sondern weil sie sich mit einem Mal rechthaberisch und altbacken und unglaublich langweilig in Svenjas Augen vorkam. Scheiße. Voll peinlich jetzt.

Ihr Gespräch hatte sich, sie wusste selbst nicht wie, in eine quälende Sackgasse manövriert. Daran war nur diese blöde Chantal schuld. Wenn die dumme Nuss nicht wäre …

Sie hörte Svenja in den Hörer schnaufen. Genervt. Sie kannte das von ihr. Danach folgte meist die Höchststrafe. Kontaktabbruch. »Weißt du was, Sofie, wir telen ein andermal. Ciao.«

Svenja war weg. Und sie hatte plötzlich das Gefühl, dass das für immer galt. Das Smartphone wog auf einmal tonnenschwer in ihrer Faust und zog den Arm unwiderstehlich nach unten. Sie schluckte, atmete einmal durch und drehte sich dann um, auf kalten feuchten Füßen.

Sie wandte sich der offenen Terrassentür zu und näherte sich ihr langsam. Sie betrat mit den nackten Füßen die warmen hellgrauen Platten der Terrasse, den Kopf gesenkt, nachdenklich. Sie fühlte sich todunglücklich, beschämt und verstoßen.

Dann blickte sie auf. Das grelle Nachmittagslicht, der wolkenlose Himmel, der grüne, gepflegte Rasen, der Sandkasten.

Sandkasten, Rasen … Scheiße, wo war Paulus?

Unter dem blöden blauen Himmel, im krassgrellen Licht war nichts von dem Kleinen zu sehen.

Ihr Herz begann zu hämmern. »Paulus?«

Sie lief hinaus auf den Rasen. Sinnlos, weil sie doch das ganze Grundstück hinterm Haus mit einem Blick erfassen konnte.

Im Sandkasten lagen seine bunten Förmchen, Seeigel, Muschel, Fisch und so weiter.

Kein Paulus.

Sie blickte sich panisch um. Versuchte sich dann zu beruhigen. Er konnte unmöglich fort sein, ohne fremde Hilfe weg vom Grundstück, das zu den Nachbarn hin umgeben war von der hüfthohen Mauer aus roten Klinkersteinen. Und auf der anderen Seite des Hauses, zur Straßenfront hin, hätte er sich durch das Dickicht von Anlagen und stacheligen Sträuchern kämpfen müssen. Unmöglich. Und warum hätte er das überhaupt tun wollen?

Aber wenn doch? Warum auch immer?

Die Straße. Scheiße.

Sie rannte los, mitten durch die Sträucher neben dem Haus, deren Stachel ihr gleich überall bös die Haut ritzten, da sie ja nur den Bikini trug.

»Paulus!« Sie rannte und keuchte. »Paulus, wo bist du?«

Auf der Straße jedenfalls nicht. Die zum Glück vollkommen unbelebt und nicht befahren war, eine schmale Gasse am Rande des Wohngebiets. Die Leute hockten in ihren Häusern, Autos standen in den offenen Garagen.

Aber wo war Paulus?

»Paulus!«

Verdammt noch mal. Sie fing beinahe schon an zu heulen vor Angst um den Hosenscheißer, den man ihr anvertraut hatte. Einen Zehner die Stunde, drauf geschissen jetzt!

»Paulus!«

Sie lief panisch weiter die Straße entlang.

»Paulus, wo bist du?«

Das gab's doch gar nicht!

2

Polizeiobermeister Jochen Wagner liebte es nicht, nach fünf am Nachmittag noch Meldungen reinzubekommen. So wie in diesem Moment, wo der Pieper in seinem Dienstwagen plötzlich Laut gab.

In den seltensten Fällen hielten sich die Folgen solcher Meldungen an die Kerndienstzeit von nine to five. Nicht, dass die für ihn als Örtlichen verbindlich galt, aber doch für die Normalsterblichen auf der Welt. Und er war nicht Beamter geworden, um es schlechter zu haben als andere in Vennebeck, vom Rest der Menschheit ganz zu schweigen.

Dabei nahm er seinen Job ernst, an manchen Tagen, heute zum Beispiel, betrachtete er ihn geradezu als Mission. Er hatte seinen Dienstwagen auf dem Parkplatz der Sparkasse abgestellt, lehnte lässig am Kotflügel, rauchte und wartete, wartete und rauchte. Das heißt, eigentlich beobachtete er (und rauchte). Seit zwei Stunden ließ er den kleinen, von Hecken gesäumten Fußweg nicht aus den Augen, der Vennebecks Ringstraße mit dem Zentrum verband, wenn man darunter das Backstein-Ensemble aus Kirche, Pfarrhaus, alten (innen runderneuerten) Kneipen, Geschäften und Wohnhäusern verstand.

Nur die Tankstelle passte nicht wirklich ins Bild. Aber ausgerechnet sie war's, die den ganzen Ärger erst auslöste. Immer wieder missbrauchten Rowdies, jugendliche Vandalen, den Fußweg als Abkürzung, um auf ihren Motorrädern oder Mofas mit achtzig Sachen direkt auf die Tankstelle zuzurasen. Wer das Pech hatte, ihnen auf der Strecke als Fußgänger zu begegnen, wurde gnadenlos in die Hecken gefegt.

Beinahe jeden Tag durfte er sich die Klagen von Passanten und Anwohnern anhören und die Forderung, er müsse dem Treiben endlich ein Ende setzen.

Aber Kunststück, er war ja nie dabei, wenn das passierte! Weil er den Fußweg nicht benutzte, weder privat noch dienstlich (Dienstwagen). Und die Leute, die sich bei ihm beschwerten, konnten niemals sagen, wer die Raser waren, weil sie Helm trugen – wahrscheinlich nur auf dieser Strecke, für den Fall, dass sie doch mal unsanft mit einem Fußgänger zusammenstießen.

Herrgott, das Diensttelefon im Wagen maulte immer noch. Er schnippte die Zigarette fort, löste sich etwas hüftsteif vom Kotflügel und widmete sich nun doch schweren

Herzens, nichts Gutes ahnend (nämlich einen verdorbenen Feierabend) dem Anruf.

»Polizeiobermeister Wagner, örtliche Polizeistation Venneb…«

Die Kollegin unterbrach ihn rüde. Wo er denn stecke? Warum er nicht an sein Diensttelefon gehe? Sie versuche seit fünf Minuten, eine dringende Suchmeldung an ihn weiterzuleiten!

»Suchmeldung? Für Suchmeldungen bin ich nicht zuständig«, konterte er ungerührt. »Bin hier mitten in einem Einsatz.« Durchs Seitenfenster versuchte er, den Fußweg im Blick zu behalten, doch gerade jetzt setzte jemand seinen schwarzen Benz ins Sichtfeld. Scheiße auch.

Er stieg aus, behielt den Hörer am Ohr. Der Benz-Fahrer stieg ebenfalls aus. Ein Ortsfremder. Typisch.

»He, fahren Sie mal bitte Ihren Wagen da weg, ja!«

Der Mann, Ende vierzig, Halbglatze, Vollwampe, das Übliche, setzte ein verdutztes Gesicht auf. »Was, wegfahren? Warum denn? Das ist hier doch ein Parkplatz, oder nicht? Ich will Geld abheben.«

»Mir egal, wo Sie Ihr Geld abheben. Sie sollen bloß …«

»Wagner? Alles klar bei Ihnen?«, meldete sich die Kollegin. Blöde Frage, auf so was antwortete er gar nicht erst. Er schenkte lieber dem renitenten Parker noch einen extrascharfen Blick über seine spitze Nase hinweg und belehrte ihn: »Wo Sie parken, ist im Moment nicht Parkplatz, sondern Einsatzgebiet.«

»Wie bitte: Einsatzgebiet?« Der Mann verzog das Gesicht, als würde ihm jemand die Ohren langziehen. Dabei waren die schon lang genug. Hasenohren.

»Einsatz, genau. Und jetzt *bitte*, ja!« Wagner winkte ihm unmissverständlich mit der flachen Hand, dass sein

Benz zu verschwinden habe und er gleich dazu, mit seinen Hasenohren.

Der Mann stieg zerknirscht in seinen Wagen und setzte ihn um.

Na also, nun war die Sicht wieder frei.

»Sagen Sie, Kollege, was *machen* Sie da? Wir haben hier einen Notruf, und Sie … Sie brüllen mir was von Einsatzgebiet und Parkplatz ins Ohr. – Geht's noch?«

Wagner blieb ganz ruhig. Die Stimme der Kollegin hörte sich ziemlich jung an, mit Sicherheit eine Fehlbesetzung für die Notrufzentrale. Er dagegen hatte ein paar Jahrzehnte Dienst auf seinem Buckel, aber noch kein bisschen Moos angesetzt.

»Okay, worum geht's denn eigentlich?«

Sie erklärte es ihm. Und dass sie inzwischen, da er offenbar Phantomeinsätze vor Ort durchführe, einen Einsatztrupp sowie Unterstützung von der Kripo Münster angefordert habe, um nach dem verschwundenen Kind in Vennebeck zu suchen.

»Phantomeinsätze?« Er drückte sie entrüstet weg. Suchtrupp, Kripo, so ein Quatsch. Wenn er sie richtig verstanden hatte, war bloß ein Dreijähriger vom Spielplatz verschwunden, der Kleine von Wittekinds in der Siedlung drüben. Erst vor ein paar Minuten ausgebüxt. Na, der dürfte wohl kaum in der Zwischenzeit gefressen worden sein.

Er ließ sich in sein Auto fallen, startete den Motor und donnerte zum Ausgang des kleinen Parkplatzes, vorbei an Hasenohr, dem staunenden Falschparker, der auf dem Weg zum Sparkasseneingang den Mund vor lauter Schaum gar nicht mehr zu bekam.

Er lachte, fuhr die Ringstraße in westlicher Richtung und warf noch einen letzten schadenfrohen Blick in den

Rückspiegel. Da sah er, wie zwei schwarz behelmte Motorradfahrer – nebeneinander! – mit einem Affenzahn von der Straße in den Fußweg bretterten, den er die ganze Zeit beobachtet hatte. Es sah aus wie eine Szene bei James Bond.

Jetzt lachte er nicht mehr, denn zum Umkehren war's zu spät. Hatte er doch gleich gewusst, dass die späte Meldung nichts als Ärger bringen würde!

3

Die Bedingungen waren ideal für so ein Video, fand Kevin Kuczmanik. Ein strahlender himmelblauer Sommernachmittag, ein Dutzend gut gelaunter junger Leute vor einer idyllischen weiß-schwarzen Fachwerkfassade, und mitten unter ihnen: er. Im Erdbeerkostüm!

An seiner Seite Melanie. Als Möhre.

Er hatte heute seinen freien Nachmittag (Überstundenausgleich) und war froh, dass er den Rest der Truppe, alles gute Freunde aus Kinderhaus und Umgebung, davon hatte überzeugen können, dass es keinen besseren Ort für ein Happy-Video geben konnte als das Lepramuseum mit seiner typisch westfälischen Fachwerkfassade. Joost, mit dem er Tür an Tür in Kinderhaus-West wohnte, war sich zwar nicht sicher, ob Fachwerk wirklich typisch westfälisch war. Schon gar nicht typisch für Kinderhaus. Aber egal. Was alle überzeugte, war Kevins Argument: »Es soll aber doch *happy* rüberkommen, oder nicht?« Und das traf auf die schicke Fassade des Lepramuseums mit Sicherheit zu. Und dass es das Lepramuseum *war*, musste man ja nicht gleich dazu sagen.

Kevin hatte sogar einen Vergleich gewagt, der für manche zwar nicht ganz nahe lag, aber trotzdem ankam: »Irgendwie«, hatte er gesagt, »ist es doch mit ganz Kinderhaus so: Der Ruf ist so na ja. Aber in Wirklichkeit ist es voll schön hier!«

Die Idee mit dem Happy-Video hatte ursprünglich Melanie, seine Freundin, gehabt. Sie tanzte, als Ausgleich zu ihrem Job als Krankenschwester, in einer Dancefloor-Group – was auch immer das sein mochte, es schien ihr Spaß zu machen. Und nachdem kürzlich ein Happy-Video über die Altstadt von Münster ins Netz gestellt worden war, das schon achtzig oder hundertachtzigtausend Mal angeklickt worden war, fand Melanie, dass es Zeit wäre, auch Kinderhaus mit ein wenig mehr Weltaufmerksamkeit zu beglücken.

Melanie wohnte zwar nicht in Kinderhaus, sondern in Sentrup, Nähe Allwetterzoo, aber sie hatte es mit der Gerechtigkeit, wie Kevin wusste, überall auf der Welt, genauso wie er. Wie es überhaupt die gemeinsamen Ansichten und Interessen waren, die sie verbanden, vor allem aber ein gemeinsames *Des*interesse: das an Sex.

Kevin hatte mal versucht, es seinem Nachbarn Joost zu erklären, der von sich selbst immer sagte, er sei sexbesessen, er könnte jede Stunde, wenn er könnte.

»Schau mich an, Joost. Ich sehe aus wie ein Sumoringer.«

»Wie ein *kleiner* Sumoringer«, verbesserte ihn Joost. »Ein Zwergsumo quasi.«

Kevin schluckte das, wie er es sein Leben lang geschluckt hatte, dass sie ihn neben seinem Körperumfang auch mit seiner (fehlenden) Körpergröße aufzogen. »Gut, dann eben wie ein kleiner Sumoringer. Aber Melanie, du kennst sie, sie ist rank und schlank wie, weiß ich nicht …«

»Wie ein Dildo?«, schlug Joost vor.

Es fiel Kevin schon schwerer, das nun auch noch zu schlucken, aber er tat's. »Jedenfalls«, sagte er, »keiner, der uns nicht kennt, käme doch auf die Idee, dass wir beide zusammen wären.«

»*Wir beide*? Willst du mich jetzt verarschen, Kev?«

»Nicht wir beide, Joost, sondern Melanie und ich natürlich!«

»Mann, Kevin, war 'n Witz, hehe.«

»Okay. Gut. Trotzdem, Joost, daran, dass Melanie und ich zusammen sind, kannst du sehen, wie stark einen das zusammenschweißt, wenn man *zusammen* keinen Bock auf Sex hat. Alles klar?«

Joost hatte zwar nicht den Eindruck gemacht, im Bilde zu sein. Aber das galt ja auch für vieles anderes, was ihm durch den Kopf ging, ohne Spuren in seinem Kampfsporttrainer-Gehirn zu hinterlassen.

Das war sicher auch der Grund, warum Joost sich heute dafür entschieden hatte, für das Happy-Video einen knallroten Skianzug zu tragen. Und sich zu wundern, dass keiner ihn als das erkannte, was er nun wirklich nicht war: »Ich bin ein Dildo, Mann!«

Die Idee, sich wie zum Karneval zu verkleiden, stammte ebenfalls von Melanie. Ein Happy-Kostüm sollte es sein, damit auch gleich jeder sah, wie sie sich fühlten. »Im Netz musst du für Aufmerksamkeit sorgen, schrill sein und so«, wusste Melanie die anderen zu überzeugen. Und Kinderhaus-TV kriegte sie ebenso ins Boot, der lokale Sender stellte das Equipment.

Sie hatten soeben ein paar Probeaufnahmen gemacht, und Kevin hatte sich eigentlich ganz wohl gefühlt in seinem weit ausladenden plüschigen Erdbeerkostüm, das eine Freundin von Melanie, Babs, für ihn geschneidert hatte, da klingelte sein Diensthandy. Als Jungbulle, wie Joost immer sagte, also als junger Kripobeamter, war er verpflichtet, es immer griffbereit zu haben. Bloß im Moment war es tief vergraben in einer Reißverschlusstasche auf der rechten Erdbeerarschseite.

Er hoppelte so happy wie irgend möglich aus dem Bild (bekam sogar Szenenapplaus von einigen Passanten) und zerrte das Telefon heraus.

Die Kollegin Koppelmann von der Einsatzzentrale bellte in den Hörer, kaum dass er sich hatte melden können: »Abmarsch nach Vennebeck, Kevin. Da ist Not am Mann. Kind verschwunden. Suchtrupp schon unterwegs.«

Ach, du … Vennebeck, das war nun wirklich am Arsch der Welt, knapp vor der holländischen Grenze.

»Wenn der Trupp schon unterwegs ist, wieso soll ich dann auch noch …?«, beschwerte er sich.

Die Koppelmann stöhnte genervt auf. »Weil, Kevin, jemand von der Kripo nun mal dabei sein sollte. So früh wie möglich. Falls wirklich was passiert ist. Und du stehst auf meiner Liste ganz oben für die Bereitschaft. Alles klar? – Außerdem stimmt anscheinend irgendwas mit dem Örtlichen dort nicht«, fügte sie trocken hinzu.

»Mit Wagner? Das kannst du laut sagen.« Er kannte ihn noch von seinem letzten Einsatz dort vor knapp zwei Jahren. Als sie den Mord am örtlichen Hühnerbaron aufgeklärt hatten, er und Hufeland, sein Vorgesetzter.

»Also gut, mach dich auf die Socken, Kevin.« Sie gab ihm noch die genaue Adresse durch und war weg.

Er warf der unterdessen immer fröhlicher und freier tanzenden Truppe einen sehnsüchtigen Blick zu und winkte dann mit einem süßsauren Gesichtsausdruck Melanie zum Abschied, sein Diensthandy in der erhobenen Faust. Melanie winkte zurück und lachte herzerfrischend. Schließlich lief die Aufnahme noch.

4

Da musste erst die eigene Mutter sterben, damit man als Kriminalbeamter mal einen Tag Ruhe vor der Polizeiarbeit hatte.

Hufeland dachte darüber nach, während er ein letztes Stück Beerdigungskuchen (Butterstreusel) aß und einen angemessen bitteren Schluck schwarzen Kaffee dazu trank. Heute hatten sie seine Mutter beerdigt, er und sein Bruder Bernd. Zusammen mit der kleinen Trauergemeinde, die es bis zum Friedhof nach Hamm-Uebel geschafft hatte.

Jahrzehntelang hatte seine Mutter in Münster, Herz-Jesu-Viertel, gelebt, zuletzt im kirchlichen Altersheim. Aber begraben werden wollte sie, wo sie vor zweiundneunzig Jahren geboren worden war, in Hamm-Uebel. Hufeland, gebürtiger Münsteraner und bis heute hartnäckig dort lebend, war selbst nie in Uebel, dem Geburtsort seiner Mutter, gewesen, infolgedessen gab es für ihn dort nichts wiederzuerkennen.

Für Bernd, seinen zwei Jahre älteren Bruder, galt das Gleiche.

»Nicht übel in Uebel«, versuchte sich Bernd an einem, wie Hufeland fand, verdammt mauen Wortspiel.

Hufeland zuckte lustlos die Achseln. In seinen Augen unterschied sich Hamm-Uebel in keiner Weise von anderen Hammer Stadtteilen, die er inzwischen gesehen hatte; sie alle waren kleine bis mittlere Ortschaften, die im Verbund aus dem kleinstädtischen Hamm eine Großstadt machten, deren Umfang dem von Luxemburg kaum nachstehen dürfte.

Hufeland hatte seit Jahrzehnten nur noch sporadisch Kontakt zu seinem Bruder gehabt, und jetzt, da sie gemeinsam die Beerdigung »durchziehen« mussten, wie Bernd es ausdrückte, stellte er fest, dass sich an dessen fatalem Hang zum Kalauern und Schwadronieren nichts geändert hatte.

Das strahlende Sommerwetter fand Bernd »einen schönen Tag zum Beerdigtwerden«, den jungen katholischen Pfarrer »einen Sunnyboy, viel zu gut aussehend für eine Trauerfeier«. Die alte Backsteingotik-Kirche war seiner Ansicht nach »nicht von Pappe«, von dem Sarg aus Eiche glaubte er: »Hält ’ne Weile. Gott sei Dank.«

Hufeland fand, wenn er an seine eigene Beerdigung (irgendwann) dachte, einen anderen Sarg sympathischer. Er hatte mit Bernd nach dem Tod ihrer Mutter im Beerdigungsinstitut einen kleinen Rundgang durch das Angebot der in Reihen aufgestellten Särge unternommen und ein schlankes, leichtes Exemplar aus geflochtenem Schilf entdeckt. Er hatte sich sogar probeweise hineingelegt, leider war der Sarg (niederländischer Herkunft nach indonesischer Bauweise) zu kurz für sein Zweimetergardemaß, seine Füße ragten weit hinaus.

»Der Sarg steht dir«, fand Bernd. »Echt süß, wie du darin liegst, Felix. Die Beine hack ich dir dann ab, wenn's so weit ist. Aber ich leg sie mit rein, versprochen.«

Bernd ging also wie selbstverständlich davon aus, dass er ihn überlebte, sehr aufschlussreich. Aber er sah ja auch wirklich gut aus, der Herr Bauunternehmer aus Dortmund, rund und gesund.

Er dagegen, Hufeland, fühlte sich schon seit einigen Jahren wie ein Wrack. Damals, in diesem verfluchten Vennebeck, hatte das angefangen, erinnerte er sich. Vor zwei Jahren hatte er zum ersten Mal diese fiesen Schmerzattacken im Damm zwischen den Beinen erlitten, er war regelrecht zusammengebrochen! Seitdem war er nicht mehr derselbe wie früher. Ständig kamen neue Malaisen hinzu, mal war's der Steiß, der stach, mal die Leiste, die ziepte, dann wieder der Kopf (die Stirnhöhlen pochten), und immer wieder meldeten sich auch die alten Bekannten aus der Dammregion zurück, damit Hufeland seine Beschwerden auch ja nicht vergaß.

Ironischerweise saß er nun beim abschließenden Leichenschmaus, in der Gastwirtschaft gleich neben dem Friedhof, einem Arzt gegenüber, der in Vennebeck lebte und seit Jahrzehnten dort praktizierte.

»Als ganz normaler Wald- und Wiesenarzt, wissen Sie«, erklärte Doktor Nönning.

»Ganz normal sah der aber nicht aus«, bemerkte Bernd, der mit einem Ohr zugehört hatte, später. »Eher so, als bräuchte er selbst einen Arzt.«

In diesem Fall traf es das einigermaßen. Doktor Nönning, er mochte bereits Mitte sechzig sein, war ein spindeldürres kleines Männchen mit einem aschgrauen eingefallenen Gesicht und gespenstisch großen schwarzen

Augen, mit denen sich wohl auch böse Geister vertreiben ließen. Wenn Nönning nicht selbst einer war. Im Grunde war er nicht direkt ein Trauergast, er hatte sich nur die Zeit genommen, seine hochbetagte Mutter zu fahren, die eine der besten und letzten Freundinnen von Thekla Hufeland gewesen war. Die alte Dame saß wie betäubt (vielleicht war sie es) neben ihrem Sohn und starrte traurig einen Kaffeefleck auf der ansonsten blütenweißen gestärkten Tischdecke an.

»Stolzes Alter, das Ihre Mutter da erreicht hat, Herr Hufeland. Zweiundneunzig Jahre, so alt werden mancherorts nicht mehr viele Menschen«, unkte der Arzt nachdenklich und nippte dann vorsichtig an seinem Milchkaffee.

Felix Hufeland stutzte. »Mancherorts? Wie meinen Sie das? Ich denke, die Menschen werden heutzutage immer älter! Statistisch gesehen.«

Der Doktor lachte plötzlich auf.

»Wenn der lacht, sieht er aus wie ein Kadaver, der noch zuckt. Aber nur wegen der Würmer, die schon in der Nase aasen«, war Bernds spätere Anmerkung dazu.

»Entschuldigung, Kommissar«, sagte Nönning. »Ich spreche von meinen Patienten in Vennebeck. *Die* werden in Zukunft nicht mehr sehr alt werden, meinte ich.«

Das interessierte Hufeland jetzt wirklich. »Wieso das, Doktor? Was ist so besonders an Ihren Patienten in Vennebeck?«

»An meinen Patienten ist nichts Besonderes. Aber an Vennebeck!«

»Was ist denn mit Vennebeck? Sie meinen die Probleme wegen der Hühnermastanlage dort? Den Gestank, die Abfälle und all das?«

»Ach nein, die Hühnermast ist doch längst pleitegegangen. Die neue Geschäftsführerin, die notgedrungen für ihren inhaftierten Mann den Mastbetrieb führen musste, hat sich da wohl verkalkuliert. Hat noch auf Huhn gesetzt, als die Zeichen in Brüssel längst auf Schwein standen, oder was weiß ich. Nein, nein, das ist es nicht.«

Nönning schob seinen Totenkopf leicht vor und blickte Hufeland verwundert an. »In Vennebeck wird überdurchschnittlich häufig gestorben. Seit Jahren führe ich Statistik darüber. Aber glauben Sie nicht, dass die Behörden sich dafür interessieren, im Gegenteil.«

»Erhöhte Sterberaten? Wieso das?«

»Müll.«

»Müll?«

»Jawohl. Aber kein gewöhnlicher Müll.«

»Verstehe ich nicht.«

»Vergegenwärtigen Sie sich doch Vennebecks Lage, Herr Hufeland. Exakt auf halber Strecke zwischen Dinkel und Bahnhausen.«

Hufeland runzelte die Stirn, er wusste, wo Vennebeck lag, dazu brauchte er keine Nachhilfe von diesem verschrobenen Doktor.

Glücklicherweise insistierte Nönning auch nicht weiter, er blickte bekümmert seine Mutter an und bemerkte, dass sie noch immer den Kaffeefleck auf der Tischdecke hypnotisierte. »Mama, ich glaube, wir fahren nach Hause«, sagte er.

Dann aber wandte er sich noch einmal an Hufeland. »Fahren Sie einfach mal wieder hin, schauen Sie sich um in Vennebeck. Und besuchen Sie mich in meiner Praxis. Dann zeige ich Ihnen meine Statistik. Sie werden sich wundern.«

»Danke, mach ich gern«, log Hufeland. Und dachte: Nach Vennebeck? Nie wieder. Nicht, wenn sich's vermeiden lässt.

5

Wagner bog von der Niederländischen Straße in den Wirtschaftsweg ein, der einen knappen Kilometer hinter der Dorfgrenze schnurgerade zur alten Deponie führte.

Eine Leiche am Venneberg! Wenn das ein Scherz war, würde es bald wirklich einen Toten geben, und zwar den Arbeiter der AbEG, der seinen Chef alarmiert hatte, damit der die Polizei verständigte. Und in Vennebeck hieß das: Er, POM Wagner, wurde aus dem Bett geklingelt, um sechs Uhr morgens.

Sein Dienstwagen glitt auf dem breiten asphaltierten Weg zwischen den feucht glänzenden Weiden auf den Müllberg zu, der sich in der flachen Landschaft wie ein gigantischer Wal erhob. Oben auf dem Kamm stand ein gelbes Raupenfahrzeug, aus der Distanz sah es aus wie ein Spielzeug, das ein Kind vergessen hatte.

Was war eigentlich los, schoss es ihm ärgerlich durch den Kopf, während die grasbewachsene Front des Vennebergs immer näher rückte. Erst gestern Nachmittag der Alarm, der ihm den Zugriff auf zwei junge Verkehrsrowdies vermasselt hatte. Hatte er doch gleich gewusst, dass es sich nur um eine Lappalie handeln konnte. Suchmeldung,

Kind verschwunden, der kleine Paulus Wittekind, dass er nicht lachte! Nachdem er zusammen mit dem aufgelösten Babysitter – und selbstverständlich noch vor dem angeblich alarmierten Suchtrupp – die Sträßchen der kleinen Neubausiedlung gescannt hatte, kam plötzlich der Vater des Kleinen in seinem Auto angefahren und sagte, Nachbarn hätten ihn angerufen, Paulus sei wohl von zu Hause ausgebüxt und habe der kleinen Nachbarstochter, die er aus dem Kindergarten kennt, einen Besuch abgestattet.

Na toll.

Nicht, dass er sich gewünscht hätte, der kleine Ausreißer wäre in irgendeinen Graben gefallen oder so was, damit sich der Einsatz gelohnt hätte. Aber sein Zugriff (die Rowdies) war trotzdem im Eimer gewesen. Na, er hatte es sich nicht nehmen lassen, der jungen Tusse in der Notrufzentrale seine Meinung zu geigen. Bis ihm aufgegangen war, dass es nicht dieselbe war, die ihn alarmiert hatte. Wenigstens konnte dem Suchtrupp und dem Vertreter der Kripo, der ebenfalls schon unterwegs war, noch Bescheid gesagt werden, sodass er auf halber Strecke kehrtmachen konnte.

Here we are, er hielt auf dem kleinen Parkplatz vor den niedrigen Gebäuden der Sickerwasseranlage am Fuß der Deponie. Gleich neben einem blaugelben Geländewagen der AbEG.

Darin saß ein knapp sechzigjähriger Mann, er kannte ihn nicht, mit kalkbleichem Gesicht hinter dem Steuer.

Er stieg aus und stiefelte auf ihn zu. Die Tür an der Fahrerseite wurde enervierend langsam wie von Geisterhand geöffnet. Doch der Fahrer stieg nicht aus.

»Gut, dass Sie kommen«, sagte der Mann, dessen Gesicht im fahlen Morgenlicht graugrünlich schimmerte.

»Sind Sie das, der eine Leiche gefunden haben will? Hier am Venneberg?«

Der Mann nickte schwach und wies mit der Hand unbestimmt zum Venneberg hin. »Rechts den Fahrweg entlang, dort hinten liegt sie. Eine Frau. Mit roten Haaren. Und …«

Wagner unterbrach ihn. »Und Sie glauben wirklich, die Frau ist tot?«

Der Mann blickte zu ihm auf. »Und ob die tot ist! Die Haare voller Blut, und der Kopf …«

Sein Gesicht veränderte sich seltsam, es begann zu zucken und verfärbte sich noch gräulicher. Plötzlich beugte er sich weit vor und erbrach sich. Etwa die Hälfte der Ladung landete auf dem Boden, die andere Hälfte auf POM Wagners bis dahin noch blank polierten schwarzen Schuhen.

Er hielt die Luft an. Nicht nur, weil er wütend war, sondern auch weil das anverdaute Frühstück dieses Herrn so scharf säuerlich roch, dass er selbst kaum an sich halten konnte. Was hatte der Mann heute Morgen bloß gegessen, verflucht?

Er ging angewidert und fluchend hinüber zu seinem Dienstwagen, um die Papierrolle herauszuholen, die er als Serviettenspender für die mobile Frühstücks- und Mittagspause immer dabei hatte.

Wenn jetzt drüben am Venneberg nicht wirklich eine Frauenleiche lag, war der Tag schon im Eimer, ehe er begonnen hatte, das stand mal fest!

6

Der Anruf aus der Einsatzzentrale erreichte ihn im Hotel um kurz vor halb sieben.

Er war erst um zwei heute früh ins Bett gekommen, nachdem er mit Bernd zusammen den Kummer über den Tod ihrer Mutter zu betäuben versucht hatte. Per SOS-Technik: drei Kurze (Schnaps), drei Lange (Bier), drei Kurze. Oftmals wiederholt, damit es auch wirkte.

Es wirkte. Aber mit dem gegenteiligen Effekt. Er war immer trauriger geworden, wenn er an die letzten Jahre dachte, die seine Mutter im Altersheim verbracht hatte, dement und gehbehindert.

Bernd hatte ihn damit trösten wollen, dass »die Alte doch eigentlich immer eine böse Hexe« gewesen sei, die »garantiert noch ein paar Jahrhunderte in der Hölle schmoren« müsse, weil sie bei der Letzten Ölung ihre Untaten sicher vergessen hätte, »geistig weggetreten, wie die war.«

Hufeland hätte ihm beinahe eine runtergehauen, war aber zu betrunken und hatte stattdessen ein Taxi rufen lassen, das ihn ins Hotel gefahren hatte.

Irgendeine neue, junge weibliche Stimme – sie wurden immer jünger, wie die Nachrichtensprecherinnen im Fernsehen – beorderte ihn jetzt nach Vennebeck.

»Was? *Wohin?*« Er glaubte, nicht recht gehört zu haben. »Nach *Vennebeck*?«

»Ja, zumindest gleich dahinter, Richtung Holland.«

Sinnigerweise hieß die Straße Niederländische.

»Auf der rechten Seite. Sie sehen's dann schon. Die Kollegen dürften ja schon vor Ort sein, wenn Sie kommen.«

»Das will ich doch schwer hoffen«, knurrte er. »Und der Grund?«

»Wie?«

»Herrgott, was ist passiert in Vennebeck, verdammt?«

Vier, fünf Sekunden Stille in der Leitung. Wahrscheinlich hatte man ihr gesteckt, dass man so mit ihm verfahren müsse, wenn er mal wieder seinen cholerischen Tag hatte. Aber er *hatte* nicht seinen Cholerischen! Seine Mutter hatte er gestern beerdigt, verflucht noch mal, da durfte man doch mal aus der Haut fahren, wenn …

»Unbekannte Frauenleiche. Circa dreißig Jahre alt. Gewalteinwirkung auf den Kopf, wie's aussieht.«

Sie hatte es ganz ruhig gesagt, es klang wie bei den Verkehrsnachrichten.

Er schwang sich mühsam aus dem Bett und merkte, dass er nackt war. Er kratzte sich am Bauch. Und tiefer.

Die Gardinen und Vorhänge waren vorgezogen, aber an den Seiten fielen fahle Lichtkeile ins Zimmer. »Haben Sie eigentlich eine Ahnung, wo ich hier bin, Kollegin?«

»Hamm-Uebel. Ist jedenfalls meine Info.«

»Danke. Jetzt fällt's mir wieder ein.«

Er hatte natürlich auf die momentane Entfernung zu Vennebeck angespielt. »Habt ihr keinen anderen als mich?«

»Sie stehen auf meiner Liste, Herr Hufeland. Sie und Ihr Kollege, Kommissaranwärter Kuczmanik.«

»Kevin, jaja.«

Er legte auf und trat an die Fensterfront des Zimmers, zog Vorhänge und Gardinen zur Seite, öffnete die Schiebetür und trat hinaus.

Seine großen weißen Zehen berührten den kühlen Betonboden des Balkons mit der niederen Brüstung.

Das Hotel, ein flaches, weitläufiges Gebäudeensemble aus grauem Beton, war umgeben von einer künstlichen Wasserlandschaft. Hauchdünne Nebelschwaden waberten darüber hinweg wie Geister. Und ehe er es sich versah, hatten sich Heerscharen von Mücken auf ihn gestürzt, um ihn auszusaugen.

»Verflucht!« Er schlug sie wütend fort und flüchtete vor einem neuen Angriff Hals über Kopf zurück ins Zimmer.

Er marschierte hastig ins Bad und nahm eine eiskalte Dusche. Im Licht der Spiegelleuchte untersuchte er sich. Stiche am ganzen Körper, darunter zwei in die Lanze, verdammt. Hoffentlich schwoll nichts an.

7

Kevin Kuczmanik saß in seinem feuerroten Micra und schüttelte den Kopf. Unmittelbar vor dem Ortseingang nach Vennebeck, auf der Straße, die in östlicher Richtung nach Bahnhausen und weiter nach Münster führte, hatte er halten müssen. Mitten auf der Fahrbahn standen zwei riesige Trecker nebeneinander, deren Fahrer sich unterhielten.

Das durfte doch einfach nicht wahr sein! Auf dem Weg zum Leichenfundort, der sich auf der anderen Seite, dem Ortsausgang von Vennebeck, befinden musste, war er gezwungen, zu warten, bis die beiden Schwätzer in ihren Fahrerhäuschen, deren Seitenfenster sie zum bequemen Plausch geöffnet hatten, sich ausgequatscht hatten.

Die Motoren der beiden Landungeheuer tuckerten im Leerlauf vor sich hin. Er hupte, erntete aber bloß Missachtung. Er stellte den Motor ab und stieg aus. Was leichter gedacht als getan war, denn es erforderte eine ausgefeilte Technik, um seine Bauchfettmassen am Steuer vorbei, dann hoch und zur Tür hinaus zu hieven. Als er es endlich geschafft hatte und in halber Mannsgröße neben seinem roten Bobbycar stand, heulten die zwei Traktoren auf, furzten dunkle dieselige Qualmwolken und fuhren los. Der Trecker, der ihm jetzt auf der Fahrbahn entgegen kam, war so breit, dass er ihm um Haaresbreite über seine Zehen gefahren wäre.

Kevins Herz sprang vor Schreck bis unter die Schädeldecke. Im nächsten Moment kam von hinten ein Pkw herangeschossen und hupte, dass einem die Ohren wegflogen. Der wild gestikulierende Fahrer wartete, bis der entgegenkommende Treckerriese den Micra passiert hatte, schnellte dann auf die Gegenfahrbahn und zeigte Kevin im Vorbeifahren noch den Fuckfinger.

Deftig und heftig, das Landleben. Kevin stieg kopfschüttelnd wieder ein. Vennebeck war einfach kein gutes Pflaster für einen Polizisten. Sofern man nicht selbst aus dem Dorf stammte. Wie Wagner, der verschrobene Örtliche.

Der allerdings, das musste man ihm lassen, gestern am späten Nachmittag noch das vermisste Kind gefunden hatte, wegen dessen Verschwinden man ihn (reichlich voreilig, wie sich dann herausstellte) mitten aus seinem Happy-Video herausgerissen hatte. Er hatte sich bereits kurz vor Dinkel befunden, in Höhe des Abzweigs nach Vennebeck gleich hinter der Wiederaufbereitungsanlage, als ihn die Entwarnung erreicht hatte.

Seltsam, zwei Jahre lang hatte man von Vennebeck so wenig gehört, dass man denken konnte, es sei planiert worden, und nun gab es innerhalb von zwei Tagen zwei Meldungen. Na, wahrscheinlich war der gemeldete Leichenfund heute ebenso ein Irrtum wie gestern die übereifrige Vermisstenmeldung.

8

Die Tote war Ende zwanzig und lag bäuchlings, den Kopf seitlich, die Augen offen, im hohen wilden Gras. Vollständig entkleidet für die erste rechtsmedizinische Untersuchung vor Ort, wie es Vorschrift war. Nackt und schneeweiß ihr magerer Körper, bis auf ein Schlangentattoo auf dem rechten Schulterblatt.

Hufeland ging in die Knie und betrachtete ihren Kopf genauer. An der Schläfe klaffte eine etwa zehn Zentimeter lange Wunde, das Gesicht war von der Wucht des Schlags, der sie getroffen haben musste, stark deformiert. Es war blutverschmiert. Ebenso die zackig kurz geschnittenen schwarzen Haare, die strähnchenweise violett gefärbt waren – abgesehen vom darin geronnenen Blut.

Die Tatwaffe musste ein zugleich schwerer und an den Seiten oder am Ende spitzer Gegenstand gewesen sein. Das sah er auch ohne Obduktionsbericht.

Er richtete sich ächzend wieder auf. Sie hätte seine Tochter sein können. Sicher ein hübsches Mädchen, als sie noch lebte.

Neben ihm stand Kevin Kuczmanik, der ebenso betroffen die erschlagene junge Frau im Gras betrachtete. Früher als Azubi, noch vor ein oder zwei Jahren, hätte er vermutlich munter drauflos gequatscht. Jetzt schwieg er. Der Junge hatte sich verändert, war ernster, ruhiger, offenbar schlicht reifer geworden. Noch vor Hufelands Eintreffen am Fundort der Leiche hatte er die verfügbaren Informationen über das Opfer angefordert.

»Also, was wissen wir über das Opfer, Kevin?«

Kevin zückte sein Smartphone und las aus seinem elektronischen Notizbuch vor: »Jenny Stratmann, achtundzwanzig Jahre alt, abgebrochene Apothekenhelferin, das heißt, *sie* hat die Lehre abgebrochen.«

»Schon klar, weiter, Kevin.«

»Ledig. Keine Kinder. Eltern – Moment …«, er tippte auf den Bildschirm, »Mutter vor drei Jahren gestorben, Vater … Vater unbekannt. Keine Geschwister. Zurzeit arbeitslos. Wohnhaft in Münster, Heckenweg 17. Das heißt, sie war wohl eher nur dort gemeldet. Wagner hat vorhin gesagt, sie hätte schon seit einem halben Jahr in Vennebeck gewohnt. In einer Bauernschaft ganz in der Nähe.«

»Was sagt der Doc zum Todeszeitpunkt?«

»Na ja, die Leichenflecken ließen sich noch wegdrücken, meinte Doktor Tenberge. Die Todesstarre hat zwar eingesetzt, stellt sich aber nach dem Lösen wieder ein und …«

Hufeland verzog das Gesicht. »Verschon mich mit den Details, Kevin.« Er sah plötzlich nicht mehr das junge Mordopfer, sondern seine Mutter vor seinem geistigen Auge. »Also wann, Pi mal Daumen?«

»Gestern Abend, meint er. Spätestens gegen zehn.« Kevin räusperte sich. »Doktor Tenberge, er sagt, wenn Sie Genaueres wissen wollen, na ja, dann … sollen Sie in Zukunft pünktlich am Tatort erscheinen. Oder zur Obduktion dazukommen.«

Hufeland gab einen knurrenden Ton von sich, sagte aber nichts. Tenberge sollte in Zukunft lieber gründlicher arbeiten, dann würde man ihn auch nach einer Anfahrt von Hamm-Uebel noch antreffen, dachte er.

Er hob den Blick. Weiter vorn, in der Nähe der seltsamen kegelförmigen Behälter und eines niedrigen Gebäudes, sah er Wagner soeben wild gestikulieren. Offenbar bildete er sich ein, den Abzug der Spurensicherungsfahrzeuge managen zu müssen.

Zum Glück, dachte Hufeland, war ihm diesmal Möllring erspart geblieben, der die Aktion üblicherweise leitete. Möllring, sein Lieblingsfeind und Auserwählter von Grit, Hufelands Ex, war krank. Hoffentlich litt er ordentlich, an Tripper im Endstadium zum Beispiel.

Hufeland ließ seinen Blick kreisen. Diese Mülldeponie war einfach gigantisch. Vom Auto aus, auf dem Weg nach Holland, hatte er das Ungetüm hin und wieder schon registriert. Aber nur kurz, Gedanken hatte er sich nicht darüber gemacht. Er wusste nicht einmal, was für ein Müll genau sich unter der oberflächlichen Schicht aus Grassoden eigentlich befand. Nur dunkel erinnerte sich, dass das in der Lokalpresse vor einigen Jahren mal irgendeine Rolle gespielt hatte. Aber welche? Na, unwichtig jetzt.

Er wandte sich an den ungewohnt schweigsamen Kevin neben sich. »Und? Was meinst du dazu, Kevin?«

Kevin Kuczmanik seufzte. »Sie war mal richtig hübsch, finde ich.«

»Das ist nicht gerade das, was ich hören wollte, Kevin.« Die Reife, die er dem Jungen vorhin im Geiste noch attestiert hatte, nahm er jetzt wieder zurück. »Was sagt dir der Tatort, meinte ich? Die Spuren?«

»Ach so.« Kevin Kuczmanik nickte und zupfte seinen schmucklosen hellen Blouson zurecht, der ihn kleidete wie ein Zelt. »Keine Blutspuren im Gras, nur an Kopf und Körper. Sie wurde also nicht hier getötet, sondern hergebracht.«

»Richtig. Mit dem Auto vermutlich. Ganz bequem auf diesem kleinen asphaltierten Weg für die Fahrzeuge der Müllgesellschaft. Wie heißt die gleich?«

»AbEG. Abfall-Entsorgungsgesellschaft. Früher kommunal, heute ein privater Betreiber, hab's schon gegoogelt.«

Hufeland spähte zum Parkplatz der Sickerwasseranlage hinüber. Die Spusi-Fahrzeuge fuhren soeben ab, Wagner unterhielt sich jetzt angeregt mit den beiden Fahrern des Leichentransporters. Dann machte er sich wieder zu Fuß auf den Weg zu ihnen. Zur Leiche.

»Okay, was noch, Kevin?«

»Sie wurde erschlagen, gestern Abend.«

»Ja gut«, stöhnte Hufeland gedehnt. »Was sagt es uns, Kevin, dass sie ganz offen hier abgelegt wurde?«

Kevin überlegte nicht lange. »Na zumindest, dass der Täter keinen Anlass sah, die Leiche zu verbergen. Damit sie möglichst spät oder gar nicht gefunden wird.«

»Richtig. Der Täter fühlt sich also sicher. Die Leiche kann ruhig gefunden werden.«

»Weil keiner denkt, dass sie was miteinander zu tun haben, die Tote hier«, Kevin Kuczmanik nickte mit den drei Kinnen zur Leiche hin, »und der Täter.«

»Oder *die* Täter. Wie viele beteiligt waren, das wissen wir noch nicht.«

Wagner erreichte sie jetzt. Mit einem zufriedenen Lächeln im Gesicht wie ein Gebirgswanderer, der sein Ziel erreicht hat, die Berghütte, wo er auf seine guten alten Freunde trifft.

9

Wagner gab eine Art Schnalzen von sich und schüttelte den Kopf, während er die Leiche der jungen Frau betrachtete. »Wissen Sie, Herr Kommissar, das ist schon komisch«, sagte er.

»Wie?«, fuhr Hufeland ihn an. »Ein Mordopfer finden Sie komisch, Wagner?«

»Ja, nee, nicht direkt komisch, sondern …« Wagner hob abwehrend die Hände, zupfte seine Mütze zurecht und rang nach Worten. »Ich meine, es ist ja so, die Stratmann hier«, er bedachte die Leiche wieder mit einem knappen Blick, »hat uns nämlich ganz schön Ärger gemacht.«

»Uns?«, wunderte sich Kevin. »Wen meinen Sie?«

»Na, uns in Vennebeck. Besonders mir natürlich«, stöhnte er leise auf. »Es gab Beschwerden gegen sie. Wegen Belästigung und so weiter. Sogar eine Anzeige. Die dann aber zurückgezogen wurde.«

»Wer fühlte sich denn belästigt?«, wollte Hufeland wissen.

»Sonnentau.«

»Wie?«

»Son-nen-tau.« Wagner betonte jede Silbe mit doppelter Lautstärke, als wäre Hufeland schlagartig schwerhörig und debil geworden. »Das ist ein Kindergarten, bisschen außerhalb vom Dorf, in Vennebeck-Kapellen, falls Ihnen das was sagt.«

»Kommt mir bekannt vor. Liegt dort nicht auch das Golfhotel von diesem …?«

»Osterkamp, meinen Sie. Ja, seitdem die Hühnerfarm pleite ist, hat der sich eine goldene Nase mit der Golfanlage verdient.«

»Gut, und der Kindergarten?«, drängte Hufeland.

»Passt zum Golfhotel.« Wagner rümpfte ein wenig die Nase. »Bisschen was Exklusiveres. Privat geführt, für die Blagen von Besserverdienenden. Denen sind die normalen Kindergärten von der Gemeinde oder von der Kirche anscheinend nicht gut genug für ihre Sprösslinge.«

»Sie scheinen sich ja bestens in dem Metier auszukennen, Wagner.«

»Man tut, was man kann.« Er grinste schief. »Ist halt, was die Leute so reden.«

»Und inwiefern fühlte man sich nun im Sonnentau von der Frau belästigt? Was genau ist passiert?« Herrgott, dieser Polizeiobermeister ließ sich wirklich jedes Detail aus der Nase ziehen.

Wagner zuckte die Achseln. »Tja, passiert ist eigentlich nichts. Also, nicht wirklich. Die Stratmann hat halt die ganze Zeit den Kindergarten im Auge behalten. Von der Straße aus.«

»Sonst nichts?« Kevin Kuczmanik schien beinahe enttäuscht.

»Sie meinen, die Frau beobachtete die *Kinder*? Oder die *Erwachsenen*?«, versuchte sich Hufeland an einer Deutung. Als Junggeselle waren Kinder nicht eben sein Spezialgebiet.

Wagner kratzte sich im Nacken, er mühte sich redlich, Details zu erinnern, kam aber nicht allzu weit damit. »Nee, also, da fragen Sie am besten Lena Buschhoff, das ist die Leiterin von Sonnentau.« Wagner stöhnte schwer auf. »Ich wurde zwar alle Nase lang gerufen. Aber immer, wenn ich dort aufgekreuzt bin, war die Stratmann schon wieder weg. Wie ein Phantom.«

»Sie Ärmster«, sagte Hufeland trocken. »Na gut. Tun Sie uns den Gefallen, Wagner, holen Sie uns jetzt mal diesen ... diesen Uhl, den Betreiber der Anlage, her.« Er deutete mit dem Kinn auf den dicken rothaarigen Mann, der sich noch in der Nähe der großen Behälter vorne befand. Unmittelbar vor der Absperrung des Zugangs zum Tatort lehnte der AbEG-Leiter am Kotflügel seiner schwarzen BMW-Limousine und telefonierte.

Wagner tippte sich an seine Mütze und wandte sich bereits zum Gehen, als Hufeland plötzlich ein unangenehmes Déjà-vu-Gefühl beschlich: »Ach, Kollege, sagen Sie, ist der örtliche Fotograf schon am Tatort gewesen? Dieser ... wie heißt er gleich?«

»Teichwart. Um die Leiche zu knipsen, meinen Sie?«

»Nee, den Müllberg«, entgegnete Hufeland. »Natürlich die Leiche, Mann!«, fuhr er Wagner plötzlich an, dass selbst Kevin Kuczmanik vor Schreck zusammenzuckte. Die naive Masche von Vennebecks Örtlichem ging ihm schon jetzt wieder gehörig auf die Nerven. Wagner spielte doch nur den Dummen, um immer nur das zu verstehen, was ihm in den Kram passte (Pause, Feierabend, Überstundenausgleich, Resturlaub), den Rest überhörte er einfach.

Wagner schüttelte unbeeindruckt von Hufelands Anranzer den Kopf und schürzte die Lippen. »Nee, der Leichwart, also Guido Teichwart, der liegt sicher krank im Bett. Muss sich bestimmt noch von der Goldenen Hochzeit gestern erholen.«

Hufeland stutzte. Er hatte Teichwart, der als freier Fotograf für verschiedene regionale Blätter, unter anderen die WUZ, arbeitete, noch gut in Erinnerung. Ein turmhoher Mann von Mitte fünfzig, den man in Vennebeck, weil er gleich neben der örtlichen Leichenhalle wohnte, sinnigerweise Leichwart nannte.

»Was für einen Blödsinn tischen Sie mir da eigentlich auf, Wagner! Wenn Teichwart gestern Goldene Hochzeit feiern konnte, dann muss er mit fünf Jahren geheiratet haben. Bisschen frühreif, finden Sie nicht?«

Wagner lachte herzhaft auf. Die Frauenleiche, keine drei Schritte entfernt, konnte ihm seine gute Laune anscheinend nicht verderben. »Das haben Sie falsch verstanden, Herr Kommissar. Leichwart war gestern als *Fotograf* auf einer Goldenen. An solchen Tagen springt er von morgens bis abends auf der Hochzeitsfeier herum und macht Fotos. Aber die Schnaps- und Bierströme, will ich mal sagen, die fließen natürlich auch am Hochzeitsfotografen nicht vorbei, ist ja klar. Am nächsten Tag ist er dann entsprechend krank.«

»Krank.« Hufeland nickte angedeutet. Den Zustand kannte er durchaus, allerdings unter dem Namen ›Mordskater‹. »Nu holen Sie mir mal den Dicken her, Kollege.«

Wagner zog ab. Mit einem enttäuschten Gesicht. Wie jemand, der seinen Freunden einen Witz erzählt hat, dessen Pointe sie nicht verstanden haben.

10

Kevin Kuczmanik hatte bereits vor Hufelands Eintreffen am Tatort mit Willi Vetten gesprochen, dem Arbeiter, der das Opfer gefunden hatte. Aus dem Mann war jedoch nicht mehr herauszuholen gewesen, als was Wagner bereits mitgeteilt hatte. Wenigstens hatte Vetten nach eigener Aussage die Leiche nicht bewegt und auch sonst keine Manipulationen am Tatort vorgenommen. Ihm war noch immer so schlecht, dass er selbst mehr tot als lebendig aussah und definitiv in ärztliche Behandlung gehörte.

Von dem kommunalen Leiter der AbEG hoffte Hufeland nun einiges zu dem ungewöhnlichen Ort zu erfahren, an dem die Leiche abgelegt worden war. Doch was er jetzt drüben an der Tatortabsperrung beobachten musste, verschlug ihm die Sprache. Wagner, der nach gemütlichem Hinüberschlendern endlich dort angelangt war, hob doch tatsächlich für den Dicken, der in sein Auto, den stiernackigen schwarzen BMW, gestiegen war, das rot-weiße Absperrband hoch, damit Uhl bequem bis zur Leiche vorfahren konnte.

Die Spusi hatte zwar ihre Arbeit beendet, aber trotzdem, Privilegien wurden hier nicht verteilt, auch nicht für den Müll-Chef von Vennebeck!

Dieter Uhl fand den Service offenbar ganz selbstverständlich, er ließ seinen blitzblanken Wagen am Ende des Wegs zu ihnen bis auf wenige Zentimeter vor Hufelands Zehen ausrollen und wuchtete dann ächzend seine Fettmassen hinaus.

Alles an ihm schien weich und rund, der enorme Bauch, der massige Kopf mit den dünnen rötlich-blonden Haaren, selbst sein weiter heller Sommeranzug, das schlabberige dezentgraue Hemd und der schlaff gebundene weinrote Schlips unterstrichen Uhls Polster noch, statt sie zu kaschieren. Dieser Mann, das war klar, liebte sich genauso, wie er war, rund und munter.

Hufeland fasste genau deswegen eine spontane Abneigung gegen ihn. Uhls zur Schau gestellte Selbstgefälligkeit ging ihm gegen den Strich, noch ehe der AbEG-Mann den Mund geöffnet hatte. Und als er es dann tat, wurde es keineswegs besser.

Der dicke Mann warf einen kurzen Blick auf die Leiche der jungen Frau und sagte leichthin: »Das iss sie also.«

»Ist also *wer*?«, konterte Kevin Kuczmanik.

»Na die Tote!«

Kevin Kuczmanik lachte ihm ins Gesicht. »Besonders lebendig sieht sie jedenfalls nicht mehr aus.«

Uhl quittierte es mit einem Froschmaul.

»Sehen Sie ruhig genauer hin«, forderte Hufeland ihn auf. »Kennen Sie die Frau?«

Dieter Uhl riskierte jetzt wie zum Trotz nur noch einen oberflächlichen, leicht angewiderten Blick. »Nee, kenne ich nicht. Nie gesehen.«

Hufeland machte einen Schritt auf ihn zu und überragte ihn so im direkten Vergleich um mindestens zwei Köpfe. »Sie sind der Geschäftsführer der AbEG, Herr Uhl? Zuständig für den Müllberg hier?«

»Zuständig. Aber nicht verantwortlich!«, belehrte er Hufeland lächelnd. »Ich meine, den Müll haben andere produziert.«

»Gut denn. Als Zuständiger, Herr Uhl, sagen Sie mir doch bitte, wird die Deponie nicht in irgendeiner Weise überwacht?«

»Doch, natürlich. Aber nur im Bereich der Sickeranlage. Auf dem Venneberg, also der Deponie hier, wird seit über zehn Jahren kein Müll mehr entsorgt. Alle abgelagerten Abfälle sind mit Bodenmaterialien abgedeckt, die Oberfläche wurde rekultiviert, das sehen Sie ja.«

»Ehrlich gesagt, ich sehe nur Gras auf einem Hügel«, bemerkte Kevin Kuczmanik.

»Eben! So soll es ja sein«, antwortete Uhl mit sichtlicher Genugtuung. »Aber unter dem Gras, da schlummern jahrzehntealte Gewerbeabfälle, Klärschlamm, Bauschutt und natürlich Hausmüll. Fünfzehn Meter tief, vierzig Meter hoch, im Ganzen knapp fünfzehn Hektar Abfall lagern in dieser Deponie!«

»Doll«, sagte Hufeland ohne Begeisterung für das Thema. »Und was ist mit der Anlage dort im Eingangsbereich?« Er deutete mit der Hand auf die seltsamen kegelförmigen Behälter rund um das kleine Wartungshäuschen am Fuß des Vennebergs.

»Das Behälter-Ensemble dient zur Aufbereitung des Sickerwassers. Wir reinigen die Deponie-Sickerwässer natürlich, bevor sie den Klärwerken zufließen. Und weiter hinten«, jetzt wedelte Uhl mit der Hand, »das können Sie von hier nicht erkennen, werden zusätzlich die organischen Restabfälle, vielmehr das daraus entweichende Gas der Deponie, aufgefangen und für unser Blockheizkraftwerk genutzt.«

»Wow, sauberer Strom aus all dem Dreck!«, kommentierte Kevin.

Uhl schien nicht sicher, ob die Begeisterung des jungen Kriminalers echt oder doch mehr ironisch gemeint war, und schenkte ihm einen krausen Blick.

»Verstehe ich Sie richtig«, kam Hufeland wieder auf

den Kern seiner Frage zurück. »Es gibt keine Absperrung und keine Überwachung der Deponie, auch nicht dieser kleinen Straße?«

»Nur an der Sickerwasseranlage, wie gesagt. Aber die filmt nun nicht gerade den Venneberg. Wozu auch, der ist ja inzwischen Teil der Landschaft. Quasi.«

»Quasi«, wiederholte Kevin Kuczmanik und ließ einen ironischen Blick zum Gipfel des Vennebergs hinaufwandern. »Im Winter wird hier Ski gefahren, was?«

Hufeland fixierte die Augen des Geschäftsführers, die sich nach Kevins frecher Bemerkung tief in die teigige Masse des Gesichts zurückgezogen hatten. »Wenn es an der Anlage abfalltechnisch nichts mehr zu tun gibt, Herr Uhl, was hat dann Ihr Arbeiter, Vetten, hier gewollt?«

»Vetten ist für Wartungsarbeiten an der Sickerwasseranlage zuständig. Das heißt für kleine Reparaturen, die noch nicht gleich den Ingenieur erfordern. Er hat *sie* hier«, Uhl deutete mit dem Kinn auf die Tote, »vom Parkplatz drüben aus gesehen und dachte, da hätte jemand seinen Hausmüll abgeladen. In alter Tradition sozusagen.«

»Und deshalb hat er gleich Sie angerufen. Nicht die Polizei, ja?«, bemerkte Kevin bissig.

Uhl zuckte die Achseln, alles an ihm schwabbelte für einen Moment wie ein Wackelpudding.

»Danke, Herr Uhl«, sagte Hufeland, »Sie können gehen. Oder von mir aus …«, er warf einen kurzen Blick auf Uhls Wagen, »auch *fahren*.«

»Was denn, das war's schon?« Uhl wirkte beinahe enttäuscht. »Schwerstarbeit müssen Sie bei der Kripo auch nicht abliefern, wa'?« Er lachte.

Hufeland beugte sich ein wenig zu ihm herunter. »Wenn das ein Angebot sein soll, uns noch rasch den Mord zu gestehen, Herr Uhl«, raunte er ihm zu, »bitte, dann erledigen wir das gleich hier im Stehen.« Er konnte diesen selbstgefälligen Typen einfach nicht leiden.

Uhl stieg wortlos in sein Auto und legte den Rückwärtsgang ein. Hufeland blickte ihm verärgert nach.

Kevin Kuczmanik versuchte unterdessen, die volle Dimension dieser gigantischen Müllhalde mit den Augen zu erfassen. »Du siehst ihn nicht, du riechst ihn nicht, aber er ist trotzdem da, der Müll«, kommentierte er. »Voll die saubere Sache hier.«

»Wenn nur die tote Kleine nicht wäre.« Hufeland senkte den Blick und betrachtete wieder den zerschmetterten, blutüberströmten Kopf der Leiche. Dann richtete er den Blick nach vorn und winkte den Bestattungsleuten, die bereits verlangend herüberschauten, um den Leichnam zur Rechtsmedizin nach Münster zu transportieren.

11

Hufeland wies Kevin Kuczmanik an, schon mal zum Parkplatz vorne vorauszugehen. Er selbst machte sich daran, den Venneberg zu erklimmen.

Kevin kannte die Marotten seines Chefs, mit dem er seit gut zwei Jahren zusammenarbeitete, inzwischen gut genug, um zu wissen, dass Hufeland jetzt eine kleine Auszeit brauchte. Um Distanz zu gewinnen. Zum Anblick der Toten, zum Leichenfundort, zu den ersten Aussagen der Zeugen und der Kollegen vor Ort. Offenbar sortierten sich die ersten Eindrücke im Innern seines Vorgesetzten auf eine mysteriöse, ihm selbst nicht bewusste Weise neu zusammen. Kevin Kuczmanik fand diesen Vorgang ebenso unerklärlich wie faszinierend.

Im Übrigen war er froh, seinen Chef nicht bis zur Spitze des Müllbergs begleiten zu müssen. Es war schwül heute, er schwitzte schon genug, und die einzige Sportart, die er liebte, war Go, ein asiatisches Brettspiel.

Hufeland schwitzte beim Aufstieg jedoch nicht weniger als sein kleiner dicker Assistent im Stehen, der Venneberg hatte die Steigung eines veritablen Hügels in den Baumbergen oder wo. Das Gras duftete nach Sommer, Bienen summten, über ihm trieben zwei Raubvögel, Bussarde, unter dem noch immer – es war jetzt kurz nach neun – milchigen Himmel.

Er lüftete sein Jackett, als er die Kuppe erreichte, und ließ den Blick schweifen. Im Süden lag Vennebeck, sein Wahrzeichen, der rötliche Backsteinturm der Dorfkirche, war weithin erkennbar. Nach Osten und Norden hin gab es nichts als einsame Gehöfte inmitten von Äckern, Getreide- und Maisfeldern, Weiden und Wiesen. Mitten hindurch führte das graue Band der Niederländischen Straße.

Im Westen, kaum einen Kilometer hinter dem Venneberg, breitete sich vor seinen Augen eine idyllische Heide- und Hochmoorlandschaft aus, sumpfige Grasflächen, Buschwerk, niedrige Wälder und kleine Weiher, in denen sich der Himmel mattgrau spiegelte.

Die deutsch-niederländische Grenze schlängelte sich irgendwo dort durch dieses Arkadien, wusste er. Und ebenso, dass sich in früherer Zeit an einer Weggabelung durch das Schwarze Venn, wie das Hochmoor genannt wurde, ein Hinrichtungsplatz befunden hatte.

Seltsam, dachte er plötzlich, die Aussicht auf ein solches Idyll von einem Abfallberg der Zivilisation, der höchsten Erhebung weit und breit, zu genießen.

Er wandte sich um und stieg in schräger Linie den Hügel hinab, um Kevin Kuczmanik zu folgen.

12

Kevin lehnte seitlich an Wagners Dienstfahrzeug und daddelte mit dem Daumen auf seinem Smartphone herum. Der Örtliche saß seinerseits im geschlossenen Wagen und telefonierte lebhaft, Hufeland sah ihn heftig gestikulieren.

»Sagte Wagner nicht, Jenny Stratmann hätte in Vennebeck gewohnt? In irgendeiner Bauernschaft?«, unterbrach Hufeland Kevins Gedaddel, das ihm auf den Wecker ging.

Kevin Kuczmanik nickte kurz, steckte sein Smartphone weg und klopfte mit den Fingerknöcheln heftig gegen das Fenster der Beifahrertür. Wagner stutzte und musterte die beiden Kollegen von der Kripo, als hätte er sie noch nie im Leben gesehen. Dann schickte er noch rasch ein paar Worte durchs Diensttelefon und legte auf.

Das Seitenfenster fuhr herunter, Wagner reckte sich ein wenig und schaute missbilligend hinaus: »Ich mache eigentlich gerade Pause. Wissen Sie, das war Corinna, meine Ex, wir … na ja, komplizierte Geschichte.«

Hufeland machte einen Schritt vor und beugte sich bis auf Fensterhöhe hinunter. »Sie machen Pause, wenn Zeit dafür ist, Kollege! Nicht, wenn Ihre Ex nach Ihnen pfeift. Das hier ist ein Mordfall. Kein Maigang der Kripo Münster.«

»Wieso Maigang?«, gab Wagner, nicht mal beleidigt, zurück. »Wir haben doch schon Juli.«

»Ja. Und außerdem haben wir gleich einen Polizeiobermeister weniger auf der Welt!«, knurrte Hufeland. »Also: Mich interessiert, wo genau Jenny Stratmann zuletzt gelebt hat. Gemeldet war sie in Münster, das wissen wir. Aber wo hat sie tatsächlich gewohnt? Sie sagten, Sie wüssten das.«

Wagner riss sich zusammen, doch sein gequältes Gesicht sollte wohl anzeigen, wie viel Mühe ihn das kostete. »Sie hat das letzte halbe Jahr in dem alten Zollhaus gewohnt, kurz vor der holländischen Grenze. Das Haus sollte schon lange abgerissen werden, aber der Investor ist anscheinend pleitegegangen, was weiß ich. Das Haus ist schon halb entmietet, aber es wohnen dort noch immer Leute. – Am besten fragen Sie dort die Heckings«, beschied er Hufeland und langte bereits wieder nach dem Telefon.

»Wer sind die Heckings nun wieder?«

Wagner stoppte mitten in der Bewegung und stöhnte genervt auf. »Die Heckings sind das Hausmeisterpaar im alten Zollhaus.«

Hufeland richtete sich auf. »Wir fahren hin, Kevin. Steig hinten ein.« Dann riss er die Beifahrertür auf und ließ sich auf den Sitz fallen. »Na, dann zum alten Zollhaus, Wagner«, erklärte er in das verdutzte Gesicht des Örtlichen. »Aber ein bisschen Tempo, Kollege!«

13

Das alte Zollhaus lag in Sichtweite des ehemaligen Grenzkontrollpunkts, von dem nur noch die verwaisten niedrigen Dienstgebäude standen.

Streng genommen handelte es sich nicht um ein Haus, das früher dem Zoll, sondern um eines, das den Zöllnern zum preisgünstigen Wohnen gedient hatte. Es lag ein wenig zurückgesetzt von der großen Niederländischen Straße und war nur über einen gewundenen Wirtschaftsweg zu erreichen.

Der schmucklose vierstöckige Kasten war so attraktiv wie ein Brückenpfeiler, zumindest wirkte der brüchige graue Putz wie rissiger Beton, der bald auseinanderbrechen würde. Seit Jahren, das war auf den ersten Blick zu erkennen, war die Fassade nicht mehr renoviert worden, nicht der Anstrich, nicht die maroden Holzfenster, nicht die verrottete Dachrinne, die an etlichen Stellen Löcher aufwies und bald abzustürzen drohte. Und den leeren Fenstern nach zu urteilen, waren auch diverse Wohnungen nicht vermietet, wie Wagner schon gesagt hatte.

Ein trostloser Schotterplatz, umgeben von mannshohen, wild wuchernden Hecken, bildete den hauseigenen Parkplatz, auf dem Wagner seinen Dienstwagen jetzt zum Stehen brachte.

»Den Hausmeister, Robert Hecking, kenne ich gut«, erklärte Wagner den beiden Kollegen. »War früher ein Nachbarjunge, ein Spielkamerad von mir. Hat bisschen viel Pech gehabt im Leben. Stellen Sie sich mal vor, er beginnt eine Lehre als Bäcker, wird Geselle, will seinen Meister machen und dann –«

Er ließ den Satz in der Luft hängen und schüttelte den Kopf.

»Ja-a? Und dann?« Hufeland sah ihn erwartungsvoll an.

»Mehlallergie. Geht natürlich gar nicht bei einem Bäcker. Zum Glück hat er 'ne bienenfleißige Frau, Gertrud«, ergänzte Wagner, indem er den Wagen zum Halten brachte. »Die arbeitet halbtags im Büro. Bei irgendeiner Versicherung, glaube ich. Und abends schuppert sie anscheinend auch noch irgendwo.«

»Interessant«, sagte Hufeland, wie immer, wenn er nur mit halbem Ohr hingehört hatte. »Wo wohnen die Heckings, in welchem Stock, wissen Sie das zufällig auch?«

»Im Erdgeschoss. – Wieso, soll ich etwa nicht mit reinkommen?«

»Nein. Sie warten im Wagen auf uns.« Er hatte nicht vor, einen Dilettanten wie Wagner mit ins Haus zu nehmen, schon gar nicht in Jenny Stratmanns Wohnung.

Sie gingen über den schwarzen Schotter an einer Handvoll Pkw vorbei, stumpf gewordenen Klein- und Mittelklassewagen aus dem letzten Jahrhundert, und standen vor einer Tür, die aussah, als müsse man sie festhalten, während man sie in ihren rostigen Angeln bewegte. Drei Stufen in dem dunklen, feucht und muffig riechenden Flur führten zur Wohnung, in der die Heckings wohnten.

Kevin Kuczmanik drückte den Klingelknopf, und ein sterbender Schwan wurde hörbar, ein grässlich heiserer Ton.

Nichts passierte. Kevin klingelte ein weiteres Mal. Jetzt vernahmen sie einen schwer röchelnden Husten, dann schlurfende Schritte und schließlich eine heisere männliche Stimme.

»Moment, bin gleich da.«

Es dauerte dann aber doch noch eine knappe Minute, ehe der Mann sein Versprechen wahr machte. Als er endlich die Tür öffnete, sahen sie schon auf den ersten Blick, dass er todkrank sein musste.

Er war groß, beinahe wie Hufeland, das Gesicht aufgequollen wie ein Hefeteig, die Haut fast schon bräunlichgelb, halbmondförmige tiefdunkle Ringe unter den Augen.

Nicht nur das Gesicht, der ganze Körper, vor allem aber Arme und Beine wirkten wie aufgepumpt. Alkohol oder Medikamente, vermutlich beides, war Hufelands erster Gedanke. Früher hatte der Mann vielleicht mal ganz gut ausgesehen, überlegte er, aber jetzt, in seinem verschossenen blauen Trainingsanzug und vor allem mit der graumelierten Vokuhila-Frisur sah er aus wie eine späte Karikatur auf das Privatfernsehen der Achtzigerjahre.

Wagner hatte recht, der Mann konnte einem leidtun, dass er es im Leben nicht leicht gehabt hatte, sah man ihm ohne Weiteres an.

Sie stellten sich kurz vor, zeigten ihre Dienstausweise und sagten, weshalb sie gekommen seien.

Robert Hecking blieb der Mund offen stehen, kein schöner Anblick, wenn man seine schadhaften Zähne dabei vorgeführt bekam. »Was denn, die kleine Stratmann aus dem ersten Stock, ja? Tot? Sind Sie sicher?«

»Wir sind sicher, dass sie tot ist. Nicht, ob sie im ersten Stock gewohnt hat«, sagte Kevin.

»Könnten Sie uns die Wohnung bitte zeigen und aufschließen, Herr Hecking?«, bat Hufeland.

Hecking schüttelte bedauernd den großen schwammigen Schädel. »Ich schaff' leider die Treppe nicht. Die Beine, wissen Sie, voller Wasser, trotz Tabletten.« Er senkte kurz den Blick hinunter zu seiner Trainingshose, die trotz ihrer schlabbrigen Weite den enormen, krankhaften Umfang seiner Unterschenkel nicht verbergen konnte. »Leider ist auch meine Frau nicht da. Arbeiten. Ich kann Ihnen aber den Schlüssel für die Stratmann-Wohnung geben, dann können Sie selber sehen.«

»Wo sind eigentlich die anderen Mieter im Haus?«, wollte Kevin wissen. »Ist so still hier.«

»Manche werden noch schlafen, schätze ich.«

»Ihren Rausch aus, was?«, lachte Kevin.

Hufeland verdrehte die Augen, aber Hecking lachte zaghaft mit. Dann wandte er sich um und streckte, ohne sich auch nur einen Zentimeter fortzubewegen, den ausgestreckten Arm nach einem Schlüsselboard aus schwarz lackiertem Holz aus, das an der Wand mit der tabakbraunen Tapete gleich neben der Garderobe angebracht war.

Er fischte den passenden Schlüssel vom Haken und reichte ihn Hufeland. »So, das isser. Erster Stock, die Wohnung rechts.«

Hufeland bedankte sich, und sie stiegen die ausgetretenen steinernen Stufen mit dem Salz- und Pfeffermuster der fünfziger Jahre hinauf in den ersten Stock.

Die Wohnung rechts hatte kein Namensschild, vorsichtshalber klingelten sie. Eine Tür wurde geöffnet, jedoch die der Wohnung gegenüber, sie war ebenfalls namenlos.

Ein hagerer sehr alter Mann in einem gestreiften Morgenmantel stand im Türrahmen und schaute sie misstrauisch an. »Wen sucht ihr denn?«, brachte er mit heiserer Stimme hervor. »Wollt ihr zu der da, der … Dings, na?«, fahndete er in seinem Hirn vergeblich nach dem Namen seiner Nachbarin und deutete mit dem mageren Kinn auf ihre Wohnung.

Hufeland zeigte ihm seinen Dienstausweis. »Wir sind von der Polizei, alles in Ordnung. Wir kommen zurecht, vielen Dank.«

Der alte Mann sah unzufrieden aus und blieb im Türrahmen stehen, um Hufeland dabei zuzusehen, wie er den Schlüssel ins Schloss steckte und die Tür öffnete.

Hufeland störte das nicht. »Nichts anfassen, Junge«, ermahnte er Kevin. »Wir schaun nur mal rein.«

Kevin grinste frech. Er fuhr mit der Hand in die weitläufige Tasche seines hellen Blousons und zauberte ein Paar weißer Gummihandschuhe hervor, und dann ein weiteres, noch in Plastikhülle verpackt, das er Hufeland reichte.

»Solche habe ich auch!«, sagte auf einmal der alte Mann im Flur. »Hättet ihr auch von mir haben können.« Er winkte unwirsch mit der runzligen Hand ab, wandte sich um und wollte bereits wieder in seine Wohnung hineingehen, als Hufeland ihn erneut ansprach.

»Entschuldigung, Herr äh …?«

Der Mann wandte sich zu ihm um. »Oenning heiß ich. Aber alle sagen Öhm zu mir.«

»Also gut, Herr Öhm, können Sie …«

»Nä. Nur Öhm, sonst nix.«

»Öhm, in Ordnung. Können Sie mir also sagen …«

»Du kannst ruhig du sagen. Hört sich sonst komisch an.«

»Öhm«, setzte Hufeland geduldig zum dritten Mal an. »Kanntest du deine Nachbarin?«

»Nä. Nur vom Sehen. Und vom Hören.«

»Vom Hören? War sie laut?«

»Ja. Unanständig laut.«

»Unanständig? Was meinst du?«

»Kerle.«

»Mit denen sie zusammen war? Sexuell, ja?«

»Manchmal gab's auch Geschrei. Also nicht nur von ihr, sondern auch von denen. Aber kein … kein Schweinkram. Sondern richtig Zoff.«

»Worum ging's dabei, konntest du das auch hören?«

»Nä. Konnte ich nicht. Hat mich auch nicht interessiert. Ich hab dann immer den Fernseher angeschaltet und volle Lautstärke gemacht.«

»Und gestern? Auch wieder den Fernseher laut gestellt?«

»Ja. Gestern auch.«

»Wann genau?«

»Ja, warte mal, später Nachmittag war das, früher Abend.«

»Und wie lange ging der Streit, der Krach nebenan?«

»Weiß ich nicht. Bin eingeschlafen.« Er lachte plötzlich geradezu bubenhaft. »Das Programm war so langweilig. Ich weiß nicht mal mehr, um was es überhaupt ging.«

»Und diese Männer, von denen du sprachst, die Kerle, wie sahen die aus?«

»Weiß ich nicht. Steh ja nicht aufm Flur rum, um mir Leute anzugucken, wenn sie rein- und rausgehen. Hab sie nur gehört, wenn sie nebenan rumgebrüllt haben.«

Er hob die runzlige Hand zu einem angedeuteten Gruß und schlurfte auf seinen löcherigen Pantoffeln zurück in seine Wohnung.

14

Sie gingen schnell durch alle Räume, um sich einen Überblick zu verschaffen. Ein kurzer, schmaler Flur, dunkel. Am Ende des Gangs die winzige Küche, leidlich erhellt durch ein kleines Fenster. Linkerhand das Bad, eine bessere Nasszelle, rechterhand das Zimmer, etwa zehn Quadratmeter groß.

Jeder Raum war in einer anderen Farbe gestrichen, der Flur dunkelblau, die Küche grasgrün, das Zimmer mattgelb (das Bad violett gefliest, vor langer Zeit schon). Die Wände waren fast kahl. Im Flur hing ein ovaler Spiegel, in der Küche ein eingerissenes New York-Plakat über dem nörgelnden Kühlschrank. Daneben ein wackliges Weichholzregal, in dem eine einsame Müslitüte und ein kleines Arsenal an Dosen mit Fertigsuppen die Stellung hielten. Kleiner Klapptisch, ein Campingstuhl, Fußboden aus Speckstein, das war's.

Das Bad war so eng, dass Kevin sich nicht hineintraute, aus Angst, irgendwo festzustecken. Auch Hufeland warf nur einen Blick hinein. Hier wie in der Küche keine Anzeichen von Gewalt, nichts zerbrochen oder besonders durcheinander, schon gar kein Blut.

Das gleiche Bild im Zimmer. Ein schmales Matratzenlager; daneben, auf dem mit mausgrauem Teppich ausgelegtem Fußboden, ein halbes Dutzend zerfledderter Taschenbücher (meist historische Romane, Tausendseiten-Schinken).

An Möbeln gab es einen improvisierten Schreibtisch, Marke Holzplatte auf Malerböcken, davor ein Klappstuhl von der gleichen Art wie in der Küche. Auf dem Tisch stand zugeklappt ein schwarzer Laptop, sonst nichts.

Ein Kleiderschrank im Schleiflackstil befand sich neben einem mobilen Spiegel auf Rollen, mannshoch. Das einzige Bild im Zimmer war ein ebenfalls lebensgroßes Bob Marley-Poster über dem Bett.

Auf dem Boden kleine Haufen von Kleidern, die ohne erkennbares System zusammengelegt worden waren.

Auch hier keine Blutspuren, kein Zeichen irgendeiner gewaltsamen Auseinandersetzung, nichts.

Aber auf einmal war da doch noch etwas Überraschendes.

»Schauen Sie mal, Herr Hufeland, hier hinter dem Spiegel!«, lachte Kevin Kuczmanik, bückte sich, holte aus einem Pappkarton, der sich dort befand, ein weißes Zwergkaninchen hervor und streichelte ihm das flauschige weiße Fell.

Hufeland wusste mit der Entdeckung wenig anzufangen und schüttelte den Kopf. Als Kind hatte er mal Meerschweinchen gehabt. Sie waren hyperscheu, ließen sich nicht streicheln, fraßen schlecht und starben früh. Danach wollte er nicht mal mehr einen Hund, obwohl er sich den bis dahin mehr als alles andere gewünscht hatte.

»Voll zahm das Tier«, sagte Kevin, der gar nicht aufhören konnte, es zu streicheln. »Jemand muss sich darum kümmern.« Er warf einen Blick in den Pappkarton hinter dem Spiegel. »Trockenfutter ist noch da, aber kaum noch Wasser. Ich stell ihm frisches hin.« Er setzte das Kaninchen wieder hinein und war schon auf dem Weg in die Küche.

»Gar nichts wirst du tun, Kevin«, pfiff Hufeland ihn zurück. »Nicht, bevor die Spusi alles untersucht hat. Um das Tier kann sich später der Hausmeister kümmern. Ist schließlich sein Job.«

Hufeland ging zum Schreibtisch hinüber und klappte den Laptop auf, offensichtlich ein älteres Baujahr. Das Gerät gab kein Lebenszeichen von sich. Vielleicht war die Batterie leer. Doch das Stromkabel steckte, die Kontrolllampe am Rechner leuchtete mattgrün. Anscheinend aber das Einzige, was daran noch funktionierte.

Er hob das Gerät ein wenig an und entdeckte darunter einen handgeschriebenen Zettel, entweder versehentlich oder mit Absicht unter den Rechner geschoben.

Er nahm den Zettel in die Hand und stellte den Laptop wieder ab. Es befand sich eine Liste darauf, ein halbes Dutzend Namen, jeder einzelne war handschriftlich mit einer Telefonnummer, Festnetz, Handy oder beidem versehen.

Hufeland überflog die Namen und stutzte: »Sieh mal einer an«, sagte er mehr zu sich als zu Kevin, der dazu übergegangen war, dem Kaninchen die Ohren zu kraulen.

Hufeland legte den Zettel auf die mattschwarze Fläche des Laptops, zog sein Handy aus der Tasche und machte ein Foto davon.

Dann wandte er sich um und sagte: »Das reicht uns fürs Erste, Kevin. – Also, was sagst du dazu?« Er machte eine raumgreifende Bewegung.

»Hier wurde sie jedenfalls nicht getötet«, sagte Kevin Kuczmanik wie nebenbei (Kaninchen kraulen war derzeit wichtiger).

»Nein«, stimmte Hufeland ihm zu. »Aber die Techniker sollen trotzdem kommen, die Bude auf Blutspuren untersuchen und den alten Laptop mitnehmen, vielleicht können sie ihn wiederbeleben.«

Kevin Kuczmanik versprach, sich darum zu kümmern, und streichelte weiter das weiße Kaninchen in seinem Arm. Er warf einen Blick auf den Pappkarton am Boden hinter dem Spiegel. »Als wollte sie *Alice hinter den Spiegeln* nachstellen. Ganz schön schräg.«

»Vielleicht hat sie sich nichts dabei gedacht. Sondern nur du jetzt«, lachte Hufeland. »Setz das Tier in seinen Karton, wir bringen es runter zum Hausmeister.«

15

Zwei Minuten später klingelten sie wieder an Heckings Wohnungstür.

Ihm fielen beinah die trüben Augen aus dem Kopf, als Kevin Kuczmanik ihm den Karton mit dem Kaninchen vor die Nase hielt, damit er sich darum kümmere.

»Was denn, *das* hat die Stratmann in ihrer Wohnung gehabt? Bestimmt 'ne Riesensauerei dort oben, was?«

»Nö, gar nicht«, entgegnete Kevin. »Ist aber Tierquälerei, ein Kaninchen ganz allein zu halten.«

»Und was soll ich jetzt damit anfangen? Noch eins dazu kaufen, oder wie?« Der Hausmeister schaute entrüstet auf das kleine weiße Tier in dem grauen Pappkarton, den Kevin ihm in die Hände gedrückt hatte.

»Sorgen Sie bitte dafür, dass es ins Tierheim kommt«, sagte Hufeland. »Oder zu Leuten, die eins haben möchten.«

»Was denn, *ich* soll mich darum kümmern? Sehen Sie nicht, dass ich kaum bis vor die Tür gehen kann? Und meine

Frau will ihre Ruhe haben, wenn sie von der Arbeit kommt. Schließlich geht sie abends noch putzen.«

Heckings braungelbes Gesicht nahm eine gefährlich rotviolette Farbe an, und im nächsten Moment drückte er Kevin blitzschnell den Karton mit dem Kaninchen wieder in die Arme und knallte ihnen die Wohnungstür vor der Nase zu.

»Und jetzt?«, fragte Kevin Kuczmanik verdutzt das Kaninchen. »Was machen wir mit dir?«

»*Wir* machen gar nichts mit ihm«, sagte Hufeland ungehalten. »Soll Wagner sich drum kümmern.«

Dann drückte er wieder auf den Klingelknopf.

»Was denn noch?«, tönte es von drinnen, ohne dass die Tür geöffnet wurde.

Hufelands kantiges Gesicht verfärbte sich auf voller Länge tiefrot. »Wenn Sie nicht sofort die Tür aufmachen, lass ich sie aufbrechen, und Sie fahren mit uns ins Präsidium nach Münster, damit ich Sie da befragen kann. Haben wir uns verstanden?«

Die Tür flog auf. Hecking stand auf der Schwelle, als wäre sie nie geschlossen gewesen. »Ja? Was gibt's denn?«

Hufeland schickte zufrieden ein Schnaufen durch die Nase. »Ihr Nachbar oben sprach von Streit, den Jenny Stratmann öfter mit Männern gehabt haben soll. Können Sie das bestätigen?«

»Ja, das stimmt. Männer waren öfter hier. Zwei sogar regelmäßig.«

»Was für Männer? Kannten Sie sie?«

»Nein, die kannte ich nicht. Auswärtige oder Zugezogene, schätze ich. Hab sie auch nur flüchtig gesehen, hin und wieder mal zufällig im Flur oder draußen vorm Haus.«

»Würden Sie sie eventuell wiedererkennen?«

Er stülpte die bläulichen Lippen vor. »Weiß nicht. Den

einen vielleicht, einen etwas jüngeren. Den Streit oben gab es auch hauptsächlich dann, wenn er sie besuchte. Oder wie immer man das nennen soll, was die dort oben getrieben haben. Ich glaube, das war ihr Freund. Der war gestern auch da.«

»Wann?«

»Am späten Nachmittag, schätze ich mal. Muss mal meine Frau fragen, die merkt sich so was besser als ich. Aber später waren auch noch andere da.«

»Männer, meinen Sie?«

Er nickte.

»Wann später? Erinnern Sie sich?«

Er zuckte die Achseln. »Weiß nicht mehr genau. War schon am Abend. Da gab's dann noch mal Ärger. Ich wäre ja raufgegangen, um für Ruhe zu sorgen. Aber Sie sehen ja …« Er blickte demonstrativ auf seine elefantösen Beine. »Und meine Frau traut sich nicht. Irgendwann haben wir nur noch Poltern auf der Treppe gehört, das war's.«

»Ein Poltern haben Sie gehört?«

»Ja, wenn einer es sehr eilig hat und die Stufen runterrennt, wissen Sie?«

»Verstehe. Danke, Herr Hecking.« Er wandte sich zu Kevin Kuczmanik um, nahm ihm den Karton mit dem nervös hin und her huschenden Kaninchen ab und presste es dem verdutzten Hausmeister ein zweites Mal in die Arme.

»So, mein Freund«, sagte er zu dem Kaninchen, das verschreckt in einer Ecke hockte. »Der gute Mann wird sich um dich kümmern. Wenn nicht, gibt das richtig Ärger.«

Er warf Hecking einen wilden Blick zu und verabschiedete sich, indem er mit dem Finger auf das Kaninchen zeigte. »Und ich will keine Klagen von ihm hören, hinterher.«

16

Als sie über den Schotterplatz zum Dienstwagen zurückkehrten, stand Wagner an der Hecke und wässerte sie.

Nachdem er die üblichen Hüftverrenkungen im Stehen pinkelnder Männer vollzogen hatte, wenn sie ihren Spatz wieder in die Hose zwängen, stapfte er in aller Ruhe zurück und ließ die Kollegen gnädig einsteigen. Doch kaum hinterm Steuer wollte er auch schon losstarten. Hufeland bat ihn, noch zu warten, und zückte sein Handy. Auf dem Display rief er das Foto auf, das er soeben in der Wohnung des Opfers gemacht hatte.

»Jenny Stratmann hatte eine Liste mit Namen in ihrer Wohnung«, erklärte er.

Wagner nickte routiniert, als hätte er selbstverständlich damit gerechnet. Es war Kevin Kuczmanik, der überrascht war. »Davon haben Sie mir noch gar nichts gesagt, Herr Hufeland!«, beschwerte er sich.

»Du warst mir zu sehr mit Kaninchenhaltung beschäftigt«, watschte Hufeland ihn ab. In Wahrheit hatte er vorhin einfach keine Lust dazu gehabt. Wo waren wir denn, er hatte doch als Hauptkommissar keine Rapportpflicht gegenüber einem Kommissarsanwärter!

»Also«, wandte er sich wieder an Wagner. »Mich würde interessieren, ob Ihnen folgende Namen etwas sagen.« Er las sie der Reihe nach vor:

»Mensing?«

Wagner schüttelte den Kopf. Kein Wunder, die Vorwahl stand eindeutig für Münster.

»Große-Aschhoff?«

Wagner nickte. »Große-Aschhoffs gibt es eine ganze Menge in Vennebeck. Alte Bauernfamilie. Mit vielen Ablegern.«

»Hm. Na schön. Was ist mit Buschhoff?«

»Da kenne ich nur Lena Buschhoff. Und ihren Mann Sven. Lena ist, wie gesagt, die Leiterin des Kindergartens. Vom Sonnentau, in Kapellen drüben«, er winkte matt mit der Hand in die Richtung.

»Ach richtig.« Hufeland erinnerte sich jetzt an den (Wagners Expertise zufolge) exklusiven Charakter des Kindergartens.

»Hatte ich übrigens notiert, den Namen Sonnentau«, kommentierte Kevin vom Rücksitz aus. Er war noch immer beleidigt wegen der Liste, die Hufeland ihm vorenthalten hatte. Doch im nächsten Moment hatte er ein anderes Problem. Als nämlich Hufeland einen weiteren Namen von Jenny Stratmanns Liste vorlas: »Wittekind. Sagt Ihnen der Name etwas?«

Nicht nur Wagner sagte er etwas, auch Kevin Kuczmanik. »Wittekind?«, wandte er sich an Wagner. »So hieß doch die Familie, deren Kind gestern Nachmittag vermisst worden war. Oder nicht?«

»Wie, ein Kind wird vermisst? Hier in Vennebeck? Warum weiß ich davon nichts?«, fuhr Hufeland Kevin Kuczmanik an.

»Na, die Suchaktion ist abgebrochen worden«, verteidigte sich Kevin. »Fehlalarm quasi.«

»Ausgelöst durch Wittekinds?«, wollte Hufeland wissen.

»Ja richtig«, bestätigte Wagner. »Der kleine Wittekind, Paulus heißt er, drei Jahre alt, war plötzlich verschwunden. Aber nix passiert. Der Junge ist längst wieder da. Sein

Papa hat ihn in der Nachbarschaft aufgegabelt und nach Haus gebracht.« Sein Gesicht verdüsterte sich plötzlich. »Bloß …«

»Ja?« Hufeland schaute ihn erwartungsvoll an.

»Zwei Verkehrsstraftäter sind mir durch die dumme Suchaktion durch die Lappen gegangen. Richtige Rowdies.«

»Was Sie nicht sagen«, knurrte Hufeland. Zu Wagner fiel ihm allmählich nichts mehr ein.

Kevin Kuczmanik wurde unterdessen etwas klar: Dass das vermisste Kind, der kleine Wittekind, so rasch wiedergefunden wurde, war keineswegs Wagners Verdienst gewesen, wie er offenbar der Einsatzzentrale vermittelt hatte.

»Na schön. Last but not least …«, sagte Hufeland und las mit süffisantem Unterton einen weiteren Namen vor: »Uhl.«

»Was denn, Dieter Uhl von der AbEG?«, entfuhr es Wagner.

»Das wird sich noch herausstellen«, sagte Hufeland. »Die Vorwahl deutet jedenfalls auf die Gegend hier hin.« Er zeigte Wagner das Foto von Jenny Stratmanns Liste auf seinem Display.

»Ja«, bestätigte Wagner. »Das ist die Vorwahl von Bahnhausen. Könnte hinhauen, die AbEG hat ihren Sitz dort im Industriegebiet.«

»Seltsam, dass sie die Namen auf einen Zettel geschrieben hat, statt sie ins Handy einzugeben«, wunderte sich Kevin Kuczmanik.

»Vielleicht war sie romantisch veranlagt«, versuchte sich Wagner an einem schalen Witz und brachte ein Lachen zustande, das sich wie Hecheln anhörte.

»Wir haben ihr Handy, falls sie eins hatte, was aber

anzunehmen ist, noch nicht gefunden«, sagte Hufeland. »Vielleicht hat der Mörder es an sich genommen. Möglich, dass sie die Namen darin ebenfalls geführt hat. Oder auch in ihrem altersschwachen Laptop. Das wissen wir nicht.« Aber in dem Fall, dachte er, hätte sie die Namen *zusätzlich* auf diesen Zettel, mag er noch so unscheinbar aussehen, geschrieben und unter den Rechner geschoben. Eine handgeschriebene Sicherheitskopie nach altem Muster, im elektronischen Zeitalter. Was der Liste eine noch größere Bedeutung geben würde, sie konnte, mit etwas Glück, womöglich der Schlüssel zur Lösung des Falls werden.

Diese Aussicht gab ihm neuen Schwung. »Auf geht's, Wagner!«, rief er aus und klatschte in seine großen knochigen Hände.

»Okay. Aber wohin, Herr Kommissar?«

»Zum Schützenfest. – Herrgott noch mal, Wagner! Zum Venneberg. Wo unsere Autos stehen.«

17

Nachdem Wagner sie zur Deponie zurückgefahren hatte, brauste er gleich wieder los, um sich, wie er sich ausdrückte, seiner »richtigen Pause« zu widmen, die er in seinem Vennebecker Büro zu halten gedachte.

»Wenn's der Nahrungsfindung dient«, sagte Hufeland in freier Assoziation zu einem Altachtundsechziger-Spruch. Sie brauchten Wagner vorerst ja nicht mehr.

»Mahlzeit!«, wünschte Kevin Kuczmanik und spürte, dass er allmählich selbst Hunger bekam. Aber die Müsli-Powerriegel im Handschuhfach seines Micra wollte er vorerst noch nicht antasten. Erst im äußersten Notfall.

In Hufelands Wagen gingen sie die Liste mit den Namen noch mal durch und teilten sich auf.

»Du beginnst mit Wittekind, Kevin. Warst ja schon auf dem Weg dorthin, wenn ich das richtig verstanden habe. Und Große-Aschhoff nimmst du gleich dazu. Ich übernehme Uhl und Buschhoff.« Mensing aus Münster würde später an die Reihe kommen. »Anrufen und, wenn möglich, gleich hinfahren!«, war Hufelands schlichte Order.

Kevin Kuczmanik notierte sich die beiden Adressen und ging zu seinem Wagen hinüber. Er rief zuerst bei Wittekinds an.

Eine Frauenstimme meldete sich. »Bettina Wittekind. Hallo?«

Er nannte seinen Namen und den Dienstgrad.

Die Frau reagierte verwundert. »Aber hat man Ihnen denn nicht gesagt, dass Paulus längst wieder da ist? Er ist im Moment im Kindergarten, ganz normal wie immer. Das war ein Irrtum gestern. Unser Babysitter hat nur mal eine Minute nicht aufgepasst.«

»Darum geht es nicht, Frau Wittekind.« Oder vielleicht doch. Wer wusste das schon. »Ich habe eine Frage im Zusammenhang mit einem aktuellen Mordfall.«

Sekundenlang Stille. »Einem Mordfall? Was für ein … Mordfall?« Sie sprach es aus wie ›Abfall‹, und so verkehrt war das in diesem Fall ja gar nicht. »Was haben wir damit zu tun?«

Er überhörte das einfach, den Trick hatte er sich bei Hufeland abgeschaut. »Wenn es Ihnen recht ist, würde ich gerne in ein paar Minuten bei Ihnen vorbeikommen, Frau Wittekind. Die Sache ist bestimmt schnell geklärt.« So oder so.

»Also, ich verstehe das nicht. Und eigentlich ist mir das im Moment gar nicht so recht. Wissen Sie, ich habe zwar meinen freien Tag, aber die Wäsche muss dringend …«

»Fein, dann bin ich gleich bei Ihnen«, sagte er, als hätte sie geradezu darum gebettelt. »Eichbornweg 7, stimmt die Adresse?« Er hatte sie gestern von der Einsatzzentrale bekommen.

»Jaja. Das sind wir.«

»Schön. Bis gleich.«

Er legte auf. Erst jetzt bemerkte er, dass Hufelands schwarzer Touran bereits nicht mehr auf dem Parkplatz stand. Bestimmt fuhr er als Erstes zu Uhl. Sein Chef schien ziemlich erpicht darauf zu sein, dem Geschäftsführer der AbEG mal auf den Zahn zu fühlen.

Er programmierte sein Navi und fuhr los. Schon ein merkwürdiger Zufall, dachte er, dass er heute ausgerechnet zu der Familie fuhr, deren Kind er gestern noch hatte finden sollen. Im Grunde könnte er ihn mit Melanie teilen, denn sie beide sammelten Zufälle, tauschten sich darüber aus und kategorisierten sie neuerdings auch auf einer Skala von eins bis zehn. Dieser Zufall hier, der Name Wittekind im Zusammenhang mit einem Notfall und tags darauf in einem Mordfall, verdiente sicherlich die höchste Punktzahl. Wenn es denn ein Zufall *war*.

Es war jetzt halb elf, das Dorf wirkte wie ausgestorben, kaum Leute auf der Straße, wenig Verkehr, in dem großen blitzblanken Schaufenster eines Gartenbedarfgeschäfts spiegelte sich sein roter Micra, er sah aus wie ein Spielzeugauto. Er fuhr die verkehrsberuhigte Hauptstraße entlang, vorbei an der alten katholischen Backsteinkirche, einer Apotheke und diversen Kneipen, darunter der Brooker Hof, in dem vor zwei Jahren eine Zeugin in dem Mord am Hühnerbaron als Kellnerin gearbeitet hatte. Wenn ihn nicht alles täuschte, hatte sein Chef sich damals ziemlich in sie verguckt.

Zwischen den Häuserzeilen bemerkte er eine schmale, von Hecken gesäumte Gasse, die wie eine Stichstraße zur Tankstelle führte. Er warf einen Blick auf die Tankanzeige. Hatte sein Micra Durst? Nein, alles in Ordnung. Fuhr weiter auf die Umgehungsstraße, die in einem weiten Bogen auch an Vennebecks ehemaliger Hühnermastanlage vorbeiführte. Wo früher achtzigtausend Hähnchen in einem lang gestreckten Flachdachgebäude eingepfercht waren, hockte jetzt ein Schwarm Krähen auf dem leeren Platz. Das Gebäude war offensichtlich abgerissen worden, ein neues noch nicht in Sicht.

Das Navi befahl, noch ein kleines Stück weiter auf der doppelt breiten Umgehungsstraße zu fahren und dann abzubiegen. Vor ihm lag das Mozartviertel, wie Wagner es nannte, ein Neubaugebiet aus Einfamilienhäusern mit Klinker-Fassaden im Fachwerkstil (das Happy-Video vor dem Lepramuseum fiel ihm plötzlich wieder ein), mit kleinen Rasenflächen und schmalen Vorgärten, die so blitzend neu und ungebraucht aussahen, als wären sie alle in den letzten Tagen erst gebaut und bezogen worden.

Das Haus der Wittekinds im Eichbornweg unterschied sich von seinen Nachbarn vor allem dadurch, dass die Fachwerkfassade wie poliert aussah, weil die braunroten Klinkersteine glasiert waren.

Er parkte seinen Micra vor dem Haus und stieg wie immer auf seine umständliche Art aus.

Sein Blick traf einen kleinen Spielplatz am Ende des Sträßchens, mit einer Rutsche, einem Sandkasten und einem Klettergerät aus rotem Seil. Aber ohne Kinder, die dort spielten. Vielleicht lag's an der Uhrzeit, kurz nach elf. In Kinderhaus kannte er Spielplätze, da saßen nur noch alte Leute oder Jugendliche auf den Holzbänken, die redeten oder rauchten, manchmal beides. Die Kinder spielten unterdessen vermutlich zu Hause mit ihren Gameboys, übten drinnen Massenmord oder massakrieren für den Ernstfall draußen.

Wittekind. Der blaue, schwungvoll geschriebene Name auf einem glasierten weißen Schild neben der Haustür.

Er klingelte.

18

Eine große schlanke Frau Anfang vierzig, mit haselnussbraunen Augen und kurzen, leicht grau melierten Haaren, stand vor ihm in der Haustür.

»Ja?« In ihrer Stimme lag der gleiche ängstliche Tonfall wie schon am Telefon.

Er grüßte, nannte seinen Namen, zeigte seinen Dienstausweis und bat, hereinkommen zu dürfen. Sie ließ ihn spürbar verunsichert herein und führte ihn in die Küche, eingerichtet in einem rustikalen Bauernhausstil, passend zur Fachwerkfassade. Durchaus gemütlich, fand er und ließ sich ungefragt auf einen Stuhl fallen.

»Kaffee?«, bot sie an. Ihr Gesicht drückte jedoch die Hoffnung aus, dass er ablehnen und gleich wieder gehen möge.

»Gerne. Danke, Frau Wittekind.«

Sie ging zur Kaffeemaschine, warf schweigend die Pads ein, drückte einen Knopf, und in kürzester Zeit stand eine duftende Tasse cremigen Kaffees vor ihm auf dem Tisch.

»Jetzt aber mal raus mit der Sprache«, sagte sie in einem plötzlich erzwungenen nassforschen Ton. Sie hatte sich während des Kaffeebereitens offenbar Mut zugesprochen. »Was ist überhaupt passiert? Von welchem Mord sprechen Sie? Was hat das mit uns zu tun, mit meiner Familie?«

Kevin kostete vorsichtig schlürfend den heißen Kaffee. »Aah, köstlich! Aber heiß.« Er lachte. »Sehn Sie, Frau Wittekind, das genau wollen wir herausfinden.« Er setzte sich so aufrecht wie möglich hin und sah ihr direkt ins Gesicht. Jedenfalls bemühte er sich, es zu tun, denn sie war auch am Tisch noch einen Kopf größer als er.

»Eine junge Frau wurde ermordet«, sagte er. »Heute früh aufgefunden, hier in Vennebeck.«

Sie kaute nervös auf ihrer dezent rot geschminkten Unterlippe. »In Vennebeck, aha. Wer ist es denn? Wissen Sie das schon?«

»Das Opfer heißt Jenny Stratmann.«

Schon beim Vornamen schoss ihr das Blut ins Gesicht. Er hätte nicht zu sagen gewusst, ob sie das nun zehn Jahre jünger oder älter machte. Aber sie gefiel ihm, so ganz neutral, als Mensch.

»Kennen Sie Jenny Stratmann, Frau Wittekind? Ihren Namen?«

Sie erholte sich vom ersten ziemlich offensichtlichen Schrecken. »Den Namen, ja. Aber persönlich kennen, wäre zu viel gesagt. Sie, ähm, hat uns eine Menge Ärger bereitet in den letzten Monaten. Ich meine, uns, den Eltern der Kinder in Paulus' Kindergarten.«

»Dann heißt sein Kindergarten Sonnentau, richtig?«

»J-ja. Ach, das wissen Sie schon?«

»Inwiefern hat Jenny Stratmann Ihnen Ärger bereitet? Was hat sie getan?«

»Sie hat uns, das heißt vor allem die Kinder natürlich, massiv gestalkt.« Sie nickte noch bekräftigend dazu. »Ja, gestalkt hat sie uns, mir fällt kein anderes Wort dafür ein. Stundenlang lungert sie vor dem Kindergarten herum und stiert auch auf die Eltern, wenn sie ihre Kinder bringen und abholen. Fragen Sie mal Lena, Lena Buschhoff, die kann Ihnen ein Lied davon singen.«

Kevin nickte. »Mach ich, machen wir alles, Frau Wittekind. Aber im Moment interessiert mich noch, wie Ihre Telefonnummer auf den Notizzettel von Jenny Stratmann kommt.«

Ihr Gesicht lief wieder rot an. »Woher soll ich das wissen? Vielleicht hat sie auch die der anderen Eltern aufgeschrieben? Oder die der Erzieherinnen, der Leiterin, was weiß ich, was in deren Hirn vorgegangen ist.«

Kevin nahm wieder einen Schluck vom Kaffee und schüttelte den Kopf. »Wissen Sie, was ich mir nicht erklären kann, Frau Wittekind? Das ist der seltsame Zufall, dass gestern Ihr kleiner Sohn verschwindet, der, wie Sie jetzt selber sagen, ebenfalls im Kindergarten von Jenny Stratmann gestalkt wurde. Und nur wenige Stunden später wird dieselbe Frau ermordet und auf die ehemalige Müllkippe geworfen wie ein kaputter Eimer.«

Ihr Gesicht nahm plötzlich einen harten Ausdruck an. »Hören Sie, ich sagte Ihnen schon, dass die Sache mit Paulus gestern ein Fehlalarm war. Ihr Kollege aus Vennebeck, Herr Wagner, kann Ihnen das bestätigen. Paulus war nicht verschwunden, sondern nur weggelaufen. Ronald, also mein Mann, hat ihn ja gleich wieder zurückgebracht.«

»Woher wusste Ihr Mann eigentlich, dass Ihr Kleiner verschwunden, also weggelaufen war?«

»Sofie, unser Babysitter, hat versucht, uns anzurufen, Ronald und mich. Uns aber nicht gleich erreicht. Ronald wurde dann von Große-Aschhoffs angerufen, dass Paulus bei ihnen wäre. Falls wir ihn suchen sollten.«

»Große-Aschhoffs.« Ein weiterer Name von Stratmanns Liste. Dass der Junge zu ihnen gelaufen war, davon hatte Wagner vorhin nichts gesagt; womöglich wusste er es selbst nicht, spielte ja scheinbar auch keine Rolle mehr, wo der Kleine gesteckt hatte, nachdem er glücklich wieder aufgetaucht war.

Bettina Wittekind bemerkte seine Nachdenklichkeit und sagte: »Große-Aschhoffs sind unsere Nachbarn, drüben in der Mozartstraße. Ihre Tochter Melis geht mit Paulus in den Kindergarten. Die Kleinen verstehen sich gut, obwohl Melis ein Jahr jünger ist als er. Jedenfalls ist er zu ihr gelaufen, als Sofie ihn für einen Moment aus den Augen gelassen hat. Wahrscheinlich hat er sich gelangweilt.« Sie setzte ein Lächeln auf, das auf interessante Weise verkrampft wirkte.

Er nahm einen letzten Schluck Kaffee und stand auf. »Vielen Dank, Frau Wittekind, das war sehr aufschlussreich.«

»Ja, nicht wahr?«, sagte sie, als wunderte sie sich selbst darüber.

Sie brachte ihn zur Haustür, und er verabschiedete sich artig.

Auf dem Weg zu seinem Micra fühlte er sich beobachtet. Vielleicht stand sie hinter einem Fenster und ließ ihn nicht aus den Augen.

Sie hatte in der Tat auf alles eine Antwort gehabt. Einen Text, der allerdings von vorne bis hinten zurechtgelegt klang. Dessen in jeder Hinsicht beschwichtigende Botschaft in deutlichem Gegensatz zu der Unruhe stand, die sie offenbar nicht abschütteln konnte.

Zu den Nachbarn war Paulus Wittekind gestern Nachmittag also spaziert. Das passte. Diesen Aschhoffs wollte er ohnehin den nächsten Besuch abstatten.

Er entschied sich, zu Fuß zu gehen. Um den Pilgerpfad des kleinen Paulus nachzuvollziehen.

19

Das Verwaltungsgebäude der AbEG lag am nördlichen Stadtrand von Bahnhausen. Der Geschäftsführer hatte seine Überraschung am Telefon, so schnell wieder von Hufeland zu hören, scheinbar locker in den Griff bekommen.

»Selbstverständlich« erkläre er sich bereit, Hufeland in seinem Büro noch weitere Fragen zu beantworten. »Auch wenn mir, ehrlich gesagt, nicht klar ist, warum wir das nicht schnell am Telefon machen können, Herr Kommissar.«

»Mir schon«, sagte Hufeland. »Bin in zwanzig Minuten bei Ihnen. Dann erklär ich's Ihnen.«

Das Dienstgebäude war ein schmuckloser dreistöckiger Kasten aus roten Klinkersteinen mit (nach Hufelands Dafürhalten) viel zu vielen Fenstern, die optisch durch Streifen aus grauem Waschbeton miteinander verbunden waren.

Uhls Büro befand sich im dritten Stock, und es war bescheidener, als Hufeland es sich nach dem breitwandigen Auftreten des Geschäftsführers am Morgen vorgestellt hatte. Nicht mal die Vorzimmersekretärin siebte den Zugang zum Chef. Im Gegenteil, die junge blonde Frau war so damit beschäftigt, ihren Bildschirm zu hypnotisieren, dass sie dem Besucher nur einen winzigen Blick aus den Augenwinkeln schenkte und wortlos mit dem Zeigefinger auf ein weiteres Zimmer wies, dessen Tür weit offen stand.

Uhl wartete also bereits auf ihn. Und sprang aus seinem Sessel wie ein fetter Springteufel, als Hufeland mit den Knöcheln gegen den Türrahmen klopfte.

Seine äußere Anspannung war sichtlich gestiegen, mit leicht zitternder Hand, wie Hufeland zu erkennen glaubte, schloss er die Tür hinter Hufeland und bot ihm an, sich mit ihm an einen großen runden Resopaltisch vor dem Fenster zu setzen.

Das Büro für den AbEG-Boss war spärlich eingerichtet. Dort der Computerplatz am weißen Schreibtisch, an der Wand ein Aktenschrank mit schwarzen Lamellen, schräg gegenüber ein rahmenloses Bild mit einer italienischen Zypressenlandschaft, offenbar ein Original, jedenfalls potthässlich, fand Hufeland und tippte auf die Gattin als Urheberin des Kunstwerks. Die nämlich – Hufeland war sicher, dass es die Gattin war – blickte wenig milde aus einem breiten Metallrahmen, der auf dem Schreibtisch neben dem Computer stand, zum Tisch hinüber. So sah sie den Gatten nicht an, wenn er am Schreibtisch saß, sondern schaute weg, in eine andere Richtung. Interessante Lösung.

Uhl schwitzte, wuchtete sein Bauchfett mit beiden Händen hin und her wie bei einer Spezialmassage gegen Darmleiden. »Tja, was gibt's denn noch so Wichtiges, Herr Hufeland? Sie machen es ja richtig spannend.«

Hufeland zog mit gewichtiger Miene sein Handy aus der Jacketttasche und ließ den Blick einige Sekunden darauf verweilen. »Sie sagten mir doch heute Morgen am Venneberg noch, Sie würden das Opfer nicht kennen, nicht wahr?«

Uhl wurde leichenblass und nickte schwach.

Hufeland registrierte es und schaute dann wieder auf das Display seines Handys. »Nun finde ich aber auf einer Telefonliste – ganz altmodisch auf Papier, aber vielleicht auch noch an anderen Orten, wir überprüfen das noch – da finde ich also, jetzt raten Sie mal, wessen Namen?« Uhl hielt die Luft an. »Richtig, Ihren werten Namen finde ich dort, Herr Uhl, plus zwei Telefonnummern, eine vermutlich von Ihrem Handy, die andere von Ihrem Festnetzanschluss. Mit der zweiten Nummer habe ich Sie ja dankbarerweise auch gleich erreicht. Hier in Ihrem Büro.«

Uhls breites, rundes Gesicht glänzte vor Schweiß, es verlor buchstäblich die Form, das Fett seiner Wangen schien geradezu herunterzufließen wie Wachs an einer brennenden Kerze, nur schneller. Unter den Achseln bildeten sich dunkle feuchte Ringe auf seinem asphaltgrauen Hemd.

Er lachte vorsichtig. »Herr Kommissar, ich weiß ja nicht, welche Schlüsse Sie daraus ziehen. Aber das muss der absolute Zufall sein, dass die … also die Tote meinen Namen aufgeschrieben hat. Oder nein, im Gegenteil, kein

Zufall! Wahrscheinlich wollte sie sich bei mir beschweren. Über den Venneberg. Wissen Sie, das haben schon viele getan, weil sie denken, der Müll darunter könnte ihnen schaden. Gesundheitlich, meine ich. Was natürlich Quatsch ist.«

Er war sichtlich froh, dass ihm diese Deutung spontan eingefallen war.

»Möglich«, sagte Hufeland schlapp. »Hat sie?«

»Hat sie was?«

»Hat Jenny Stratmann sich bei Ihnen gemeldet? Sich beschwert? Am Telefon oder auf Ihrem Handy?«

Er zögerte kurz, erwog offenbar die Konsequenzen dessen, was er sagte. Er stemmte seine Kinnmasse hoch und runzelte die Stirn. »Sagen Sie, verhören Sie mich gerade? Bin ich irgendwie … verdächtig? Dürfen Sie das eigentlich?«

Hufeland schnaufte effektvoll durch seine großen Nasenlöcher und steckte das Handy wieder ein. Auf die üblichen Nebenschauplätze, die ihm Zeugen, tatverdächtig oder nicht, anboten, ließ er sich grundsätzlich nicht ein.

»Herr Uhl, ich ermittle in einem Mordfall, und Sie sind ein möglicher Zeuge. Als solchen befrage ich Sie.«

»*Ich* bin ein Zeuge? Wieso das denn auf einmal? Ich hab doch gar nichts gesehen. Oder gehört.«

Allmählich verlor Hufeland die Geduld mit ihm. »Ich dachte, ich hätte mich klar ausgedrückt, Herr Uhl. Das Opfer, Jenny Stratmann, von der Sie im Angesicht ihrer Leiche behauptet haben, Sie würden sie nicht kennen, hat Ihren Namen und Ihre Telefonnummern notiert. Wir brauchen nur noch den Chip aus dem Handy von Jenny Stratmann zu finden, um Ihnen den Kontakt eindeutig nachzuweisen, falls er bestanden hat. Ich rate Ihnen also, mir von Anfang an die Wahrheit zu sagen, statt sich in Widersprüche zu verheddern. Gelinde gesagt.«

»Was heißt Widersprüche? Ich telefoniere nun mal mit allen möglichen Leuten, Herr Kommissar, das ist meine Aufgabe als Geschäftsführer. Unter anderem.«

»Geschenkt. Beantworten Sie einfach meine Frage: Kannten Sie Jenny Stratmann?«

»Nein! Ich kenne die Frau nicht. Und sollte ich wirklich mal mit ihr telefoniert haben – beruflich, beschwerdetechnisch, wohlgemerkt – so habe ich das längst wieder vergessen.«

»Ein Geschäftsführer, der sich noch persönlich um die Beschwerden der Bürger kümmert, sind Sie also, ja?« So sah er gerade aus.

»Solls geben.« Er hatte plötzlich wieder Oberwasser.

»Da wir gerade so aufrichtig zueinander sind, Herr Uhl, wo waren Sie gestern Abend, sagen wir ab acht?«

»Zu Hause. Hier in Bahnhausen, bei meiner Familie. Den ganzen Abend. Und die Nacht.« Er schoss die Antwort ab, als hätte er nur darauf gewartet.

»Was Ihre Frau sicher bestätigen wird?« Hufeland schaute auf das strenge Gesicht der Frau im Bildrahmen auf dem Tisch und dann wieder zu Uhl hinüber.

»Meine Frau und mein Sohn, der bei uns übernachtet hat, können das bestätigen. Und falls Sie stattdessen lieber etwas anderes hören möchten, sprechen Sie in Zukunft bitte mit meinem Anwalt.«

Uhl stemmte sich von seinem Stuhl hoch, indem er seine massigen sommersprossigen Fäuste wie ein Gorilla auf der Tischplatte abstützte. Er schwankte leicht, wie ein Boxer nach einem Wirkungstreffer, aber fallen würde er deswegen noch lange nicht.

»Wiedersehn, Herr Kommissar.«

Worauf du dich verlassen kannst, dachte Hufeland, erhob sich und verließ mit einem knappen Nicken zum Abschied das Zimmer.

Als er wieder in seinem Wagen saß und über die Vernehmung nachdachte, musste er sich eingestehen, dass sie mit Sicherheit nicht zu den stärksten Arbeitsproben seiner langjährigen Dienstzeit zählte. Er musste seine – im Grunde völlig irrationale – persönliche Abneigung gegen Uhl im Zaum halten und nüchtern über dessen mögliche Rolle in dem Fall nachdenken.

Gesetzt, dass Uhl Jenny Stratmann gekannt hatte – sein Verhalten ebenso wie sein Name auf ihrer Liste deuteten darauf hin – so hatte er sie wohl kaum umgebracht, um ihre Leiche anschließend ausgerechnet auf einer seiner Deponien abzulegen. Falls sonst keiner drauf kam, dass er der Täter war.

Aber in irgendeiner Weise war Uhl in den Fall verwickelt, da war er sich sicher.

20

Bevor Kevin Kuczmanik sich zu Fuß auf den Pilgerweg des kleinen Paulus machte, kletterte er noch einmal in seinen Wagen und zauberte nun doch seinen Restvorrat an Müsliriegeln aus dem Handschuhfach seines Wagens. Noch im Stehen, bevor er den ersten Schritt gegangen war, verschlang er das erste süße Stück. Dann, mit wachsendem Appetit, ein zweites. Und gleich danach verlangte sein Körper nach einem dritten Riegel. Den er auch bekam.

Das dürfte vorerst reichen, um den ärgsten Hunger zu bekämpfen, hoffte er. Aber bald musste er was ›Richtiges‹ essen, herzhaft und fleischlos.

Mit der neu gewonnenen Energie von drei Powerriegeln machte er sich beschwingt auf den Weg zu Kleine-Aschhoffs in der benachbarten Mozartstraße. Er hatte sich dort bereits angekündigt, nachdem Hufeland ihm die Vernehmung zugewiesen hatte. Die dunkle Stimme der Frau am Telefon hatte bloß überrascht geklungen, als er seinen Namen und sein Anliegen nannte, nicht unsicher und nervös wie die ihrer Nachbarin Bettina Wittekind. So war es auch jetzt, als er sie während seines kleinen Spaziergangs durch die Nachbarschaft des Mozartviertels ein weiteres Mal anrief, damit sie auch sicher auf ihn wartete.

»Bin in ein paar Minuten bei Ihnen, Frau Kleine-Aschhoff.«

»*Große*. Wir heißen Große-Aschhoffs«, korrigierte sie ihn kühl. »In Ordnung, bis gleich.«

Sie hatte aufgelegt, ehe er sich für seine Verwechslung entschuldigen konnte. Links und rechts, das konnte man schon mal verwechseln, aber groß und klein? Zu blöd.

Er tapste plattfüßig die Haydnstraße entlang und musste feststellen, dass sie weit länger war, als gedacht. Es schlossen sich noch mindestens sieben oder acht Einfamilienhäuser an, ehe das Sträßchen an einer Kreuzung auf die Händelstraße traf. Vereinzelt führte der Weg auch an unbebauten Grundstücken vorbei, die anscheinend noch auf Käufer warteten und ihm zwischen all den neuen Häusern wie riesige Zahnlücken vorkamen. Links ging es dann in die Mozartstraße hinein. Die aber erst nach drei Windungen um ein Dutzend weiterer Häuser als Sackgasse endete. Ganz hinten wohnten die Große-Aschhoffs, das Haus kam ihm wie der Zielpunkt eines neuartigen Labyrinths vor.

Er nahm sein Handy und schaute auf die Uhr. Zwölf Minuten hatte er für den Weg gebraucht. Wie lange brauchte eigentlich ein dreijähriges Kind dafür? Er hatte keine Ahnung, kam vielleicht aufs Kind an. Wenn es denn überhaupt ankam, ohne sich zu verlaufen.

Er schwitzte, wischte sich die Stirn mit dem viel zu langen, daher vorne umgekrempelten Jackenärmel und nahm das Haus der Große-Aschhoffs genauer ins Visier. Fachwerkfassade, gepflegte Anlagen, alles wie gehabt. Statt Gartenzwergen bevölkerten ein halbes Dutzend Schafe aus Ton oder Gips und ihr in einen weiten Mantel gehüllter Hirte den Vorgarten, durch den ein mit Terracottafliesen belegter Weg zur Haustür führte. Bevor er klingeln konnte, wurde die Tür bereits geöffnet. Eine Frau Ende dreißig baute sich im Türrahmen auf, glattes, blondes schulterlanges Haar, randlose Brille und klobige kobaltblaue Ohrringe, die mächtig an ihren Lauschern zogen. Das Hervorstechendste an ihr war aber ihr Kugelbauch, der ihre himmelblaue Bluse bereits allerorten zum Bersten brachte. Sie war hochschwanger.

Sie lachte zur Begrüßung und ließ ironisch ihre rauchblauen Augen über seine äußere Erscheinung fahren, rauf und runter. »Na, jetzt verstehe ich, warum Sie so lange gebraucht haben. Schon länger keinen Sport mehr getrieben?«

Ihm blieb vor Überraschung (und Scham) angesichts dieser unverblümten Beleidigung buchstäblich der Mund offen stehen.

Sie merkte es. Und lachte wieder. »Entschuldigung, da war ich wohl etwas direkt.« Sie streckte ihm ihre Hand entgegen, die er irritiert schüttelte. »Maike Große-Aschhoff.«

»Kevin Kuczmanik, Kommissar zur Anstellung.«

»Ach, Sie sind noch gar kein richtiger Kommissar, nein?«

Sie bat ihn nicht herein, sondern verschränkte die Arme vor der Brust und blieb demonstrativ vor ihm stehen, ihn um zwei Köpfe überragend.

»Worum geht's denn eigentlich?«

Irgendetwas, vielleicht das plötzliche Zucken unter ihrem linken Auge, sagte ihm, dass sie längst Bescheid wusste.

»Macht's Ihnen was aus, das im Haus zu besprechen?«, schlug er vor.

»Hm ja, eigentlich schon. Unsere Perle war noch nicht da, die Haushaltshilfe meine ich. Es ist furchtbar unaufgeräumt bei uns und noch nirgends geputzt.«

»Das macht mir absolut nichts aus.«

»Mir aber.«

Sie war eisenhart, das stand fest.

Also erklärte er ihr jetzt, was geschehen war. Berichtete von Jenny Stratmann, die am Venneberg gefunden worden war. Erschlagen.

Sie nickte ernst und wissend. »Das musste so enden. Mein Mann und ich, wir haben uns öfter – sehr oft! – über diese … Person unterhalten. Wissen Sie, ich bin Lehrerin, zurzeit nicht im Dienst.« Sie klopfte zur Erklärung für diesen Umstand leicht auf ihren Kugelbauch. »Als Lehrer erwirbt man sich einiges an Menschenkenntnis, und nach dem, wie diese Frau sich in Vennebeck aufgeführt hat, musste das ja ein schlimmes Ende mit ihr nehmen.«

»Sie meinen, nachdem sie die Kinder belästigt hat?«

»Natürlich. Und die Eltern doch auch! Weiß der Deibel, was die Frau angetrieben hat.«

Er setzte seinen naivsten Gesichtsausdruck auf. »Wollen Sie damit sagen, Frau Große-Aschhoff, dass jemand von den Eltern Ihres Kindergartens Jenny Stratmann erschlagen hat? Aus Wut, einfach die Nerven verloren?«

Jetzt blieb *ihr* der Mund offen stehen. Aber nur ein paar Sekunden. »Nein! Das wollte ich überhaupt nicht damit sagen. Was unterstellen Sie mir?« Ihre Hand erfasste die Türkante, sie machte einen Schritt zurück in den dunklen kühlen Hausflur. »Wissen Sie was, unser Gespräch ist beendet.«

Kevin Kuczmanik schüttelte bedauernd den Kopf. »Sorry, Frau Große-Aschhoff, aber es ist *nicht* beendet. Wenn Sie mir hier nicht antworten möchten, ist das in Ordnung. Aber dann muss ich Sie ins Präsidium einbestellen. Nach Münster. Da dürfen Sie dann auch gerne Ihren Anwalt mitbringen. Aber reden *müssen* Sie mit unsereins.«

Er hatte dick aufgetragen, aber es wirkte. Maike Große-Aschhoff wurde kalkbleich. »Anwalt, Münster, wovon reden Sie?« Sie legte die Hand, die vorher die Türkante ergriffen hatte, jetzt auf den Bauch, als müsse sie sich an dem Ungeborenen festhalten.

»Ich bin von der Mordkommission, Frau Große-Aschhoff. Und der Grund, warum ich hier vor Ihnen stehe, ist, dass Ihr Name und eine Handynummer, die Ihrem Namen zugeordnet sind, auf einer Liste stehen, die wir bei Jenny Stratmann gefunden haben.«

Sie ruckte das Kinn nach hinten und runzelte die Stirn. »Was denn, das ist alles: eine simple Liste? Na, das wundert mich nicht. Wahrscheinlich hatte die Person sich schon einen hübschen Telefonterror für uns ausgedacht. Denn *das* kann ich Ihnen sagen«, sie streckte stolz ihren Bauch noch weiter vor, »mein Mann und ich, wir haben, zusammen mit Wittekinds, von allen Eltern am meisten darauf gedrängt, dass unseren Kindern diese Irre vom Hals gehalten wird. Deshalb hatte sie es auf uns und Wittekinds natürlich besonders abgesehen. – Übrigens, zeigen Sie mal her, die Handynummer!«

Er hielt ihr das Display seines Smartphones mit der entsprechenden Notiz unter die Nase.

Sie schien nicht beeindruckt. »Ja, das ist die Nummer meines Mannes. Wie ich mir schon dachte.«

Kevin nickte so verständnisinnig, wie es ihm möglich war. »Schön, dann wäre das ja geklärt«, sagte er. »Jetzt habe ich nur noch eine Frage, was gestern betrifft.«

Sie starrte ihn verständnislos an. »Gestern? Was soll passiert sein?«

»Gestern, später Nachmittag. Sie erinnern sich nicht?«

Sie schlug sich mit der Hand gegen die Stirn. »Ach so, natürlich! Sie meinen Paulus, der von zu Hause ausgebüxt ist. Aber das ist doch keine Sache für die Polizei. Jedenfalls nicht mehr. Wieso fragen Sie danach?«

»Ach, es ist nur, weil ich zu dem Einsatz gerufen wurde, unnötigerweise, wie sich dann herausstellte.«

»Ja, nicht wahr.« Sie wirkte erleichtert. Lachte heiter auf. Und kam ins Plappern. »Es war halt so, dass Sofie – sie sittet für Wittekinds so wie ihre Freundin Svenja für uns –, also Sofie rief an und fragte, ob Paulus bei uns wäre. Ich gehe also nachsehen, hinten auf dem Rasen, und tatsächlich, da war er auf einmal, spielte mit Melis, unserer Kleinen, im Sandkasten. Die beiden kennen sich vom Kindergarten. Sofie hat ihn dann bei uns abgeholt.«

»Ach, *so* war das«, sagte Kevin, als wäre er nun auch nachträglich mehr als beruhigt.

Sie winkte lässig mit der Hand ab. »Na, keine große Sache. Für Eltern sind so kleine Pannen im Alltag Business-as-usual. Werden Sie auch noch lernen, später, wenn Sie mal Vater …« Sie betrachtete wieder kritisch seine Figur. »Oder, na ja, vielleicht auch nicht.«

Okay, vielleicht nicht. Aber andererseits war das nicht vielleicht ganz allein *seine* Sache, ob er Vater würde oder nicht? Er ärgerte sich plötzlich über diese arrogante Lehrerin, die nicht aus ihrer Rolle rauskam. Weil sie sich viel zu sehr darin gefiel.

»Interessant finde *ich*«, sagte er angefressen, »dass Sie behaupten, der Babysitter, dieses Mädchen Sofie, hätte Sie angerufen und den Jungen abgeholt. Tatsache ist aber, dass das Mädchen noch nach dem Kleinen gesucht hat, zusammen mit dem örtlichen Polizisten übrigens, als Paulus' *Vater* überraschend mit dem Jungen aufgetaucht ist. Und der hat behauptet, *er* hätte den Kleinen bei Ihnen abgeholt. Wie erklären Sie sich das?«

Ihr Gesicht wurde mit einem Mal dunkelrot. »Ach ja, stimmt«, keckerte sie heraus. »Es war natürlich Ronald selbst, Paulus' Vater, der ihn abgeholt hat.« Sie schnaubte auf einmal ärgerlich durch die großen Nasenlöcher. »Herrgott, Sofie hat den Kleinen schon tausend Mal bei uns abgeholt, nachdem er mit Melis gespielt hat. Hab ich jetzt durcheinandergebracht. Zu viele Dinge im Kopf, das kennen Sie sicher auch.«

Ja, dachte er. Von Zeugen. Als typische Ausrede, wenn Sie angesichts offengelegter Widersprüche Ihre Aussage revidieren müssen.

»Wieso wollen Sie das eigentlich noch so genau wissen?«, schob sie schroff hinterher. »Spielt doch keine Rolle mehr! Nichts Schlimmes passiert, der Junge ist wohlauf. Also was soll's?«

Was soll's?

Ein Mord war geschehen, und auf einer Liste des Opfers standen auch zwei Namen, die Hauptakteure einer Vermisstenmeldung waren: Wittekind und Große-Aschhoff. Sie präsentierten unterschiedliche Versionen des Vorfalls, obwohl er erst einen Tag zurücklag. Der sich also wenige Stunden vor dem Mord ereignet hatte.

21

Hufeland erwischte Kevin Kuczmanik am Handy, während der gerade einen schmackhaften grünen Salat verzehrte. Neben einer Portion Pommes (rot/weiß) und einem Tofuschnitzel mit fingerdicker Panade. Unschlagbar.

»Wo steckst du, Kevin?«

Er würgte zwei Salatblätter hinunter. »Im Brooker Hof. Was essen. Wollen Sie nicht auch 'nen Happen? Schmeckt super.«

Hufeland musste nun selber schlucken.

Im Brooker Hof hatte er vor zwei Jahren Hanne Spieker zum ersten Mal getroffen. Die Kellnerin, damals eine wichtige Zeugin im Fall des ermordeten Hühnerbarons, zeitweise sogar tatverdächtig, hatte es ihm trotz (oder gerade wegen) ihrer Rätselhaftigkeit dermaßen angetan, dass er noch Monate später nachts nicht schlafen konnte. Nicht, weil sie neben ihm lag, sondern weil sie es *nicht* tat. Nicht mehr.

Nach der Aufklärung des Falls hatte er nämlich auf gut Glück wieder Kontakt zu ihr aufgenommen, privat. Und zu seiner Überraschung war das Interesse keineswegs nur auf seiner Seite. Ein paar Monate waren sie zusammen gewesen, dann merkte Hanne, dass sie von vielen im Dorf noch immer schief angesehen wurde. Wegen der dubiosen Rolle, die sie in dem Mordfall Kock gespielt hatte (und tatsächlich hatte sie auch ihn anfangs ganz schön an der Nase herumgeführt). Wie auch immer, eines Tages erhielt sie das Angebot eines früheren Arbeitgebers aus Lübeck, in einem neu eröffneten Restaurant, einer weiteren Filiale seiner Kette, neu anzufangen. Zu Hufelands maßloser Enttäuschung nahm sie das Angebot an, zog Knall auf Fall mit ihrer Tochter in den Norden. Zweimal hatte er sie in größeren Abständen noch in der Marzipanstadt besucht, dann konfrontierte sie ihn damit, dass es da jemand anderen gebe. Ihren Chef, den Restaurantketten-Besitzer. Sie wolle ihn heiraten, den Millionär.

Nein, zu viele Erinnerungen an Hanne, bad vibrations, verband Hufeland mit dem Brooker Hof.

»Kein Hunger, Kevin, danke.« Er bat ihn, sich mit dem Essen zu beeilen. »Ich stehe hier noch vor der AbEG-Zentrale in Bahnhausen. Wir treffen uns in einer halben Stunde vor diesem Kindergarten in Kapellen, Sonnentau, genaue Adresse ist …«

»Weiß ich doch, Chef. Die Infos haben Sie von mir.«

»Ach so. Richtig.« Aber er konnte sich beim besten Willen nicht daran erinnern. Wirklich bedenklich, beinahe beängstigend, oder nicht? Vielleicht sollte er sich mal untersuchen lassen. Oder es mit Gedächtnistraining versuchen.

Oder jetzt doch was essen! Er schaute auf seine Armbanduhr, fast High Noon, also Essenszeit nach Kantinenuhr. Er stieg in den Wagen und fuhr zu dem kleinen Bahnhof, der Münster mit Bahnhausen und weiter nördlich mit Dinkel an der Gronau verband. Und vielleicht noch mit ein paar anderen Käffern. Die kümmerlichen Reste einer einst stolzen Bahnflotte mit einem wohlverzweigten Netz in der Region.

Im Bahnhofsrestaurant verspeiste er ein kaltes Kotelett mit Brötchen und Senf. Dazu eine Cola. Bullenfraß. Aber gut.

Auf der Fahrt zurück nach Vennebeck fuhr er an zwei älteren Männern vorbei, die den Radweg entlangschlingerten. Sie trugen helle Sommeranzüge und mit Federn geschmückte Strohhüte und schienen bester Laune, vermutlich Hochzeitslader, die ihre Tour abstrampelten, so weit der Sprit sie eben trug.

Augen zu und dran vorbei, er konnte sich nicht um alles kümmern.

An dem Abzweig nach Vennebeck entdeckte er kurz darauf hoch an einem Baum ein vergilbtes Wahlplakat der örtlichen CDU zur letzten Kommunalwahl. Ihm fiel augenblicklich das Wahlwerbevideo ein, mit dem sich die stolzen Macher nahe der holländischen Grenze europaweit einen Namen (»grenzdebil!«) gemacht hatten: Eine leibhaftige Kuh wurde in dem Filmspot dazu genötigt, die Partei darzustellen. Zu diesem Zweck wurde sie am Strick durch Bahnhausen geführt, nahm dort mutig Bankräuber auf die Hörner, rettete ein Kind aus den knöcheltiefen Fluten des örtlichen Bachlaufs und wurde von allen gelobt und betatscht (»Danke, CDU!«). Kevin Kuczmanik hatte ihn auf das Video aufmerksam gemacht, das im Netz bereits unglaubliche Klickraten aufwies. Die Netzgemeinde lachte sich schlapp darüber, dass die Partei sich selbst und damit ihre Mitglieder mit Rindviechern gleichstellte. Die Häme im Internet gipfelte in kreativen Umbenennungen der Partei in CDKuh, CDQ, CDMuh und anderen Verballhornungen.

Hufeland bekam auch jetzt wieder einen Lachanfall, als er sich die Details in Erinnerung rief.

22

Der Kindergarten in Kapellen befand sich in Sichtweite des Golfhotels Osterkamp. Vor dessen rasierten grünen Anlagen parkte jetzt, im Gegensatz zu früher, eine Pkw-Armada der vielen Gäste.

Hufeland war noch vor Kevin Kuczmanik angekommen und wartete im Wagen auf ihn. Gewissermaßen aus Jenny Stratmanns Perspektive betrachtete er jetzt den Kindergarten, wenn denn stimmte, was sie bisher davon erfahren hatten.

Das Sonnentau lag idyllisch am Rande eines kleinen Waldstücks, mehr ein Gehölz mit niedrigen Bäumen, etwa einen Kilometer östlich von Vennebecks Ortsrandbebauung. Der Kindergarten bestand aus einem lang gestreckten, zweistöckigen Flachdachgebäude, dessen Eingang durch schlanke Betonsäulen flankiert und sinnigerweise von einer Lampe in Form einer Sonne mit stilisierten goldgelben Strahlen aufgehübscht worden war.

Hufeland musste an seine eigene Erfahrung als Kindergartenkind denken. Im Herz-Jesu-Kindergarten in Münster. Sicher, die ›Pinguine‹, die schwarz gekleideten Nonnen, konnten streng sein – aber auch lieb. Und die weltlichen Erzieherinnen hießen damals noch ›Fräulein‹ und waren ›Kindergärtnerinnen‹.

Kevins feuerrotes Spielzeugauto erschien im Rückspiegel, er parkte es gleich hinter Hufelands Touran gegenüber dem Kindergarten.

»Sonnentau«, las Kevin den bunten Schriftzug neben der Sonne über dem Eingang laut vor, als sie beide ausgestiegen waren. Er drehte sich um und betrachtete die Felder, die sich nach Süden hin anschlossen. »Schön hier. Da hat sich Jenny Stratmann aber einen idyllischen Platz zum Stalken ausgesucht. Kann sie fast verstehen. Und die Eltern auch. Ich meine, dass sie ihre Kinder hierher schicken. Auch wenn's vermutlich eine Stange kostet, sie pri vat bespielen zu lassen.«

»Ich frage mich, wie sie's gemacht hat?«, sagte Hufeland und kratzte sich den eisgrauen Dreitagebart.

»Was?« Kevin schaute ihn verständnislos an. »Was gemacht?«

»Wie genau hat das ausgesehen, ihr angebliches Stalken? Hat sie hier draußen herumgestanden, bei Wind und Wetter? Oder hat sie, was ich vermute, in einem Wagen gesessen und das Gebäude gescannt, den Kindern nachgesehen, die Eltern beobachtet? – Wissen wir, ob Jenny Stratmann Fahrzeughalterin war?«

»Jepp, wissen wir. Heute früh abgefragt.« Kevin Kuczmanik zog lächelnd eine Lefze hoch. »War sie nicht. Kein Wagen auf ihren Namen zugelassen.«

»Seltsam.« Er versuchte vergeblich, sich vorzustellen, wie Jenny Stratmann von der Straße aus ganz offen den Kindergarten beobachtet haben wollte.

»Aah«, rief er plötzlich aus. »Die Zeugin hat uns schon entdeckt.«

»Welche Zeugin?«

»Na, die Leiterin des Kindergartens, Frau Bischof oder Buschhoff oder wie sie nun heißt.«

Tatsächlich sah man schemenhaft hinter einem der Fenster links vom Eingang den roten Wuschelkopf einer Frau. Als sie merkte, dass die beiden Männer sie bemerkt hatten, tauchte der Rotschopf weg.

»Na los, Kevin, wir gehen rein.«

23

Sie klingelten, ein Summer ertönte, und Hufeland drückte die knallrot gerahmte Glastür auf, deren Blumenschmuck aus mehreren Dutzend bunter Papiertulpen den Einblick verhinderte. Sie betraten einen lichtdurchfluteten Flur mit himmelblauem Fußbodenbelag, einer Galerie (echter) grüner Pflanzen entlang einer hohen Fensterreihe und mit zig weiteren Blumenbildern, die an blauen und roten Wandschränken klebten.

Eine Handvoll Kinder, die Kevin Kuczmanik bis zur Hüfte, Hufeland aber kaum bis zu den Knien reichten, stürmte lärmend an ihnen vorbei. Ihr Ziel war eine zweiflügelige weiße Tür mit einem großen Bullauge aus dickem Glas, auf dem in bunten Lettern TURNRAUM stand.

Ein kleines Mädchen blieb vor Hufeland stehen, bohrte mit einem Finger in der Nase, zog ihn nach intensivem Schürfen wieder heraus und bot ihm den hübschen Popel an, der auf dem Fingernagel thronte. Er lehnte dankend ab. Also schmierte sie sich das kleine braune Kügelchen auf ihren pinkfarbenen Pulli und rannte den anderen Kindern hinterher, die bereits im Turnraum verschwunden waren.

Plötzlich flog linkerhand eine Tür auf, und eine Frau in ihren Vierzigern mit einer wolligen roten Mähne und einer Art Lach-wein-Gesicht kam heraus. Sie flog mit einem offenen Kinderlächeln förmlich auf sie zu, streckte bereits Meter vorher die Hand zur Begrüßung aus und sah doch so aus, als wäre ihr zum Heulen zumute.

»Hallo. Ich bin Lena Buschhoff, die Leiterin.« Sie schüttelte ihnen beiden kräftig die Hand und bat sie in ihr Büro, das, abgesehen von einer Unzahl weiterer Kinderzeichnungen, aussah wie jedes andere kleine Zimmer, in dem gearbeitet und verwaltet wird. Außer den Regalen mit Aktenordnern, einem kleinen Schreibtisch mit Computer und einem runden Tisch mit exakt drei Stühlen passte außer einem Elternpaar und einem Kind kaum noch etwas hinein.

Lena Buschhoff bat sie, Platz zu nehmen, rückte ein kleines Blumengesteck auf dem Tisch zurecht, bot ihnen Kaffee mit Plätzchen an, bat eine Kollegin, die hereinkommen wollte, um was auch immer zu erledigen, sie jetzt nicht zu stören und außen an der Tür ein entsprechendes Schild anzubringen, das sie ihr in die Hand drückte.

Alles geschah schnell und freundlich und mit großer Selbstverständlichkeit. Hufeland fühlte sich auf Anhieb wohl, und Kevin schien es ähnlich zu gehen, wenn man sah, wie genüsslich er sein Plätzchen aß und gleich darauf ungefragt eine ganze Schale voll hingestellt bekam.

»Gott, Jenny Stratmann ist tot«, sagte die Leiterin atemlos, kaum, dass sie sich zu ihnen an den Tisch gesetzt hatte. »Ermordet, ja?«

»Absolut!«, sagte Kevin und arbeitete sich an den Keksen ab.

Irgendwo im Haus hörten sie das Quietschen und Lärmen von Kindern, Hufeland war sich nicht sicher, ob sie Spaß hatten oder sich gegenseitig verprügelten (vielleicht beides). Jedenfalls schienen die Kinder sich keineswegs so exklusiv zu verhalten, wie Wagner es ihren Eltern unterstellte, sondern so wie alle anderen Kinder auf der Welt auch, wenn man sie nur machen ließ.

Lena Buschhoff fing Hufelands fragenden Blick wegen der Hintergrundgeräusche auf und erklärte: »Wir haben ein offenes Konzept, wissen Sie, gruppenübergreifend, situativer Ansatz, kinderzentriert. Da unterscheiden wir uns deutlich von anderen Einrichtungen, die nicht privat geführt werden.«

»Alles klar«, behauptete Kevin, während Hufeland nur Bahnhof verstand. Stattdessen bemerkte er, dass die Leiterin, während sie das sagte, auf einmal wie eine Pressesprecherin eines DAX-Unternehmens wirkte.

Nach dem knappen Telefonanruf vorhin erklärte er ihr jetzt ausführlicher, warum sie zu ihr gekommen waren.

»Ja«, sagte sie. »Wir hatten hier jede Menge Ärger mit Jenny Stratmann. Das hat Ihnen Jochen Wagner sicher schon gesagt, wir mussten ihn mehrfach alarmieren, weil diese Frau uns einfach nicht in Ruhe gelassen hat.«

»Wie genau sah das aus, Frau Buschhoff? Was hat sie getan?«, wollte Hufeland wissen.

»Sie saß draußen vor dem Kindergarten, in ihrem alten blauen Golf, und belagerte uns regelrecht.«

Dachte er sich's doch, im Auto, wenn auch nicht ihrem eigenen. »War sie allein?«

Sie nickte. »Ja, nur sie saß drin. Hab nie einen anderen gesehen.«

»Haben Sie sich das Kennzeichen notiert?«

»Ja, sicher. Eine Münsteraner Nummer. Ich kann sie inzwischen auswendig, MS AE 686.« Sie ratterte die Nummer herunter, Kevin schrieb hastig mit. »Der Wagen stand immer auf der anderen Straßenseite, wo jetzt Ihre Autos stehen.« Sie lachte halb, halb schien sie immer noch zu weinen, ein irritierendes Mienenspiel, das sie nicht im Griff hatte. »Blöderweise habe ich mir dadurch angewöhnt, zwischendurch immer wieder durchs Fenster zu schauen, auf die Straße. Weil bis gestern saß sie dort ja immer und beobachtete uns.«

»Uns, was heißt das? Wen genau beobachtete sie?«, fragte Hufeland.

»Sie beobachtete den Kindergarten. War schon da, bevor die Kinder morgens kamen, blieb eine Weile, mindestens aber eine Stunde, fuhr zwischendurch mal weg, kam mittags zurück, war zwischenzeitlich wieder verschwunden, tauchte aber spätestens nachmittags wieder auf, wenn die Eltern ihre Kinder abholten.«

Kevin aß soeben lautstark einen neuen Keks und sagte

mit knurpsenden Geräuschen: »Hatten Sie den Eindruck, dass sie einige Kinder besonders intensiv beobachtete?«

Lena Buschhoff zuckte die Achseln. »Also, meine Kolleginnen konnten keine Vorlieben von ihr für bestimmte Kinder feststellen. Aber mir kam es manchmal so vor, als würde sie besonders nach Melis und Paulus linsen, Melis Große-Aschhoff und Paulus Wittekind. Wahrscheinlich, weil die Eltern von Melis und Paulus auch am empfindlichsten auf sie reagiert haben.«

»Sie sagen ›Vorlieben‹, Frau Buschhoff, das klingt in meinen Ohren nicht gerade feindselig«, entgegnete Hufeland.

Sie lachweinte wieder. »Ja-nee, das war schon komisch. Manchmal stieg sie auch aus dem Auto und näherte sich dem Zaun – das heißt immer dann, wenn die Kinder in unserem großen Garten neben dem Haus spielten. Und da kam es mir manchmal so vor, als wollte sie den Kindern gar nichts Böses antun, sondern … ich weiß auch nicht … eher so, als wollte sie sie am liebsten mitnehmen. Stehlen.«

»*Stehlen*?«, entfuhr es Kevin. Er verschluckte sich etwas, hustete und musste mit Kaffee nachspülen. »Im Ernst?«

»Oder vielleicht sollte ich besser sagen: für sich haben. Ich weiß, dass das verrückt klingt. Aber bestimmt war sie das ja auch, verrückt, meine ich.« Sie wirkte jetzt nachdenklich. »Einmal, nein, es war sogar das erste Mal damals, als es mir zu bunt mit ihr wurde, da bin ich raus zu ihr, nachdem ich mir das eine Weile angeschaut habe. Ich gehe also zu ihr hin, sie steht direkt hinterm Zaun, ich frage, was sie will, warum sie vor unserer Einrichtung herumlungert, die Kinder beobachtet. Ich war schon ziemlich wütend. Und irgendwie auch beunruhigt, ist doch klar. Aber sie? Lacht mich nur aus. Ich frage: Wer sind Sie eigentlich, wie heißen Sie, einen Namen werden Sie doch haben! Ich wollte sie halt aus der Reserve locken. Und die Polizei rufen, Wagner, falls sie nicht damit aufhört. Sie hat den Braten natürlich gerochen, und wissen Sie, was sie mir antwortet, aber todernst? Sie sagt: ›Nenn mich Rumpelstilz.‹«

»Rumpelstilz?« Hufeland schoss vor Überraschung so weit nach vorn, dass er mit dem Spitzbauch gegen die Tischkante stieß und seine noch fast volle Kaffeetasse beinahe zum Überschwappen brachte. »Was meinte sie damit? Hat sie das auch gesagt?«

»Ich war genauso perplex wie Sie. Aber sie hat nur gelacht und gesagt: ›Du müsstest jetzt dein Gesicht sehen!‹«

»Sie hat sich über Sie lustig gemacht«, bemerkte Kevin, der seine Jacke mit beiden Händen von Krümelresten befreite und die Keksmahlzeit damit offiziell beendete.

»Sie hat Sie geduzt, Frau Buschhoff«, stellte Hufeland fest. »Kannte Jenny Stratmann Sie?«

Lena Buschhoff schüttelte energisch den Kopf. »Nein. Woher denn? Ich nehme an, sie wollte mich damit provozieren, dass sie mich duzte.«

»Wie kommen Sie darauf?«, fragte Hufeland skeptisch.

Sie wedelte etwas ungehalten mit den Armen. »Herrje, die Frage ist doch, was sollte die *ganze* Aktion? Die Stalkerei beinahe jeden Tag?«

Eine Pause entstand. Hufeland wartete.

»Und jetzt ist sie tot«, sagte plötzlich Kevin Kuczmanik in die Stille hinein. »Erleichtert?«

Sie wurde rot. »Ehrlich gesagt, ja. Erleichtert, dass das Stalking ein Ende hat. Nicht, dass sie ermordet wurde, natürlich.« Sie hielt einen Moment inne. »Glauben Sie, ihr Tod hat damit zu tun, mit dem, wie sie uns hier terrorisiert hat?«

Hufeland ging wie üblich nicht darauf ein. Er zog sein Handy aus der Tasche und zeigte mit dem Finger auf zwei Telefonnummern hinter dem Namen Buschhoff auf Jenny Stratmanns Namensliste.

»Die Festnetznummer hinter Ihrem Namen, das ist der Anschluss des Kindergartens, okay, das wissen wir. Die zweite Nummer ist eine Handynummer, wie Sie sehen. Wir überprüfen den Teilnehmer ohnehin noch, aber kommt Ihnen die Nummer irgendwie bekannt vor? Ist das Ihre?«

Jetzt wurde sie bleich, ihr Gesicht sah auf einmal aus, als müsste sie nur noch weinen.

»Das ist die Handynummer von ... von Sven. Meinem Mann.«

»Ihrem Mann? Wieso das? Arbeitet er hier im Kindergarten?«, erkundigte sich Kevin Kuczmanik.

Sie schüttelte den Kopf.

»Wieso hatte Jenny Stratmann dann seine Nummer?«, wollte Hufeland wissen und sah sie scharf an.

Sie zuckte die Achseln. »Keine Ahnung.«

»Sie lügt«, sagte Kevin Kuczmanik, als sie kurz darauf wieder draußen waren und zu ihren Autos gingen.

»Zumindest, was ihren Mann betrifft, lügt sie«, schränkte Hufeland ein.

»Jenny Stratmann hat sich jedenfalls nicht nur für Kinder interessiert«, gab sich Kevin Kuczmanik überzeugt.

»Zumindest hat sie sich mit der Stalkerei eine Menge Feinde unter den Erwachsenen gemacht. Und unter den Kindern keine Freunde, wie's aussieht.«

»Rumpelstilzchen«, sagte Kevin Kuczmanik. »Worum geht's in dem Märchen eigentlich?« Er blickte über die grünen Felder bis zu dem Waldstreifen am Horizont, als stünde es dort irgendwo aufgeschrieben. »Ist von Grimm, oder?« Kevin mochte Grimms Märchen nicht, als Kind hatten sie ihm Angst gemacht, wenn sie ihm vor dem Schlafengehen vorgelesen wurden; er hatte sich unter die Decke verkrochen und angefangen zu weinen.

»Rumpelstilzchen. Ist das nicht von Hauff?« Hufeland versuchte vergeblich, sich zu erinnern. Er nahm sich aber vor, es jetzt wieder zu lesen. Irgendwo im Netz würde es schon stehen, denn ein Märchenbuch hatte er nicht mal als Kind besessen. Seine Mutter las als Krankenschwester grundsätzlich nur Medizinisches, andere Bücher kamen ihr nicht ins Haus, nicht mal Kinderbücher. Sie hatte ihm, dem kleinen Felix, einen Büchereiausweis besorgt, mit dem er sich in der Kinderabteilung der Gemeindebibliothek durch die Buchreihen fressen konnte. Die Märchen hatte er ausgelassen. Das würde er jetzt nachholen, zumindest, was Rumpelstilzchen betraf.

24

Als Sofie zurück zur Liegewiese kam, klebten Svenja und Chantal bereits nebeneinander auf Chantals Riesen-Justin-Biebertuch. Sie starrten auf Svenjas Smartphone und grinsten sich dann verschwörerisch an. Sie ignorierten sie komplett.

Na toll, knutscht euch doch! Sofie war schon wieder voll bedient.

»Ich dachte, ihr sagt mir Bescheid, wenn ihr fertig mit Schwimmen seid!«

Chantal hob genervt den Kopf. Als hätte Sofie soeben einen fahren lassen oder was. »Wenn wir …« Sie zog eine Augenbraue bis zum Ansatz ihrer roten Haare hoch. »Wenn wir *fertig* sind? Ey, *du* bist ganz klar fertig, Sofie. Das issn Freibad hier, nicht die Schule, Alter!«

Alter, Alter, Sofie hasste es, wenn jemand Alter zu ihr sagte. Was eigentlich nur Chantal tat. Aber Al*te* zu sagen, machte es natürlich auch nicht besser.

Sie riss ihr Handtuch aus der großen Umhängetasche, die sie mitgenommen hatte, und trocknete sich ab. Bis ihr auffiel, dass beide, Svenja und Chantal, das abperlende Wasser auf ihrer Haut trocknen ließen. Irgendwer hatte mal behauptet, dass man dadurch schneller braun würde, was bestimmt Quatsch war. Andererseits waren die beiden schon braun wie ein Milchkaffee, und sie selbst sah mitten im Sommer noch immer aus wie die Schneekönigin, so weiß.

Sie setzte sich in den Schneidersitz und versuchte, unbeteiligt auszusehen, schaute sich demonstrativ desinteressiert um.

Vennebecks Freibad war knallvoll an diesem Spätnachmittag, massenhaft dünne kleine Kinder, die lärmend über die endlos scheinende grüne Wiese rannten. Mütter in eng gewordenen Badeanzügen und Bikinis, die ihren Kleinen von den XXL-Decken versonnen hinterherblickten. Hier und da lagen einzelne Männer herum, alt, mindestens dreißig, manche braun wie verbrannte Bratwürste, andere mit fischweißen Bäuchen. Neben der Dusche stand unbeweglich wie eine Echse, in seinen knappen weißen Shorts, der Bademeister, sein nackter Oberkörper braun wie ein

Baumstamm, darauf der graue Wollteppich seiner Brustbehaarung.

Vor allem aber waren da: Jungs.

Jungs, die Fußball spielten (verboten), Jungs, die sich gegenseitig verfolgten und dann scheinbar prügelten (verboten), Jungs, die versuchten, den Mädchen die Oberteile runterzureißen (verboten), und Jungs, die einfach nur cool aussahen (erlaubt).

Sie warf einen Blick auf Svenjas Handy, die sofort eine Hand darüber legte, wie eine Streberin in der Schule, die nicht wollte, dass man von ihr abschrieb. Ätzend! Aber sie musste ja froh sein, dass sie überhaupt dabei sein durfte. Nachdem sie sich mit blueboy, dem Nacktfotografen, der Svenja angerufen hatte, so dermaßen in die Nesseln gesetzt hatte.

Sie beschloss, das Thema fortan zu ignorieren und kam auf den Aufreger des Tages, ach was: des Jahres, zu sprechen: »Schon gehört? Die Punk-Tusse ist tot. Die vom Kindergarten, ihr wisst schon. Ermordet. Sie haben sie am Venneberg gefunden. Voll krass, oder?«

Die Gesichter der beiden fuhren in Extremzeitlupe von Svenjas Smartphone hoch und starrten sie an, als hätte sie soeben gefragt, ob eine von ihnen vielleicht schwanger wäre.

»Was'n los?« Sie lachte angedeutet. »Ich meine, *ihr* habt damit ja nichts zu tun.« Sie blickte in die betretenen Gesichter der beiden. »Oder?«

Svenja schüttelte den Kopf. »Nee, nicht direkt. Eigentlich.«

»Nicht direkt? Wie meinst'n das, Svenni?«

»Wir haben halt mal mit ihr gequatscht«, mischte sich Chantal ein. »Schon 'ne Weile her. Falls du's unbedingt wissen willst.«

Hey, hatte sie etwa Chantal gefragt?!

Eine Biene oder Wespe oder was summte um die scheißschimmernde, goldbraune Hüfte ihrer Konkurrentin herum und setzte sich dann Zentimeter neben ihrer feingliedrigen sommerbraunen Hand ab. Sofie hielt schön den Mund, vielleicht tat die Wespe ihr ja den Gefallen …

»Sie lungerte ja immer vorm Kindergarten rum«, sagte Svenja nachdenklich, mehr zu sich als zu Sofie. »Okay, wir sollten nicht mit ihr reden und das. Aber Jenny war eigentlich ganz in Ordnung. Nur ’n bisschen schräg vielleicht.«

»*Jenny*? Ihr habt sie Jenny genannt?«

»So hieß sie schließlich, oder?«, konterte Chantal bissig.

»Irgendwann sind wir mit ihr ins Quatschen gekommen«, sagte Svenja.

An einem Tag nämlich, als Chantal Svenja begleitet hatte, um die kleine Melis vom Kindergarten abzuholen, mit diesem albernen Fahrradanhänger für Kinder, der aussah wie ’ne Hundehütte.

»Sie hatte mitgekriegt, wie wir abgelacht haben, Chantal und ich, wegen der Posts und das von blueboy. Auf Landlove.«

»Und?«, sagte Sofie grundlos schnippisch.

»Nix und!«, wollte Chantal das Thema beerdigen und wandte sich an Svenja. »Du machst dir völlig unnötig ’nen Kopf, Svenni.«

»Worüber denn?« Sofie verstand noch immer nicht, worum es eigentlich ging.

Svenja hob den Kopf und blickte Sofie jetzt ernst und direkt an, das erste Mal heute, fast eine Wohltat. »Jenny hat gefragt, was das denn für ein Typ wäre, blueboy. Und wir haben ihr gesteckt, dass wir schon mit ihm gechattet hätten und anfangs dachten, er wäre fünfzehn. Aber dass blueboy da nur gejoked hat, weil er in Wirklichkeit schon erwachsen ist, Mitte zwanzig und so. Da hat sie voll die Kuhaugen gekriegt. Erst recht, als sie gehört hat, dass er uns gerne mal treffen würde, wegen Fotos machen. Die war voll neidisch auf uns.«

»Okay«, sagte Sofie gedehnt, wie es jetzt alle taten. »Und?«

Svenja stieß einen Atmer durch die Nase. »Dann hat sie gelacht, voll fies so, und auf cool gemacht und gemeint, sie würde sich auch gern mal bei ihm melden. Wegen der Fotos. Sie hätte ja sogar 'ne Modelfigur.«

Chantal mischte sich ein. »Wir haben ihr gesagt, er würde nur auf Zwölf-, Dreizehn-, höchstens Vierzehnjährige stehen. Castingtechnisch jetzt.«

»Iss klar«, sagte Sofie und verkniff sich den Kommentar, der ihr schon auf der Zunge lag.

»Kein Thema, hat Jenny gesagt, sie würde sich dann eben als Zwölfjährige ausgeben«, erklärte Svenja weiter. »Nur so aus Spaß.« Ihr Mund verzog sich, aber ein Lächeln wurde daraus nicht.

»Spaß«, wiederholte Sofie spitz.

»Ja, als Rumpelstilz wollte sie sich bei ihm melden!«, lachte Chantal ganz ungezwungen. »Voll cool.«

»Jepp. Und jetzt is sie tot«, sagte Sofie und stopfte damit Chantal wenigstens für den Moment das breite Lachmaul.

An Svenjas ernstem Gesicht las sie genau ab, was ihrer Freundin durch den Kopf ging: War das eine Info, die vielleicht wichtig für die Polizei war? Immerhin war Jenny Stratmann ermordet worden. Konnte blueboy damit zu tun haben? Doch wenn sie eine Aussage machte, würde das bestimmt nicht geheim bleiben, nicht in Vennebeck. Dann wäre sie ihren Job bei Große-Aschhoffs garantiert los.

Svenja hatte schließlich wie sie selbst absolutes Kontakt- und Redeverbot gegenüber der Stratmann. Wittekinds und Große-Aschhoffs standen auf Kriegsfuß mit Jenny Stratmann. Aber auch für die anderen jungen Eltern in Vennebeck war die Stratmann ein rotes Tuch. Also würde Svenja so schnell auch keinen anderen Sitterjob bekommen, die kannten sich doch alle, keiner hätte Verständnis dafür, dass sie offenbar doch mit Jenny Stratmann rumgehangen hatte. – Andererseits, jetzt war die schräge Stratmann tot. Und ihr Mörder lief frei herum.

»Das war's dann ja wohl mit eurem Fototermin bei blueboy, was?«, fasste sie die Gemütslage genüsslich zusammen und blickte dabei vor allem Chantal herausfordernd an.

Doch die zuckte bloß die unverschämt braunen Schultern und schüttelte die kupferrote Mähne: »Quatsch. Erstens hat blueboy mit der Sache gar nix zu tun. Völlig harmlos, der Typ. Und zweitens«, hier schaute sie Sofie frech triumphierend ins Gesicht, »zweitens ist blueboy nicht der Einzige, der uns shooten will. Falls du's noch nicht weißt.«

Nein, wusste sie nicht. Frustriert schaute sie zu dem halben Dutzend Jungs am Zaun rüber. *Alle*, ausnahmslos, glotzten sie ungeniert Chantal an und zogen sie mit ihren stechenden Blicken aus. Voll pervers.

Sie breitete erschöpft die Arme aus und ließ sich langsam mit dem Rücken auf die Decke sinken.

Plötzlich durchbohrte ein unglaublicher Schmerz ihre Schulter. Wie eine heiße Messerspitze.

Sie schrie, sprang in wilder Panik auf, Svenja zeigte mit dem Finger auf ihre rechte Schulter, Chantal rief angewidert: »Eine Wespe! Wie eklig, die steckt noch halb in dir drin.«

»Mach sie weg, Svenja, bitte, zieh sie raus!«, bettelte Sofie. Der Schmerz breitete sich blitzartig in ihrem ganzen Körper aus. Ihr wurde schwindlig.

»Rausziehn? Bist du verrückt!«, rief Svenja. »Soll das Vieh mich auch noch stechen, ja?« Sie blieb auf der Decke liegen und schaute sich das Schauspiel lieber aus sicherer Distanz an.

Die Jungs drüben am Zaun lagen ebenfalls am Boden und kringelten sich vor Lachen. »Ist die blöd!«, rief einer. »Voll das Rindvieh«, ein anderer. »CDKuh« ein Dritter.

Und im nächsten Moment glotzten nun alle *sie* an. Und zeigten mit den Fingern auf sie.

Lachten.

Und muhten.

»Muh, Muh, Muuuh.«

Sofie rannte los. Zur kalten Dusche. Zum Bademeister. Damit der ihr den Stachel zog.

Es tat so weh.

Alles.

25

Van Heest wollte zwar jede Kleinigkeit des Falls präsentiert bekommen, war andererseits aber nicht recht bei der Sache. Hufelands Vorgesetzter, Erster Kriminalkommissar der Abteilung und langjähriger Freund, nagte innerlich an etwas, das spürte er.

»Hör mal, Kevin«, sagte er jovial, kaum dass die Sitzung in van Heests Büro im fünften Stock des Präsidiums begonnen hatte. »Vertritt dir mal ein bisschen die Beine auf dem Flur. Oder gönn dir einen von diesen Appetitzüglern in der Kantine. Wir haben kurz was Privates zu besprechen, dein Chef und sein Chef.«

Kevin wurde sauer. Erstens hießen die nicht Appetitzügler, sondern Energieriegel. Und zweitens hatte er nicht die geringste Lust, sich wie ein Azubi auf dem Bau quasi zum Zigarettenholen schicken zu lassen. Aber was sollte er machen?

»Raus mit der Sprache, Ernst«, sagte Hufeland, nachdem Kevin mit schleppenden Schritten das Zimmer verlassen hatte. »Was ist los?«

Van Heest war die Sache sichtlich peinlich. Er wand sich hin und her auf seinem Stuhl, schob die Kaffeetasse am kleinen Konferenztisch vor und zurück und sagte: »Ach, es ist wegen dieses bescheuerten Raubüberfalls gestern.«

›Wegen dieses …‹ So war er, van Heest, dachte Hufeland, er würde nie den Dativ benutzen, wo der Genitiv angesagt war. »Was ist damit?«

Hufeland wusste grundsätzlich, wenn auch nicht im Detail, worum es ging. Ein Bus mit dreißig polnischen Frauen auf dem Weg zurück nach Polen war überfallen worden. An einem Autobahnkiosk in Ascheberg, südwestlich von Münster, hatten sich zwei Täter Zutritt zu dem Bus verschafft, als der Fahrer gerade die Türen wieder schließen und weiterfahren wollte. Offenbar kannten sie die Gewohnheit des Busfahrers, hier noch einmal Rast zu machen, und hatten nur auf diese Gelegenheit gewartet. Sie zwangen den Fahrer, den Parkplatz zu verlassen und wenig später in einen Waldweg zu fahren. Ein Komplize folgte ihnen in einem Pkw. Unterwegs zwangen sie die Frauen, sämtliches Bargeld herauszugeben, das sie sich in den letzten Monaten verdient hatten. Zusammen mindestens hundertzwanzigtausend Euro.

»Der Verdienst der Frauen für drei Monate Altenpflege in Deutschland«, sagte van Heest. »Schwarzgeld, du verstehst.«

Hufeland zuckte die Achseln. »Gott, ja. Was soll man machen?« Er hatte selbst eine Weile daran gedacht, eine Polin zu engagieren, um seiner Mutter den Heimaufenthalt zu ersparen. Die offiziellen deutschen Kräfte waren einfach zu teuer. Aber da seine Mutter einen Einsatz rund um die Uhr und spezielle Pflege bei Demenz brauchte, kam auch die polnische Haushaltshilfe nicht mehr infrage.

Van Heest kratzte sich hinterm Ohr. »Das Dumme ist, eine der beraubten Frauen, Olga Czesinski heißt sie, war Pflegerin bei … meiner Schwiegermutter.«

»Na und?«

»Wenn das rauskommt, Mensch! Das gilt als illegale Beschäftigung. Du weißt, wie die Gesetze verschärft wurden.«

Hufeland machte eine wegwerfende Handbewegung. »Nichts wird passieren, Ernst. Du bist nicht für deine Schwiegermutter verantwortlich. Und die ist dement. Oder nicht?«

»Doch. Aber mein Ruf im Haus wäre trotzdem ruiniert.«

»Ach was!« Hufeland lachte. »Die Frau war schließlich nicht als Sexsklavin unterwegs. Oder hattest du was mit ihr?« Er lachte noch herzhafter als vorher.

Van Heest wurde rot. »Freches Aas«, sagte er milde.

»Ruf deinen Arbeitssklaven wieder rein. Wir machen weiter.«

»Na siehste. Alles wird gut.« Hufeland konnte das Problemchen nicht wirklich ernst nehmen. Er ging hinaus und brüllte Kevins Namen über den Flur.

Kein Kevin.

Er rief ihn noch lauter. Die Kollegen glotzten ihn an, manche huschten nur schnell vorbei, seine cholerischen Anfälle waren bekannt und gefürchtet im Präsidium.

Kein Kuczmanik.

Erst nach dem dritten Almruf schlidderte Kevin Kuczmanik hastig um die Ecke und eilte im Wichtelschritt über das graue Linoleum auf ihn zu, sich die letzten Sesamkrümel aus den Mundwinkeln leckend.

»Wo, zum Teufel, hast du gesteckt?«, fuhr Hufeland ihn an. »Schon den Winterspeck angefressen, oder was?«

26

Nein, hatte er nicht. Jedenfalls nicht in der letzten halben Stunde.

Stattdessen hatte er den Halter des blauen Golfs ausfindig gemacht, in dem Jenny Stratmann ihren Beobachtungsposten vor dem Kindergarten bezogen hatte.

Er präsentierte ihn jetzt Hufeland und van Heest (der ihm seltsam unkonzentriert, ja fahrig vorkam).

»Der Halter heißt Stefan Wigger, zweiunddreißig Jahre alt, wohnt oben in Rumphorst.« Kuczmanik machte eine unbestimmte Geste mit den kleinen dicken Händen. »Heckenweg 17.« Er runzelte die Stirn, wie Hufeland es manchmal tat. »Übrigens einschlägig bekannt, dieser Wigger. Verschiedene Haftstrafen wegen Einbrüchen, Diebstählen, kleineren Raubdelikten und so weiter. Seit zwei Jahren aber sauber. Jedenfalls laut Akte.«

»Drogen im Spiel?«, vermutete Hufeland.

»Richtig. Beschaffungskriminalität.«

»Mensch, Kevin, Sie hören sich an wie unser Behördensprecher«, maulte van Heest. »Das ist ein Drogendealer, ein Serieneinbrecher, ein Kleinkrimineller, wie er im Buche steht.«

»Sag ich doch«, gab Kevin zurück. Herrje, dem konnte man es heute aber gar nicht recht machen.

»Was ist mit der Münsteraner Adresse ganz oben auf Jenny Stratmanns Liste? Hast du das schon überprüft, Kevin?«, wollte Hufeland wissen.

Hatte er.

»Doktor Jürgen Mensing, Gynäkologe. Die Telefonnummer gehört zu einer Facharztpraxis.«

Van Heest verzog das Gesicht. »Diese ominöse Namensliste des Opfers scheint mir nun nicht gerade vielversprechend, wenn darauf sogar der behandelnde Arzt geführt wurde.«

»Ist noch nicht raus, ob sie dort Patientin war«, erläuterte Kevin Kuczmanik. »Am Telefon sind keine Daten zu bekommen. Arztgeheimnis.«

»Sie meinen Schweigepflicht«, korrigierte ihn van Heest.

»Meinetwegen«, zischelte Kevin und zog die Augenbrauen zusammen. Höchstmaß des erlaubten Protests.

»Die Praxis von Doktor Mensing liegt übrigens Nähe Aasee«, gab er zu bedenken. »Nicht unbedingt Jenny Stratmanns unmittelbares Umfeld. Bis vor einem halben Jahr war sie nämlich noch bei diesem Wigger gemeldet, in Rumphorst.«

»Na und? Zu einem guten Arzt fährt man meilenweit«, wischte van Heest den Hinweis vom Tisch und wandte sich an Hufeland. »Verstehe ich das richtig, eure einzigen Tatverdächtigen habt ihr bequemerweise von Stratmanns Liste?«

»Moment mal, Ernst!« Hufeland stand von seinem Stuhl auf und rammte ärgerlich seine Fäuste in die Hosentaschen. »Die Liste ist immerhin ein Anhaltspunkt für weitere Ermittlungen. Entscheidend ist, dass Jenny Stratmann sich in Vennebeck extrem unbeliebt gemacht hat. Speziell bei einigen Leuten, die *auch auf dieser Liste* stehen. Wittekind, Große-Aschhoff, Buschhoff. Deren Kinder beziehungsweise Kindergarten sie gestalkt hat. Und ganz oben auf der Liste steht der Name des Arztes. Die Frage ist also, wieso notiert sie ihn ausgerechnet dort?«

»Zufall. Bequemlichkeit. Kann viele Gründe dafür geben«, wandte van Heest ein.

»Richtig«, räumte Hufeland ein. »Aber ich will den genauen Grund wissen. Ich will wissen, was Jenny Stratmann mit der ganzen Aktion bezweckt hat? Außerdem …«

Er wollte noch auf den seltsamen Zwischenfall hinaus, das kurzzeitige Verschwinden des kleinen Wittekind, das sich am Tag zuvor ereignet hatte. Doch van Heest hob beschwichtigend beide Hände. »Schon gut, Felix. Nun setz dich wieder.«

»Bleib lieber stehen.«

»Gut. Bleibst du halt stehen.«

Wie ein altes Ehepaar, dachte Kevin Kuczmanik und vergrub ein Grinsen in der teigigen Masse seiner Gesichtslandschaft.

»Wie wollt ihr denn jetzt weitermachen?«, fragte van Heest nach einer peinlichen Pause, betont sachlich.

»Wir teilen's dir dann mit«, erwiderte Hufeland und gab Kevin ein Zeichen mit dem Kopf, dass die Sitzung beendet war.

Zwei Sekunden, nachdem Hufeland und Kuczmanik den Raum verlassen hatten, dachte van Heest schon nicht mehr an sie.

Sondern an Olga Czesinski.

Die polnische Helferin seiner Schwiegermutter.

Mit der er dummerweise eben doch ein Verhältnis angefangen hatte. Hufeland hatte selbst im Scherz den richtigen Riecher bewiesen.

Er hatte der schönen Olga sogar kleine Geschenke gemacht. Heimlich natürlich, nichts Großes, mal eine Armbanduhr, mal neue Schuhe, einmal sogar Reizwäsche, in der sie für ihn einfach unwiderstehlich aussah.

Nicht, dass sie danach verlangt hätte, sie war schließlich keine … Gott bewahre, nein, es hatte ihm halt Spaß gemacht.

Aber verdammt, wie würde das aussehen, wenn sie am Ende doch noch jemandem davon erzählte. Wenn bei den anstehenden Vernehmungen durch die Kollegen zufällig alles herauskäme. Auch die Details, die rosenroten Spitzenhöschen und der raffinierte BH … Wenn sie sich, ohne Absicht natürlich, verplapperte?

Nach dem Raubüberfall war Olga nun wider Erwarten noch in Deutschland. Bei seiner Schwiegermutter natürlich. In Telgte. So lange, bis sich eine neue Fahrgelegenheit ergab, hing ein Damoklesschwert über ihm.

Aber das erzählte er besser keinem Menschen, nicht mal Hufeland. Den er durch irgendwas verärgert hatte, was war es doch gleich?

27

In Hufelands Büro, in dem Kevin Kuczmanik inzwischen einen Katzentisch bekommen hatte, obwohl es nun genau genommen ihrer beider Büro war, sprachen sie über Details des Falls und das weitere Vorgehen.

»Ich fresse einen Besen«, sagte Hufeland, »wenn diese ominöse Vermisstenmeldung von gestern nur zufällig mit Jenny Stratmanns Tod zusammenhängt.«

»Ja, ich hab auch drüber nachgedacht. Schon merkwürdig, dass es zwei Versionen davon gibt, wie der Kleine, also Paulus Wittekind, plötzlich wieder aufgetaucht ist.«

»*Nämlich, Kevin*? Davon weiß ich ja noch gar nichts.« Hufelands Augen wuchsen gefährlich an.

Kevin Kuczmanik berichtete ihm hastig von der Version des Vaters, der gegenüber Wagner behauptet hatte, er habe seinen Jungen bei den Nachbarn, bei Große-Aschhoffs, abgeholt, während Maike Große-Aschhoff unbedacht ausgeplaudert hatte, es sei die Babysitterin gewesen, die Paulus Wittekind abgeholt habe.

»Sie hat ziemlich rumgeeiert, als ich sie mit Wittekinds Aussage konfrontiert habe. – Aber wieso?«

Hufeland wiegte nachdenklich den großen Kopf hin und her. Dafür konnte es nur eine Erklärung geben, dachte er.

»*Niemand* hat den Jungen bei ihr abgeholt, Kevin. Jedenfalls nicht gestern Nachmittag. Vermutlich hat sie einfach ausgesagt, wie es normalerweise war.«

»Dass der Babysitter den Kleinen wieder einsammelt und nach Hause bringt?«

»Ja. Aber was heißt das? Hm, was meinst du?«

Kevin Kuczmanik schaute seinen Chef unsicher an. Wenn Hufeland ihn in derart inquisitorischer Weise fragte und dabei noch scharf ansah, fühlte er sich wieder mitten in seine Zeit als Azubi zurückversetzt, die er doch gottlob seit Kurzem hinter sich gelassen hatte.

»Das heißt«, wartete Hufeland nicht lange auf seine Antwort, »dass die lieben Eltern und guten Nachbarn, Wittekind und Große-Dingsbums, sich schlecht abgesprochen haben. Und zwar, weil sie es nicht für nötig hielten, da sie gar nicht damit rechneten, heute noch nach dem Vorfall von gestern gefragt zu werden.«

»Irgendwas ist da faul.«

»Es stinkt zum Himmel, Kevin!« Hufeland klatschte plötzlich mit der flachen Hand auf seinen Schreibtisch, an dem er saß (und vor dem Kevin immer noch stand). »Gut gemacht, Kevin!«, lobte er ihn völlig unvermittelt, und Kevins Mondgesicht lief rot an wie eine dicke reife Erdbeere. In der frischen Farbe des Kostüms, das er gestern zum Happy-Video getragen hatte.

»Und jetzt, Herr Hufeland?«, fragte er mit neu angefachtem Eifer. »Was tun wir als Nächstes?«

»*Ich* mache Feierabend. Bin fix und fertig«, sagte Hufeland in sein Gähnen hinein. »Und du schaust dir noch die Praxis von diesem Dr. Mensing an, dem Frauenarzt von Jenny Stratmann. Wenn er es denn ist.«

»Wie jetzt? Heute noch?«

Er wollte sich eigentlich mit Melanie treffen, so früh wie möglich. Sie hatte heute ihren freien Tag, vielleicht konnten sie noch eine Runde Rad fahren, vom Aasee über die Promenade zum Schlossplatz und zurück zum Beispiel.

»Sag mal, Kevin, wohnt deine Freundin nicht in Sentrup, Nähe Aasee jedenfalls?«

»Melanie?« Als könnte er Gedanken lesen.

»Wenn sie so heißt. Oder hast du gleich mehrere Frauen?«

»Ähm, wieso-o?«

»Weil die Praxis des Gynäkologen dort ganz in der Nähe ist. Hast du selbst rausgefunden. Trifft sich doch gut, findest du nicht?«

»Versteh schon«, sagte Kevin Kuczmanik und machte sich ohne jeden Schwung auf den Weg.

28

Doktor Jürgen Mensings gynäkologische Praxis war Teil einer weitläufigen Villa, die vorzüglich in die gediegene Wohngegend rund um den Aasee passte.

Wirkt alles so edel und kultiviert hier, dachte Kevin Kuczmanik, verglichen mit dem Wohnblockareal in Kinderhaus-West, in dem er wohnte. Und trotzdem würde er niemals tauschen wollen, einmal Kinderhaus, immer Kinderhaus, das war Ehrensache, und eines Tages würde der Stadtteil Kultstatus haben wie, weiß der Teufel, Punk oder Conchita Wurscht oder so.

Im dezent nach Orangen duftenden Wartezimmer der Praxis, voller Grünpflanzen und hingehauchter Landschaften an den Wänden, saß auf elfenbeinfarbenen Ledersesseln eine Handvoll Frauen und blätterte geduldig in Zeitschriften oder blickte gelangweilt aus dem Fenster, in dem träge die goldgelbe Spätnachmittagssonne stand.

Hinter einem hohen tropenholzgetäfelten Tresen, den er nur mit Kopf und Hals überragte, lächelte ihn eine junge blonde Arzthelferin irritiert an. Schwester Gitta stand auf dem Metallschildchen, das sie an dem gestärkten weißen Kragen ihres Kittels trug.

»Sie möchten vielleicht Ihre Frau abholen?«, fragte sie vorsichtig.

»Möchte ich nicht, nein. Bin nicht mal verheiratet.« Er lachte.

Sie musterte ihn jetzt genauer und verzog den Mund zu einer schiefen Ebene. »Geschlechtsumwandlung? Ich fürchte nur, dass Herr Doktor in diesem Fall nicht der richtige Ansprechpar…«

Kevin Kuczmanik zeigte seinen Ausweis. »Ich würde gern Doktor Mensing sprechen. In einer dienstlichen Angelegenheit.«

»Polizei?«, raunte sie erschrocken, damit die Patientinnen im Wartezimmer es nicht hörten. Beunruhigung trat in ihren Blick.

Dann schüttelte sie bedauernd den Kopf. »Das tut mir leid, aber Herr Doktor behandelt gerade eine Patientin.

Sie müssten bitte warten.« Ihre hellen Augen fuhren eine Runde Karussell, als sie hinzufügte: »Wie unsere Patientinnen hier.«

»Wie lange dauert denn die Behandlung?«

Sie zuckte die Achseln. »Ich weiß es nicht. Zehn Minuten, halbe Stunde, eine Stunde. Keine Ahnung. Herr Doktor nimmt sich viel Zeit für seine Patientinnen. Deshalb kommen sie so gerne zu ihm, auch wenn sie lange warten müssen. – Möchten Sie vielleicht morgen wiederkommen?«, schlug sie vor. »Morgen ist Samstag, da behandelt Herr Doktor nicht, und Sie müssten garantiert nicht warten.«

»Gut. Aber eines können Sie mir sicher schon heute sagen: War eine gewisse Jenny Stratmann Patientin von Doktor Mensing?«

»Stratmann? Ob sie Patientin bei uns *war*?« Sie schaute irritiert auf ihren Bildschirm oder durch ihn hindurch, scrollte ein wenig hektisch darin herum und sah ihn dann wieder an. »Ja, Frau Stratmann ist bei Herrn Doktor in Behandlung gewesen. Wieso, was ist denn mit der Patientin, wenn ich fragen darf?«, sagte sie mit gesenkter Stimme. Ihr plötzlich gesteigertes Interesse blitzte in ihren hellblauen Augen, gepaart mit einer gehörigen Portion Erschrecken.

Er ignorierte ihre Frage und nickte lächelnd. »Gut. Dann komme ich morgen wieder, um Doktor Mensing zu sprechen.«

»Um halb sieben«, sagte sie trocken.

»Um *halb sieben*? Geht's nicht noch früher?«

»Tut mir leid, nein.«

Er seufzte. Das sollte eigentlich ein Scherz sein.

29

Bis zu Melanies Wohnung in Sentrup war es wirklich nicht weit gewesen. Aber die kleine Radtour, die ihm in der Nase gesteckt hatte, Aasee, Promenade, Schloss und zurück, fiel dennoch aus. Melanie wollte, dass er sich die noch ungeschnittenen Aufnahmen des Happy-Videos von gestern ansah. Und bei Ökobier und Bio-Kartoffelchips hatten sie großen Spaß damit.

»Wusste ich's doch. Das Lepramuseum im Hintergrund kommt einfach gut«, fand er.

»Super Idee von dir, Schatz«, sagte sie und küsste ihn flüchtig auf die Wange, die dadurch leicht ins Schwabbeln geriet, er liebte das Gefühl.

»Nach dem Verbot des Happy-Videos im Iran, oder wo, ist das ja schon eine politische Botschaft, die wir damit aussenden«, behauptete er kühn. Irgendwelche Mullahs, hatte er im Netz gelesen, fanden die gefilmte Happy-Tanzeinlage einer Handvoll mutiger Iranerinnen anstößig. Womöglich landeten sie dafür im Knast.

Melanie interessierte sich nicht für Politik. »Sag mal, Kev, hast du neue Zufälle gefunden?«, fragte sie unvermittelt.

Das Sammeln von ungewöhnlichen Zufällen, die sie sich gegenseitig berichteten, gehörte zu ihren Leidenschaften und wunderbaren Gemeinsamkeiten.

»Ich hab nur einen«, sagte sie. »Ist aber nur so ein Stino-Zufall. Heute Morgen beim Frühstücken denke ich, ach cool, den ganzen Tag frei, und *in dem Moment* schickt mir Silke eine Mail, sie hätte zwei Freikarten fürs Pumpenhaus. – Und du? Nix heute?«

Er schüttelte den Kopf. »Nein, heute ist nichts dabei gewesen, leider. Oder … na ja.« Er zögerte.

Sie blickte ihn erwartungsvoll an. »Ja, Schatz?«

»In Vennebeck hat's da einen seltsamen Zufall gegeben. Wenn's denn einer *war*.«

»Vennebeck? Ist das nicht dieses Kuhdorf, vielmehr Hühnerdorf, kurz vor der holländischen Grenze?«

»Ja, genau. Aber die Hühnerfarm ist pleite, und Kühe siehst du dort auch keine auf den Weiden.«

»Und dein Zufall?«

»Na ja, zwei Jahre lang passiert gar nichts in Vennebeck, das Dorf döst nur vor sich hin. Und plötzlich brennt's gleich zwei Mal hintereinander.«

»Es hat gebrannt?«

»Nein, nicht wirklich. Im übertragenen Sinn jetzt. Erst verschwindet ein Kind – taucht aber gleich wieder auf. Und dann liegt tags drauf, also heute, genau die Frau tot auf dem Müll, die das Kind vorher gestalkt hat.«

»Gott, wie grässlich.« Melanies hübsches, hellwaches Gesicht verdüsterte sich. Sie schüttelte das glatte, schulterlange blonde Haar. »Du hast recht, das ist kein echter Zufall, Kevin. Das gilt nicht«, sagte sie streng. »Unsere Definition ist: kein gemeinsamer Hintergrund der Ereignisse, das weißt du. Und die Sache mit dem Kind und der Stalkerin hat mit Sicherheit denselben Hintergrund, da wette ich.«

»Da bist du nicht die Einzige.« Er dachte an Hufeland. »Und der gemeinsame Hintergrund wäre Mord.«

Er versenkte seine fleischige weiße Hand in der großen knisternden Tüte und zog sie mit einer Handvoll Kartoffelchips wieder heraus.

Später in der Nacht, als er auf Melanies Couch lag, während sie in ihrem Schlafzimmer die Reste des Regenwalds absägte, konnte er lange nicht einschlafen. Er starrte auf den grauen Lichtkeil, den die Straßenlaterne durch einen Schlitz im Vorhang an die Decke warf, und grübelte.

Irgendetwas heute war ihm seltsam vorgekommen. Nur den Bruchteil einer Sekunde, das wusste er noch. Aber er erinnerte sich ums Verrecken nicht mehr, worum es dabei ging. Ein Detail, das irgendwie nicht stimmte.

Verflucht, was war es doch gleich?

Er kam einfach nicht mehr drauf. Wie bei einem Traumfetzen, den man früh morgens beim Aufwachen noch im Kopf behalten hat, doch schon beim Zähneputzen ist er verloren, Tabula rasa, weg für immer.

Und dann war er endlich doch eingeschlafen.

30

Am Morgen wachte er mit Kopfschmerzen auf. Er schlug die Vorhänge zurück, das Wetter war umgeschlagen, draußen nieselte es.

Melanie kochte ihm Lupinenkaffee, der gegen das Kopfweh helfen sollte (im Bad warf er später eine Schmerztablette ein) und massierte ihm seinen Schädel, wobei ihre wohltuenden Fingerspitzen besonders intensiv seine Mönchsglatze bearbeiteten.

»Du solltest ein Käppi tragen, Schatz, prophylaktisch«, riet sie ihm.

»So weit kommt's noch!«, protestierte er heftig. »Was meinst du, was das für ein Lacher wäre für alle Kollegen. Ich höre schon meinen neuen Spitznamen: der Mönch. Wahlweise: der fette Mönch. Nee, danke.«

Sie zuckte die Achseln. »Dann musst du eben weiter leiden.«

Musste er wohl.

Zwanzig nach sieben fuhr er von der Mausbachstraße über die Sentruper auf den Van-Galen-Ring, warf auf der Brücke einen müden Seitenblick auf die jetzt leere, metallisch-graue Wasserfläche des Aasees und erreichte wenig später die Praxis in der schmalen Sackgasse des Van-Delft-Wegs.

Er klingelte.

Ein Mann um die vierzig, schlank, mittelblond, gelb gesprenkelte Bernsteinaugen hinter einer schmalen Designerbrille, öffnete ihm.

»Kevin Kuczmanik, Kriminalpolizei«, stellte er sich vor und zeigte ihm seinen Dienstausweis, den er schon in der Hand hielt. »Doktor Mensing?«

Der Arzt nickte schwach und begrüßte ihn weder freundlich noch unfreundlich. »Sie sind der Polizist, der Fragen zu meiner Patientin hat, richtig?«

»Richtig.«

Der Arzt zwinkerte etwas mit den Augen, als hätte er Staubkörner hineinbekommen, bat ihn herein und schloss die Tür. »Am besten, wir gehen in mein Sprechzimmer.«

Mensing führte ihn durch das orangenduftgesättigte Foyer, an dem leeren Wartezimmer vorbei in ein geräumiges, aber fensterloses Zimmer mit zwei weiteren Landschaftsaquarellen an den Wänden.

Der Arzt nahm hinter einem elegant geschwungenen Eichenholztisch Platz. Kevin zwängte seine Körpermasse in einen für Normalgewichtige vermutlich bequemen Stuhl mit umlaufenden Armlehnen. Für ihn aber war es beinahe so, als wäre er von nun an gefangen, es fehlten nur noch die Handschellen.

Doktor Mensing weckte mit einem Tastendruck seinen Computer, dessen Bildschirm seitlich versetzt fast diagonal auf dem Schreibtisch verankert war. »Ich habe natürlich in den Nachrichten von der Sache erfahren. Erschlagen, die arme Frau. Und auf den Müll geworfen. Schrecklich. Unvorstellbar.«

Dass die Presse über den Mordfall berichtete, war klar, aber Kevin hatte bis jetzt keinen Gedanken daran verschwendet. Und Nachrichten hatte er gestern Abend weder gehört noch gesehen oder gelesen. Melanie-Time war Quality-Time, ungeteilte Aufmerksamkeit, wenn sie zusammen waren, nur nicht im Bett.

»Richtig. Wir ermitteln in einem *Mord*fall, Herr Mensing«, sagte Kevin Kuczmanik, um dem Arzt den Sachverhalt unmissverständlich vor Augen zu führen. »Und wie mir Ihre Sprechstundenhilfe bereits …«

»Schwester Gitta.«

»Ja, sie sagte, Jenny Stratmann wäre Ihre Patientin gewesen.«

»Richtig. In dem Fall darf ich Ihnen selbstverständlich Auskunft geben«, bot er unprätentiös an. »Ich wundere mich nur, dass Sie gleich auf mich gekommen sind. Und warum es so wichtig für Sie sein könnte, dass Frau Stratmann meine Patientin war.«

»Sie stehen sogar auf einer Liste mit Namen, die Jenny Stratmann angelegt hat. Und zwar ganz oben.«

Mensing nickte abwesend, während er auf dem Bildschirm die Daten seiner Patientin aufrief. »Verstehe«, sagte er tonlos und wandte sich dann Kevin Kuczmanik wieder zu. »Ich weiß nur nicht, ob ich Ihnen wirklich weiterhelfen kann. Hat die Mordtat einen gynäkologischen Hintergrund? Was wollen Sie denn von mir wissen?«

Er hatte zielsicher den neuralgischen Punkt getroffen. Jenny Stratmann war eben seine Patientin, weiter nichts. Dass sie seinen Namen und die Praxisnummer aufgeschrieben hatte, war daher nicht verwunderlich. Insofern hatte van Heest recht, dass dies noch keine ernst zu nehmende Spur war. Nur das Umfeld der anderen Namen auf Stratmanns Liste passte nicht dazu.

»Weshalb war sie denn bei Ihnen in Behandlung? Eventuell können wir das mit bestimmten Ergebnissen der Obduktion abgleichen, die uns vielleicht weiterhelfen.«

»Verstehe.« Er schaute wieder auf seinen Bildschirm. »Also, die Patientin war bei mir hauptsächlich wegen Menstruationsbeschwerden in Behandlung. Unregelmäßige Periode, Schmerzen im Unterleib als Leitsymptome. Ich vermutete unter anderem psychogene Ursachen. Und, sagen wir, einen verdammt ungesunden Lebensstil, der dafür verantwortlich war.«

»Wie kamen Sie darauf?«

Er blickte Kuczmanik wieder direkt an. »Ich widme meinen Patientinnen viel Zeit, schon bei der Anamnese. Sie war psychisch in einer sehr schlechten Verfassung. Ihr Freund, wenn man so etwas denn Freund nennen kann, also sagen wir lieber: Ihr zeitweiliger Lebensgefährte schlug sie offenbar. Sie nahm Drogen, Psychopharmaka, trank. Ich habe ihr zu einer psychiatrischen Behandlung geraten. Aber ob sie die in Anspruch genommen hat?« Er zuckte die Achseln.

»Wann haben Sie Jenny Stratmann denn das letzte Mal gesehen?«

»Wann Sie einen Termin bei mir hatte, meinen Sie?« Er fuhr wieder herum und suchte die Daten auf dem Bildschirm. »Das letzte Mal war sie kurz vor Weihnachten bei mir, 22. Dezember.« Er legte eine Hand an den Bildschirmrand, als wollte er ihn vor blendenden Sonnenstrahlen schützen. Dabei gab es nur künstliches Licht in dem fensterlosen Raum. »Ich erinnere mich dunkel, dass sie von Umzug aufs Land sprach, irgendwo an der holländischen Grenze.«

Nach Vennebeck, ja, ergänzte Kevin Kuczmanik im Geiste.

»Sie hat sich dann später noch zweimal einen Termin geben lassen, 17. März und 5. April. Ist aber beide Male nicht erschienen. Zu ihrer aktuellen Verfassung zuletzt kann ich deshalb leider nichts beitragen, Herr Kurzmanik.«

»Kucz-«, verbesserte ihn Kevin. »Kuczmanik, bitte.« Die Variante Kurzmanik hatte er sich in seinem Leben schon gefühlte tausend Mal gefallen lassen müssen, in der Schule, während der Ausbildung, in Ämtern, zuletzt im Präsidium. Früher hatte er das einfach ignoriert, sich aber insgeheim geärgert. Melanie hatte ihm geraten, die Leute sofort zu korrigieren. »Jeder hat ein Recht auf seinen korrekten Namen«, fand sie.

Der Arzt hob entschuldigend beide Hände hoch, es sah aus wie in einem schlechten Western. »Kuczmanik. Selbstverständlich.«

Kevin nickte zufrieden. »Vielen Dank, Herr Doktor. Das war's eigentlich schon.« Er nahm seine ganze Kraft zusammen und stemmte sich aus dem engen Stuhl. »Sie haben mir sehr geholfen.«

Er verabschiedete sich.

Noch nicht so ganz.

»Sagen Sie, wie ist Jenny Stratmann eigentlich auf Sie gekommen? Ich meine, Ihre Praxis liegt am anderen Ende der Stadt, von Stratmanns früherem Wohnsitz aus gesehen.«

»Keine Ahnung.« Mensing zuckte die Achseln und schob die erstaunlich zartgliedrigen weißen Hände in seine blütenweiße Bügelfaltenhose. »Vielleicht eine Empfehlung durch eine andere Patientin. Oder einen Kollegen. Sie hat leider unseren Fragebogen, den wir beim Erstkontakt ausgeben, nur unvollständig ausgefüllt. Aber wir zwingen schließlich keinen zu irgendwelchen Angaben, wir bitten nur darum.«

Er sah Kevin Kuczmanik auf eine etwas mokante Weise an, als wollte er sagen: Wir sind schließlich nicht die Polizei.

Es regnete nicht mehr. Aber auf dem kurzen Weg zu seinem Wagen trat Kevin Kuczmanik in genügend Pfützen, dass Hosensaum und Socken (er trug dummerweise noch seine Sandalen) klatschnass waren. Das auch noch!

Im Auto ließ er sich das Gespräch noch einmal durch den Kopf gehen.

Doktor Mensing war ein durchaus sympathischer Arzt und Jenny Stratmann nichts weiter als eine seiner vielen Patientinnen. Sein Name auf ihrer Liste und seine Praxis, weit von ihrem Wohnumfeld entfernt, waren unter diesem Gesichtspunkt noch nicht mal ein Schönheitsfehler, nicht annähernd ein Verdachtsgrund.

Nein, das nicht.

Nur eines störte ihn jetzt.

Nachdem er sich aus seinem Stuhlgefängnis befreit hatte, war er einen Schritt nach links getreten und hatte so einen Blick auf den schräg platzierten Bildschirm erhaschen können, bevor der Arzt zur Desktopansicht wechselte.

Auf dem elektronischen Patientenblatt war deutlich der Name Jenny Stratmann zu sehen, auch ein Feld mit den geschilderten Symptomen seiner Patientin.

Aber keinerlei Termindaten.

Mit anderen Worten, der Gynäkologe hatte ihm die letzten Behandlungstermine aus dem Kopf hergesagt – aber so getan, als würde er sie vom Bildschirm ablesen.

Warum?

Darüber dachte er nach, als er zum Präsidium fuhr. Entweder die Patientin war dem Doktor so wichtig gewesen, dass er ihre Termindaten wie auf Knopfdruck herunterbeten konnte. Dann musste sie eine ganz besondere Patientin für ihn gewesen sein.

Oder sie hatte nie welche bei ihm gehabt. In dem Fall hatte er sie auf die Schnelle erfunden, weil er überraschend danach gefragt wurde.

Ein dubioses Verhalten. Das ihm irgendwie bekannt vorkam.

Aus Vennebeck.

31

Das Präsidium war leer wie das Finanzamt freitags ab eins. Breite Flure, keine Menschen, jedenfalls keine, die danach aussahen, sondern übermüdete Gestalten mit missmutigen Gesichtern, weil sie am Samstag in Allerherrgottsfrüh schon oder noch immer arbeiten mussten.

Es war jetzt halb acht, und auch Hufeland war noch nicht aufgetaucht. Kevin Kuczmanik setzte sich an den Schreibtisch und startete den Rechner, um nachzuholen, wozu er gestern nicht mehr gekommen war. Er gab den Namen Stefan Wigger in die passwortgesicherte Suchmaske ein, um neben den Standarddaten auch die aktuellsten Einträge aufzurufen.

Und er wäre beinahe vom Stuhl gefallen, als er die Information las, dass das Fahrzeug von besagtem Wigger, sein Golf mit dem Kennzeichen MS AE 686, am Donnerstagabend geblitzt worden war. Mit 138 km/h war er durch Hexel gebrettert, eine kleine Ortschaft, die zugegebenermaßen dazu einlud, hindurchzurasen, weil sie im Grunde nur aus fünfzig Häusern links und rechts einer überbreiten, schnurgeraden Hauptstraße bestand.

Interessant war neben der Uhrzeit, 22:07 Uhr, auch die Tatsache, dass Hexel ungefähr auf halber Strecke zwischen Vennebeck und Münster lag.

Er beschloss, Stefan Wigger einen überraschenden Besuch abzustatten. Jetzt gleich. Vielleicht hatte er Glück, und der Gute lag noch im Bett.

Er heftete Hufeland eine entsprechende Notiz auf den

Computerbildschirm, die auch das Blitzlichtfoto am Tatabend in Hexel kurz erwähnte, und fuhr los. Nach Rumphorst, Heckenweg 17.

32

Als Hufeland etwa eine halbe Stunde später den gelben Post-it-Zettel von der Mattscheibe seines Computers riss, hatte er zunächst Mühe, den Namen Wigger an die richtige Stelle des Puzzles in diesem Fall zu setzen.

»Wigger? Wigger?« Ach, der Kleinganove, der oben in Rumphorst wohnte. Mit dessen Golf Jenny Stratmann in Vennebeck gesehen worden war. Derselbe Wagen, mit dem er nun also in der Tatnacht geblitzt worden war.

Er stützte den schweren Kopf in beide Hände und rieb sich den Schädel. Er hatte eine Nacht mit Köttering verbracht, nach dem Besuch im Jazzclub am Hafen hatten sie noch in einem halben Dutzend Altstadt-Kneipen gesumpft, und er hatte keine Ahnung mehr, wie viel er getrunken hatte – nur, dass es zu viel war, das merkte er jetzt.

Dabei vertrug er den Alkohol schon lange nicht mehr wie früher. Die Leber, die Nieren, was auch immer, er war einfach nicht mehr der Alte. Sondern alt geworden. Und so fühlte er sich jetzt.

Köttering dagegen, sein ehemaliger Kollege und immer noch guter Freund Alfred, schien immer jünger zu werden, je länger er aus dem Dienst ausgeschieden war. Schimpfte auf Gott und die Welt wie eh und je.

Hufeland schüttelte vorsichtig den Kopf und lachte, soweit es ihm möglich war. Gestern Abend, in der zweiten oder dritten Kneipe, nach der fünften oder sechsten Pils-Korn-Kombination, hatte Köttering sich doch tatsächlich über die Gangster beschwert, die kürzlich den Bus mit den polnischen Frauen überfallen hatten. In dem auch die häusliche Betreuerin von van Heests Schwiegermutter gesessen hatte.

»Die haben mir meine Idee geklaut!«, hatte Köttering allen Ernstes geschimpft. »Ich beobachte das seit längerer Zeit: eine Heerschar osteuropäischer Pflegekräfte, die beschäftigt werden müssen, weil in Deutschland die stationäre, nicht aber die häusliche Pflege gefördert wird.«

Wem sagte er das, Hufeland kannte das Thema leidvoll von seiner eigenen Mutter.

Aber Köttering hatte sein ganz eigenes Problem damit. Nämlich als Hobbyautor von Regionalkrimis, die er seit seiner Pensionierung schrieb und in und um Münster spielen ließ.

»Zigtausende Euros«, schimpfte er weiter, »fahren Woche für Woche in den Bussen von Deutschland nach Polen, Rumänien, Bulgarien und was weiß ich, wohin. Wohlverdientes Handgeld, ist klar. Aber es musste ja eines üblen Tages eine Bande darauf kommen, so einen Bus voller Wanderarbeiterinnen auszurauben. Ich hatte schon den Plot, die Hauptfiguren, die Orte, wo alles spielen sollte. Und dann tauchen diese Arschlöcher auf – im richtigen Leben – und kommen mir zuvor.«

Hufeland schüttelte wieder den Kopf. Er kannte Kötterings wirre Fantasie und war sich sicher, dass es genau umgekehrt war: Der Überfall hatte stattgefunden, Alfred hatte davon gelesen oder gehört und war im *Nachhinein* der Meinung, der ›Plot‹ zu dem Verbrechen hätte auch von ihm stammen können. Beim Kneipenbummel und jenseits von zwei Promille verwechselte er dann endgültig Henne und Ei und glaubte, die Wirklichkeit kopiere ihn, nicht umgekehrt.

Vielleicht wurde man so, wenn man erst einmal anfing, sich Kriminalgeschichten auszudenken, statt sie aufzuklären.

Andererseits hatte Hufeland gerade jetzt, in seinem momentanen Zustand, nicht das Gefühl, es wesentlich besser zu machen als Köttering. Der Tod seiner Mutter, so erwartbar er gewesen war, hatte ihn heftiger aus dem Gleis geworfen, als er gedacht hatte. Es ist eine Sache, zu wissen, dass ein Mensch sterben wird. Und eine ganz andere, wenn es dann geschieht. Es ist – unfassbar.

Jetzt, am Samstagmorgen, kreiste der Stratmann-Fall zusammen mit dem Restalkohol in seinem Kopf, und er hatte Mühe, Anfang und Ende, Wesentliches und Unwesentliches zu unterscheiden. Er konnte sich nicht mal annähernd ein Bild der letzten Stunden des Opfers machen. Jenny Stratmann war wie ein Phantom. Obwohl sie anscheinend halb Vennebeck schon aufgefallen war, zumindest den Eltern der Sonnentau-Kinder und in dem Neubaugebiet rund um die Mozartstraße, kannte sie keiner persönlich, wusste niemand genau, wovon sie eigentlich lebte, was sie tat, wenn sie nicht gerade vor dem Kindergarten lungerte, vor allem aber, warum sie das tat. Und am Donnerstagabend hatte sie anscheinend keiner gesehen. Nur die Nachbarn hatten sie gehört. Dass sie sich gestritten hatte. Mit einem oder mehreren Männern, die sie an diesem Tag besucht hatten. Aber wann genau sie das Haus verlassen hatte, wussten nicht einmal der alte Kauz in der Wohnung gegenüber oder der träge Hausmeister im Erdgeschoss.

Er tippte auf die Tastatur und fuhr den Rechner hoch. Eine Nachricht aus der Technikabteilung, vom Kollegen Minderkötter. Sie betraf Jenny Stratmanns Laptop. »Batterie def. Ext. gebootet. Keine Dateien. Mailordner kompl. gelöscht. Gerät offenb. schon längere Zeit ungenutzt, keine Programmaktualisierung seit Nov. 2014. / minde.«

Sie hatte den Laptop also anfangs mitgenommen nach Vennebeck, war dann aber vermutlich auf ein Handy oder Smartphone umgestiegen. Das aber nicht auf ihren Namen angemeldet und bis jetzt nicht gefunden worden war.

Blieb vorerst nur die Liste mit den Namen. Ein verdammt dünner Faden, um die Ermittlungen daran aufzuhängen, da hatte van Heest schon recht. Aber sie hatten immerhin einige Ungereimtheiten damit zutage gefördert. Die sich hoffentlich am Ende nicht als Lappalien herausstellten …

Er stöhnte leise auf und fasste sich wieder an die Stirn.

Dahinter begann es zu hämmern wie im Bergwerk, als es das noch gab, früher im Pütt …

Ach, verflucht, er schweifte schon wieder ab!

Zum Glück funktionierte wenigstens der kleine Kuczmanik. Auch am Wochenende.

Er warf wieder einen Blick auf den gelben Zettel, der jetzt an seinem Zeigefinger klebte. Stefan Wigger war also höchstwahrscheinlich am Tatabend in Vennebeck gewesen, vollkommen richtige Entscheidung von Kevin, dem Burschen spontan auf den Zahn zu fühlen.

Trotzdem wurde er das Gefühl nicht los, dass die Lösung des Falls, wenn überhaupt, dann nicht allein bei dem Freund oder Ex des Opfers lag. Dazu hatte Jenny Stratmann in dem kleinen Vennebeck viel zu viel Staub aufgewirbelt, sie hatte zu viele Leute gegen sich aufgebracht, die sich – ohne Not, wie es schien – in Details widersprachen. Wie die Nachbarn Wittekind und Große-Dingsbums. Und es hatten anscheinend Personen mit ihr in Kontakt gestanden, die dazu auf den ersten Blick keinen Anlass hatten. Wie Geschäftsführer Uhl. Oder der Mann der Kindergartenleiterin. Dessen private Handynummer im Besitz ausgerechnet der Person war, die seine Frau und ihre Einrichtung stalkte.

So gespannt er auf die Ergebnisse von Kuczmaniks Ermittlungen beim Gynäkologen Mensing und bei Stefan Wigger war, der Schlüssel zur Lösung des Falls lag in Vennebeck, davon war er überzeugt, das sagte ihm sein Bauchgefühl (das nach einer durchzechten Nacht mit Köttering allerdings auch kein verlässlicher Partner war).

Er nahm sein Handy und rief Kevin Kuczmanik an.

»Ja, Chef?«

»Was machst du, Kevin?«

»Bin gerade in der Wohnung von Stefan Wigger«, hörte er ihn leise sprechen.

»Gut. Klopf den weich. – Was ist mit dem Arzt, bei dem du warst? Kennt er das Opfer?«

»Und wie! Er kennt Stratmann so gut, dass er die letzten Behandlungstermine auswendig herunterbeten konnte.«

»Aha?« Hufeland hörte den ironischen Unterton sehr wohl heraus. »Und Wigger?«

»Bin dran.«

»Gut. Ich fahre jetzt nach Vennebeck. Knöpfe mir dort noch einige Herrschaften vor. Wir tauschen uns später aus, Kevin.«

Er legte auf und rief Wittekinds an. Ein Mann mit einer tiefen, sonoren Stimme meldete sich.

»Ronald Wittekind, hallo?«

»Hufeland, Kripo Münster, Morg'n.« Gerade Wittekind wollte er erreichen. Hufeland bat ihn, sich in der nächsten Stunde bereitzuhalten und ihn bei sich zu Hause zu erwarten.

Drei Schrecksekunden vergingen.

»Mich wollen Sie sprechen, wieso das denn? Ich hab eigentlich zu tun.«

»Ich auch. Bis gleich.«

Er legte auf.

Und machte sich auf den Weg.

33

Stefan Wiggers Wohnung im Heckenweg befand sich im Souterrain eines Mehrfamilienhauses. Sie war seltsamerweise von der Haustür aus gar nicht zugänglich, ein Zettel am Klingelbrett wies darauf hin, dass man den Weg links am Haus vorbei durch den kleinen Garten nehmen müsse.

Tatsächlich befand sich auf der Rückseite des Hauses eine schmale Treppe, die zu einer verglasten Balkontür hinunterführte. Die Tür und ebenso das kleine Fenster gleich daneben waren mit grob geschweißten Eisenstäben versehen. Es sah aus wie häuslicher Knast mit schwedischen Gardinen.

Hinter der echten, der Fenstergardine, sah er innen Licht brennen. Wummernde Reggae-Musik war zu hören.

Sehr hoch oben an der Tür befand sich die Klingel.

Zu hoch für Kevin Kuczmanik.

»Was soll *der* Quatsch denn?«, ärgerte er sich.

Er klopfte.

Keine Reaktion.

Er klopfte lauter. Hämmerte, als noch immer nichts passierte, schließlich mit der Faust gegen die Tür.

Die Musik verreckte, die Tür wurde aufgerissen.

Ein langer, dünner Mann um die dreißig stand, nackt von den Zehen bis zur hohen Stirn, vor ihm und blickte verwundert aus kleinen trüben Augen in einem fahlbleichen Gesicht auf ihn herab.

»Was'n los? Wer bist *du* denn, Gartenzwerg?«

»Sind Sie Stefan Wigger?«

Der Lulatsch zuckte mit den Achseln, was Kevin als Zustimmung deutete. Er zeigte ihm wortlos seinen Zwergenausweis.

»Ah. Kann's mir schon denken«, sagte er sachlich. »Komm rein, Kollege.«

Dieser Typ duzte ihn frecherweise, ärgerlich betrat Kevin Kuczmanik seine Höhle. Denn dunkel war es hier drinnen trotz der löcherigen Papierkugellampe, die von der niedrigen Decke ihr trauriges Licht feilbot und aussah, als hätte jemand Schießübungen damit veranstaltet.

Die Wohnung schien nur aus diesem einen Zimmer zu bestehen, das mit einer Schlafcouch (darüber ein riesiges, an den Ecken schon angeknabbertes Bob Marley-Poster), einem niedrigen Glastisch, einem Papphocker und einer Pantryküche bestückt war. Das Bad, falls vorhanden, befand sich vermutlich hinter der ockerfarbenen Ziehharmonikatür linker Hand.

Stefan Wigger kratzte sich ausgiebig im Schritt, es klang wie schmirgeln mit Sandpapier, brachte diverse Dinge in Ordnung da unten, verspürte dadurch offenbar ein Bedürfnis, fischte seine Sachen vom Ende der Schlafcouch und verschwand mit einem Peace-Zeichen der freien Hand, das in diesem Fall um Geduld bat, hinter der Ziehharmonikatür.

Kevin hörte Wasser plätschern, Wasser rauschen, Wasser tröpfeln, pladdern und trommeln. Dann kurze Zeit nichts. Und im nächsten Moment erschien der Hausherr vollständig bekleidet, das heißt in dunklen Jeans und einem ärmellosen gelben T-Shirt mit dem verwaschenen Konterfei seines toten Helden Bob Marley auf der Brust.

Wigger ging an den dunkel gebeizten Hängeschrank, entnahm ihm eine Tüte mit Haferflocken und schüttete davon in eine Schale, die er zuvor unterm Wasserhahn mit zwei Fingern auswusch, oder wie sollte man sagen. Er ließ noch etwas Wasser nachtropfen, stellte die Schale in den Microwaver und wartete eine gute Minute, indem er das kreisende Frühstück anstarrte wie ein Alchimist seine neueste Mischung der Elemente.

Anschließend zog er aus einer Schublade einen Suppenlöffel, an dem, wenn Kevin das richtig beobachtete, noch ein paar alte Flocken hafteten (Haferbrei war bekanntlich hartnäckig) und setzte sich mit seinem Frühstück im Schneidersitz auf die Couch, die im Moment noch Bett war, nachdem Kevin ihn ja unsanft geweckt hatte.

»Du kommst wegen Jenny, stimmt's? Weil wir mal zusammen waren, ja? Weil sie meine Kiste gefahren hat, hin und wieder, richtig?«

Er schob sich einen Löffel voll dampfender, feuchter Haferflockenpampe in den Mund und schien zufrieden damit, dem Grunzen nach zu urteilen, das in Gegenrichtung aus seinem Schlund aufstieg.

Kevin entschloss sich zum frontalen Angriff. »Ich

komme, weil Sie geblitzt worden sind. In Hexel, aus Richtung Vennebeck kommend. Am Abend, als Jenny Stratmann ermordet wurde.«

Wigger fiel beinahe der Löffel aus der Hand. »Scheiße! Wusste ich's doch, dass da was war. Dachte noch, ich hätte mich getäuscht. Leck mich doch, aber wirklich!«

»Es geht mir hier nicht um die Punkte, die Sie in Flensburg dafür kriegen, Herr Wigger.«

»Stefan.«

»Was?«

»Sag Stefan. Oder nee, sag ruhig Stevie. Sagen alle.«

Kevin Kuczmanik seufzte. »Okay, Stevie. Wundert mich nur«, fügte er hinzu, »dass du Fan von Marley bist, nicht von Stevie Wonder.« Er zeigte auf das gelbe T-Shirt mit dem grob und grün gepixelten Kopf des Reggae-Meisters.

»Ach so!« Wigger lachte. »Nee, ich steh nicht auf Stevie Wonder-Sound. Zu kommerziell.«

Kevin Kuczmanik zuckte die Achseln. Er hatte nichts gegen kommerziell, Hauptsache, es klang gut. Wie der Happy-Sound zu ihrem Kinderhaus-Video.

Er überlegte kurz und fand, dass Stefan Wigger offenbar versuchte, ihn auf Nebenschauplätze zu führen. »Jenny Stratmann ist tot«, kam er jetzt ohne Abkürzung zur Sache. »Ermordet, Stevie. Und du hast sie am Mordabend gesehen, stimmt's?«

Wigger knallte die halbleere Schale auf den Glastisch und rotierte mit langer Zunge einmal ums Breitmaul. »Ich *wollte* sie sehen, Kollege! Wollte. Aber sie war nicht da.«

»Wann genau war das? Welche Uhrzeit?«

»So gegen neun an dem Abend. Ich war an ihrer Wohnung. Hab geklingelt. Aber sie war nicht da.«

»Könnte es nicht sein, dass Sie dir einfach nicht geöffnet hat?«

»Wenn Papi klingelt, öffnet sein Schätzchen.« Er grinste breit.

»Was wolltest du denn so dringend von ihr, dass du dafür extra von Münster aus hingefahren bist?«

»Hatte Sehnsucht nach ihr. Oder sagen wir, nach bestimmten *Details* von ihr … Du verstehst schon.«

Nein, nicht wirklich, dachte Kevin Kuczmanik. Die erotischen Details von Frauen (oder Männern) waren ihm so was von egal. Aber das zählte hier nicht.

»Ich glaub dir nicht, Stevie.«

»Waas?« Ihm blieb der Mund offen stehen. Hellgrauer Haferbrei klebte zwischen den gelben Pferdezähnen.

»Du lügst mich an.«

In diesem Moment klingelte sein Telefon. Er schaute aufs Display. Hufeland. Er stand auf und drehte Wigger den Rücken zu. Tauschte sich kurz aus mit seinem Chef. Dann drehte er sich wieder um und machte weiter.

»Vorhin hast du gesagt, Jenny sei deine Ex gewesen, Stevie. Jetzt behauptest du, du wärst wegen Sex zu ihr gefahren.«

»Ja! Ganz normal. Mann, ich saß auf dem Trockenen. Und kann's mir schließlich auch nicht durch den Schlund hochziehen und ausspucken. Du etwa?« Wigger versuchte sich an einem ironisch-selbstmitleidigen Ausdruck und fixierte ihn dabei lauernd.

Kevin Kuczmanik merkte, dass Wigger immer weiter probierte, ihn auf dünnes Eis zu locken. Vermutlich hatte er ein intuitives Gespür dafür, wo andere ins Schlittern gerieten, während er vom sicheren Ufer aus zuschauen konnte. Ein Wissen, das man sich im Knast erwarb. Und in Verhören

»Okay, du hast Jenny Stratmann also an diesem Abend, dem Donnerstag, nicht mehr gesehen?«

»Nein. Schade eigentlich. Weil jetzt ist ja zu spät.« Wieder das Grinsen.

»Tut's dir gar nicht leid, dass sie tot ist? Auf so grausame Weise ermordet?«

»Und wie.« Es klang wie: Who the shit cares. Er nahm wieder seine Schale vom Tisch und schlabberte den Rest in sich hinein.

»Jenny hat im letzten Jahr noch mit dir zusammengewohnt. Hier in dieser Hütte«, zog Kevin Kuczmanik den Ton ein wenig an. »Warum ist sie ausgezogen? Und wieso ausgerechnet nach Vennebeck?«

Wigger nahm den letzten Löffel voll in den Mund und zuckte die Achseln. »Keine Ahnung«, sagte er mit noch vollem Mund, er sah aus wie ein Idiot, oder vielmehr wie einer, der dafür gehalten werden möchte. »Weiber halt. Unberechenbar. Und Jenny ganz besonders! Das war sie schon immer.«

»Du hast also keinen Schimmer, was sie in Vennebeck wollte, warum sie dort stundenlang und beinahe jeden Tag einen bestimmten Kindergarten beobachtete? Von deinem Auto aus, immerhin.«

»Ehrlich, Kollege.« Er legte leutselig seine große Flosse auf die Brust, wie der amerikanische Präsident, wenn die US-Hymne gespielt wird. »Ich hab ihr meinen Wagen geliehen. Ja. Ab und zu. Aber nicht, um damit vor irgendeinem Kindergarten rumzulungern. Das hör ich zum ersten Mal. Jetzt, von dir«, beteuerte er mit einem oscarpreisverdächtigen Schafsgesicht.

»Na gut, Stevie.« Kevin Kuczmanik merkte, dass er nicht weiterkam. Dieser Stevie war ein ›Wonder‹ an Abgezocktheit und Heuchelei. »Das war's für heute.« Er stand ächzend vom Hocker auf, der unter seinem Gewicht erstaunlich stabil geblieben war. »Aber glaub bloß nicht, dass du aus der Sache raus bist.«

Stefan Wigger öffnete seine großen Hände wie Jesus vor Pilatus. »Aus welcher *Sache* denn, Kollege?«

»Aus der Mordsache Jenny Stratmann. – Und übrigens: Hör auf, mich Kollege zu nennen.« Kevin reichte es jetzt mit diesem aufgeblasenen Typen. »Sonst führen wir unsere Unterhaltungen in Zukunft im Präsidium. Oder in der U-Haft-Zelle.«

»Ach ja?« Wigger erhob sich von seiner Couch und machte einen Schritt auf Kevin Kuczmanik zu. Er überragte ihn um vier bis fünf Köpfe. »Hör zu, *Kollege*, wenn du glaubst, ich könnte mir keinen Anwalt leisten, täuschst du dich. Ihr Bullen steckt mich nicht in den Bau. Nicht noch mal.« Er gab ein schmatzendes Geräusch von sich und pulte sich mit der kräftigen Zunge Reste vom Haferbrei aus den Zwischenräumen seiner Zähne.

Kevin Kuczmanik lächelte still. Bist ein zoologisches Wunder, dachte er. Eine Zunge wie ein Rind, Zähne wie ein Gaul, das Grinsen eines Affen und das Hirn eines Spatzen.

Er tippte sich mit dem Finger an die Stirn und wandte sich zum Gehen.

»Schnell zurück in deinen Garten! Husch, husch an deinen Platz, Zwerg!«, spuckte ihm Wigger zum Abschied hinterher.

Kevin Kuczmanik atmete kräftig durch, als er durch den Garten zur vollgeparkten Straße zurückeilte. Sein Wagen stand zwanzig Meter entfernt auf der anderen Straßenseite. Er stieg ein und quetschte sich hinters Steuer.

Dachte nach.

Hufeland war nach Vennebeck gefahren und hatte ihn nicht gebeten, ihm zu folgen. Er hatte also Zeit.

Drüben vor dem Haus stand Wiggers dunkelblauer Golf. Uraltes Modell, die Farbe umgespritzt, vielleicht mal geklaut irgendwo.

Von wegen Gartenzwerg, du wirst mich noch kennenlernen!

Mal sehen, was du heute noch so treibst, Stevie.

34

Bettina und Ronald Wittekind waren sympathisch wirkende Eltern um die vierzig, fand Hufeland. Mit einem ›gerechten‹ Kind, was das Aussehen betraf: Es glich keinem von beiden.

Er saß in dem trotz des trüben Himmels immer noch hellen Wohnzimmer Ronald Wittekind gegenüber, nachdem seine Frau Bettina mit dem Jungen in den Garten gegangen war, um die Kaninchen zu füttern.

Wittekind war eine smarte Ausgabe von Mann, etwa eins achtzig, schlanke, sportliche Figur (so sportlich, wie Hufeland gern gewesen wäre). Er arbeite als selbstständiger Anlageberater in Dinkel, hatte er Hufeland bereits erklärt, und wunderte sich nun, da Frau und Kind außer Hörweite waren, gewissermaßen offiziell darüber, dass er überhaupt von der Polizei vernommen wurde.

»Wenigstens sind Sie in Zivil und ohne Blaulicht gekommen«, sagte er schwach lächelnd.

Hufeland lächelte nicht. Er hatte die extreme Spannung unter den Eheleuten gespürt, kannte das Phänomen aus Hunderten früherer Ermittlungen. Was verschwiegen Wittekinds?

Hufeland beugte sich jetzt vor in dem bequemen Ledersessel, den man ihm angeboten hatte, und blickte Wittekind eindringlich an.

»Ich sag Ihnen mal was, Herr Wittekind. In meiner nicht ganz kurzen Laufbahn als Kriminalbeamter habe ich noch niemals erlebt, dass eine Person, egal, ob Täter oder Opfer, fortgesetzt eine Handlung von so erheblicher Tragweite ausführt, wie es das Terrorisieren ganzer Familien ist, ohne dafür ein bestimmtes Motiv zu haben.« Er sprach langsam, umständlich, aber jedes Wort betonend. »Welchen Grund also kann Jenny Stratmann dafür gehabt haben?«

Wittekind warf empört die Arme hoch. »Das fragen Sie *mich*? Uns? *Sie* sind die Polizei. Es ist *Ihre* Aufgabe, das rauszukriegen.«

Hufeland schaltete ohne Vorwarnung in den nächsten Gang. »Sagen Sie mir, wo Sie Donnerstagabend waren, was Sie gemacht haben!«

Wittekind riss zuerst empört die Augen auf, biss sich dann aber auf die Lippen. »Herrgott, ich war zu Hause. Hier im Haus, bei meiner Familie. Bettina kann das bezeugen. Wir haben auf der Terrasse zu Abend gegessen, dann habe ich den Kleinen ins Bett gebracht – ich war an der Reihe, wir wechseln uns ab, meine Frau und ich. Anschließend haben wir noch eine Flasche Wein geköpft, bisschen ferngesehen. Dann ab in die Falle. Das war's.«

Doch auf einmal ging der Gaul mit ihm durch. Er bekam plötzlich einen roten Kopf und wurde laut: »Sagen Sie, verdächtigen Sie uns etwa, speziell mich, irgendetwas mit diesem grässlichen Mord an der Frau zu tun zu haben?« Er wartete nicht auf Antwort. »Das ist absurd. Die Opfer waren die ganze Zeit *wir*! Wir und andere Eltern. Dass es jetzt diese verrückte Stalkerin getroffen hat, bedeutet noch lange nicht, dass wir nun daran Schuld hätten. So viel Logik wird Ihnen doch einleuchten.«

Er hatte recht. Im Prinzip. Und doch gab es da diesen wunden Punkt, an dem es sich vielleicht lohnte, weiter herumzustochern.

»Vor dem Abend, den Sie mir so schön lückenlos geschildert haben, Herr Wittekind, was ist da eigentlich passiert? Ich rede von Paulus, Ihrem Sohn, der auf einmal verschwindet, von der Babysitterin panisch gesucht wird, dann auch vom alarmierten Polizisten Wagner. Und auf einmal wird er von Ihnen wieder hergezaubert wie das Kaninchen aus dem Hut.«

»Ja und? Ich verstehe nicht, was das mit der ganzen Sache hier zu tun hat! Ich habe von Anfang an erklärt, und zwar auch Ihrem Kollegen Wagner, dass Paulus ausgebüxt war, dass mich Maike Große-Aschhoff, unsere Nachbarin ein paar Straßen weiter, angerufen und gesagt hat, dass Paulus bei ihnen wäre, dass er mit Melis hinten im Garten spielen würde. Für den Fall, dass wir ihn suchten.«

»Seltsam nur, dass Ihre Nachbarin meinem Kollegen erzählt hat, Ihr *Babysitter* hätte Paulus abgeholt. Nicht Sie.«

»Aber das hat Sie doch gleich korrigiert. Oder nicht?«

Hufeland nickte nachdenklich. Sie hatten sich also darüber verständigt. Verdammt, was war hier eigentlich im

Busch? Diese Eltern verteidigten die angebliche Nebensächlichkeit von Paulus' Verschwinden und Wiederauftauchen durch Absprachen wie in der Wirtschaft.

»Sie haben sicher die Telefonnummer Ihres Babysitters parat«, sagte Hufeland.

»Von Sofie?« Er war sichtlich überrascht. Verunsichert. »Schon, aber …«

»Rufen Sie sie an. Sie möchte herkommen, falls sie da ist. Ich muss sie sprechen.«

Wittekind zog kritisch die Brauen zusammen. »Dürfen Sie das eigentlich? So ein junges Mädchen vernehmen?«

»Das lassen Sie mal meine Sorge sein. Also bitte!«

Wittekind stand auf und ging zum Telefon. Der raue Ton zog bei ihm am besten, stellte Hufeland zufrieden fest.

35

Ein großes blondes, etwas blasses Mädchen musterte ihn sehr offensichtlich mit gemischten Gefühlen, als sie kurz darauf das Wohnzimmer der Wittekinds betrat.

Ursprünglich hatte er vorgehabt, Wittekind und Sofie Kreykamp gemeinsam zu befragen, um mögliche Widersprüche in direkter Konfrontation aufzudecken. Aber irgendetwas in ihrem Blick ließ ihn jetzt anders vorgehen.

Er bat darum, allein mit dem Mädchen sprechen zu dürfen, und Ronald Wittekind verließ trotzig achselzuckend das Zimmer, um hinaus in den Garten zu Frau und Kind zu gehen.

Die Geschichte, die Sofie zu erzählen hatte, war zunächst jedoch alles andere als ergiebig. Sie bestätigte einfach nur, was am Donnerstagnachmittag geschehen war. Und sie schien ehrlich keine Ahnung zu haben, wie Paulus auf die Idee gekommen war, auszubüxen, um seine Kindergartenfreundin Melis zu besuchen.

»Ich hab 'ne Weile nicht richtig aufgepasst«, gab sie unumwunden zu. »Hab mit meiner Freundin gequatscht, also getelt. Hier im Wohnzimmer. Paulus hat draußen in der Sandkiste gespielt. Dabei ist ihm wohl zu langweilig geworden. Gott sei Dank hat Ronald ihn dann ja zurückgebracht.«

»Du duzt Ronald Wittekind?«

»Jo. Wieso auch nicht? Sie duze ich doch auch, also Bettina.« Sie deutete mit dem kräftigen Kinn unbestimmt in Richtung Garten.

Hufeland nickte ratlos und seufzte. Das alles führte zu nichts, er fand einfach den Hebel nicht, um diesen Fall zu knacken.

Auf einmal fiel ihm Sofies verändertes Gesicht auf.

»Du hast doch was, Sofie«, sagte er ins Blaue hinein. »Raus mit der Sprache.«

Die Aufforderung kam vielleicht ein wenig zu heftig und ungehobelt, verfehlte aber nicht ihre Wirkung.

»Also … es ist so«, begann sie verdruckst, »ich glaube, ich muss Ihnen was sagen. Über Svenja, das ist meine Freundin. Oder nee, eigentlich nicht über Svenja. Sondern über diesen Typen, den sie kennengelernt hat. Das heißt, sie hat den Mann noch gar nicht kennengelernt. Nur mit ihm gechattet.«

Hufeland verstand kein Wort. »Jetzt mal von vorn, Sofie. Deine Freundin Svenja chattet mit einem Mann, einem Erwachsenen, vermute ich mal?« Sofie nickte. »Und weiter?«

»Ich glaube, der ist irgendwie … pervers. Jedenfalls nicht ganz sauber oder so. Der will Nacktaufnahmen von ihr. Und von Chantal. Das ist Svenjas andere … noch ein Mädchen aus unserer Klasse. Die beiden haben mit dem Typen gechattet. Blueboy nennt er sich, jedenfalls auf der Landlove-Website hieß er so.«

»Blueboy. Und?«

»Na ja, Svenja hat … sie hat Jenny Stratmann davon erzählt. Von Blueboy, meine ich. Wohl vor 'ner ganzen Weile schon.«

»Was denn, deine Freundin hatte Kontakt zu Stratmann?«

»Nein, oder na ja, was heißt Kontakt?«

»Sag du's mir.«

Sie hob und senkte die kräftigen Schultern unter den Spaghettiträgern ihrer goldgelben Bluse. »Svenja wollte, glaube ich, vor Jenny Stratmann nur ein bisschen angeben, was für einen coolen Typen sie kennt, Fotograf und so. Jenny hat sich aber erst für den Typen interessiert, als sie gehört hat, dass blueboy sich zuerst als zehn Jahre jünger ausgibt, als fünfzehn. Und da hat sie gemeint, sie wollte auch Fotoshootings mit blueboy machen und so. Sie *hätte* ja 'ne Modelfigur.«

»Und weiter?«

»Jenny hat sich von Svenja den Kontakt zu blueboy geben lassen. Seine Chatadresse.«

»Hat Jenny Stratmann ihn tatsächlich getroffen? Später?«

»Keine Ahnung.« Sie verzog beide Mundwinkel so weit nach unten, dass die Lippen eine perfekte gaußsche Kurve bildeten. »Kann es sein«, sagte sie zögerlich, »dass es blueboy war? Dass er Jenny Stratmann das angetan hat?«

Hufeland ging nicht darauf ein. »Du kannst mir sicher die Kontaktdaten von blueboy geben, Sofie. Vielleicht sogar eine Mailadresse, hm? Das würde uns die Recherche ersparen.« (Nicht wirklich.)

»Ich kann Ihnen seine Handynummer geben«, bot sie unsicher an.

Hufeland durchzuckte es, wie vom Blitz getroffen. »Du hast seine Handynummer?« Das wäre ja zu schön, um wahr zu sein.

»Ja, hab sie von Svenja. – Sie weiß übrigens, dass ich mit Ihnen rede. Aber ich hatte es sowieso vor.«

»Das war richtig, Sofie«, sagte Hufeland und nahm den gefalteten Zettel, den sie ihm reichte.

Das klang doch mal nach einer echten Spur in diesem verworrenen Fall.

Er rief Kevin Kuczmanik an.

36

»Wo steckst du im Augenblick Kevin? Noch bei Wigger?«

Die Stimme seines Chefs klang, als würde er außer Powerriegel essen nichts zustande bringen. Gut, er aß einen Powerriegel, aber seit seinem Frühstück heute früh war ja nun schon eine Weile vergangen. Untätig war er deshalb noch lange nicht.

Er beobachtete.

»Ich stehe gerade vor der Praxis von Doktor Mensing, dem Frauenarzt von Jenny Stratmann. Das heißt, ich sitze natürlich in meinem Wagen, und der steht vor der Praxis.«

Er hörte Hufeland laut aufstöhnen. Hatte er was Falsches gesagt?

»Was, zum Teufel, Kevin, hast du schon wieder bei dem Arzt zu suchen? Ich dachte, du nimmst den kleinen Ganoven in die Mangel.«

Kevin war dankbar für das Stichwort. »Genau das tu ich ja, Herr Hufeland. Sie werden's nicht glauben, aber Stefan Wigger ist gleich, nachdem ich seine Bärenhöhle verlassen habe –«

»Wieso Höhle?«

»Seine Wohnung halt. Jedenfalls, er hat sich in seinen Golf gesetzt, so ein umgespritztes Teil, ja, und ist quer durch die Stadt zu wem gefahren? Genau: Doktor Mensing, hier unten am Aasee. Im Augenblick ist er noch in der Praxis, Wigger jetzt. Und ich glaube kaum, dass er dort behandelt wird.«

Eine Weile hörte er nichts, Hufeland schwieg, dachte anscheinend darüber nach, und das konnte dauern, wie er ihn kannte.

Er schaute wieder aus dem Seitenfenster zum Eingang der Praxis hinüber. Nichts passierte. Schien eine längere Sitzung der beiden ungleichen Männer, Mensing und Wigger, zu werden.

Eine große fette Kugelkatze, grau-braun getigert, schleppte sich müde über die schmale Straße. Wenige Leute waren zu Fuß mit Einkaufstaschen oder auf dem Rad mit

Gepäckträgern unterwegs, nur selten schnurrte ein Auto vorbei. Ein schwülwarmer, verschnarchter Samstagmorgen, dessen Ereignislosigkeit ihm schwer auf die Augendeckel drückte.

Er gähnte.

Endlich gab Hufeland wieder Laut. »Hör zu, Kevin. Wir knöpfen uns die beiden Herren später vor, im Moment haben wir nichts gegen sie in der Hand. Was auch immer zwischen denen läuft.« Er schnaufte ins Telefon. »In der Zwischenzeit findest du heraus, wer sich hinter folgender Rufnummer verbirgt. Mitschreiben!« Hufeland ratterte zweimal die Nummer herunter, die er von Sofie Kreykamp bekommen hatte, und ließ sie Kevin wiederholen.

»Dahinter verbirgt sich ein Mann, Mitte bis Ende zwanzig vermutlich, der übers Internet Kontakt zu Minderjährigen angebahnt hat. Zu Mädchen aus Vennebeck. Auf einer Netzseite namens Landlove nennt er sich blueboy. Jenny Stratmann hat davon Wind bekommen und womöglich über die Webseite Kontakt zu dem Mann hergestellt. Aber sicher nicht zum Spaß. Oder um Landlove mit ihm zu machen.«

»Selbst wenn, minderjährig war die ja nun nicht mehr«, wandte Kevin Kuczmanik ein. Er sah nicht ganz ein, wieso dieser Landlover mit offenbar falscher Identität im Netz auf einmal so vordringlich war.

Hufeland sagte es ihm. »Ich will wissen, was die Stratmann mit ihm vorhatte? Krieg raus, wer blueboy ist, wo er wohnt. Ruf ihn an, fahr gleich hin, falls du ihn erwischst. Setz ihn unter Druck, krieg raus, was da gelaufen ist.«

»Okay. Ich versuch's.« Kevin Kuczmanik schluckte. Einerseits freute es ihn, wenn Hufeland ihm eine schwierige Aufgabe übertrug. Andererseits war er diesmal nicht sicher, ob er ihr gewachsen war. Denn schließlich, die Vernehmung von Stefan Wigger war auch nicht gerade ein Ruhmesblatt gewesen. Nur die anschließende Beschattung hatte den Reinfall, die völlige Ergebnislosigkeit des Verhörs, wieder wettgemacht.

»Wäre es nicht besser, Herr Hufeland, wenn wir in dem Fall die Vernehmung zu zweit …?«, begann er zaghaft vorzuschlagen.

Hufeland schnitt ihm das Wort ab. »Wenn du im Präsidium jemand dafür findest, der dir dabei das Händchen hält, okay«, schnitt Hufeland ihm sarkastisch das Wort ab. »*Ich* habe jedenfalls noch in Vennebeck zu tun. – Aber ich bin sicher, du schaffst das«, schloss er ein wenig versöhnlicher im Ton. Und legte auf.

Kevin schaute unschlüssig die Kugelkatze an, die ihrerseits ihn anglotzte. Sie stand mitten auf der Straße und fixierte ihn, als wäre er eine fette Maus, die jeden Moment aus ihrem Loch herauskriechen musste.

Er warf wieder einen Blick zur Villa des Arztes hinüber, in dessen Erdgeschoss sich die Praxis befand. Alles ruhig, nichts bewegte sich.

Er startete den Wagen, hupte die Katze von der Straße, die ihre Fettleibigkeit mit zwei erstaunlich lockeren Sätzen in Sicherheit brachte, und fuhr ins Präsidium.

Den Besitzer der Telefonnummer hatte er sicher schnell ermittelt. Den Rest – er seufzte schwach – würde man sehen.

Es dauerte in der Tat keine drei Minuten, dann wusste er, um wen es sich handelte.

Nicht der Vorname war die Überraschung. Kevins gab es in seiner Generation beinahe so viele wie Harry Potter-Leser. Nein, der *Familienname* haute ihn vom Hocker.

Der Mann, der sich im Netz blueboy nannte, hieß Uhl. Wie der Geschäftsführer der AbEG, Kevin Uhl. Wenn das kein Zufall war …

37

Er bekam ihn direkt ans Telefon. »Dachte mir schon, dass Sie sich melden, Herr Kommissar.« Als hätte Sven Buschhoff nur darauf gewartet, dass die Polizei ihn anrief. »Wegen der Handynummer, stimmt's? Hören Sie, ich will gerne mit Ihnen reden.«

Er sprach leise, ganz dicht am Hörer und hektisch. »Oder, na ja, nicht gerne natürlich, aber ich rede mit Ihnen, kein Thema. Aber … aber nicht hier. Nicht zu Hause. Wissen Sie, meine Frau ist da, und ich will nicht –«

»Wo?«

»Was?«

»Herrgott, wo kann ich Sie treffen?« Dieser Mann hatte etwas zu erzählen, das stand fest. Hörte sich an, als wolle er beichten, damit Hufeland ihm die Absolution erteilte. Würde er machen, egal wo.

»Am besten am Sportplatz. Drüben auf der anderen Seite der Beck, das ist der Bach hier in Vennebeck. Da bin ich samstags manchmal, schau mir die Jugendspiele an, ich war eine Weile Betreuer der F-Jugend.«

»Gut, ich finde das. Ich sehe Sie dort in zehn Minuten, Herr Buschhoff!« Er spürte, dass es voranging. Endlich.

38

Der Sportplatz war leicht zu finden, er lag östlich von Vennebeck, nahe der Bahnstrecke, die Münster mit Dinkel an der holländischen Grenze verband (ohne sich noch die Mühe zu machen, in Vennebeck zu halten). Es handelte sich um eine durchaus stattliche, gut gepflegte Sportanlage mit zwei Rasen- und einem Kunstrasenplatz.

Auf dem Kunstrasenplatz, dessen ›Halme‹ länger waren als die natürlichen, kickte lautstark die Jugend; Hufeland hörte sie bereits schreien, als er seinen Touran auf einem Parkplatz unmittelbar vor den Gleisen abstellte. Bei näherer Betrachtung handelte es sich jedoch nicht um Jugendliche, die dort spielten, sondern um Kinder, schätzungsweise fünf, sechs Jahre alte Jungs, die in schlabbrigen gelben und roten Trikots und Fußballschuhen in allen Regenbogenfarben gegeneinander antraten (beziehungsweise aufeinander eintraten). Auf einem verkleinerten Spielfeld, das an den Sechzehnmeter-Markierungen endete, wo kleine Tore ohne Netze aufgebaut waren.

Hufeland stellte sich neben eine Gruppe von Erwachsenen, offenbar Väter und Mütter der Helden auf dem Platz, die ihre Liebsten ebenso lautstark anfeuerten, wie die Kleinen sich gegenseitig anbrüllten. Das Prinzip schien jeder gegen jeden zu heißen, der zitronengelbe Ball wurde von irgendwem irgendwohin gedengelt, und sofort stürzte sich die gesamte Kinderschar wie ein Schwarm exotischer gelber und roter Vögel auf das Futter, das jemand ausgestreut hatte. Das Spiel der Kleinen ähnelte eher dem Rugby als Fußball, fand Hufeland, aber wen interessierte das, solange es Spaß machte.

Er ließ den Blick über das interessierte Publikum am Spielfeldrand wandern. Außer kleinen Elterngruppen hier und da fielen ihm nur noch die Betreuer beider Mannschaften auf, die mit den kleinen Ersatzspielern zusammenstanden und ihre jeweiligen Truppen auf dem Platz nach vorne (wo immer das sein mochte) peitschten.

Auf einmal näherte sich ihm von hinten ein einzelner Mann. Er war groß, überragte selbst Hufeland noch um einen Kopf. Kurze, seidig glänzende schwarze Haare, beinahe bartloses Gesicht, weiche, jungenhafte Ausstrahlung trotz seines Alters von Mitte dreißig, wie Hufeland schätzte.

Der Mann stellte sich etwa zehn Meter seitlich neben der Elterngruppe auf, die er mit einem Kopfnicken kurz grüßte. Hufeland ging zu ihm hinüber.

»Herr Buschhoff?« Der große Mann nickte. »Hufeland. Ich denke, Sie haben mir einiges zu sagen. Wollen Sie das wirklich hier machen?«

»Ja. Kommen Sie.« Buschhoff machte eine seitliche Bewegung mit dem Kopf und entfernte sich gut zwanzig Schritte von der Elterngruppe, die soeben Anlass zum Jubeln hatte, weil die gelben Kinder ein Tor geschossen hatten. Was jedoch von den Betreuern der Rothemden bestritten wurde. Der Ball sei am Tor vorbeigeflogen, brüllten sie über den Platz hinweg dem Schiedsrichter zu, der selber kaum älter als fünfzehn zu sein schien.

Sie standen nun weit genug weg von allen anderen, sodass sie ungestört miteinander reden konnten.

»Also?«, forderte Hufeland ihn auf. »Woher hatte Jenny Stratmann Ihre Handynummer?«

»Ich hab sie ihr gegeben.« Das zarte bartlose Gesicht von Sven Buschhoff färbte sich rosenrot, während er sich noch weiter nach vorn über das Geländer bog und seinen langen Oberkörper mit den Armen darauf abstützte. »Wir … wir hatten was miteinander, Jenny und ich. Ab und zu.«

»Sie schliefen mit ihr?«

»Ja. Hin und wieder.«

»Und am Donnerstag?«

»Da auch.«

»Wann genau? Wo?«

»So gegen sieben, halb acht, schätze ich. Bei ihr in der Wohnung. Ich nehme an, Sie hätten das sowieso rausgekriegt. DNA und so.«

»Natürlich. Hätten wir«, behauptete Hufeland. Nur hätten wir noch lange nicht gewusst, dass sie von dir stammt, Schlaumeier.

»Aber ich habe ihr nichts getan! Das müssen Sie mir glauben. Es war wie immer, ich hab ihr das Geld …« Er stockte plötzlich, als er Hufelands Überraschung bemerkte.

»Sie haben dafür bezahlt? Für den Sex mit ihr?«

»Ja. Hab ich«, gab er etwas kleinlaut zu.

»Wie viel?«

»Fünf… fünfzig für die halbe Stunde. Hundert für die ganze.«

»Am Donnerstag also …?«

»Fünfzig.«

»Wie oft waren Sie bei ihr?«

»Zwei-, dreimal in der Woche.«

Hufeland staunte. »In der Woche? Wie lange ging das schon?«

»Seit vier, fünf Monaten vielleicht.« Er richtete sich wieder etwas auf.

Hufeland schaute ihn etwas schräg von unten an. »Und Ihre Frau? Sie wissen doch, dass Jenny Stratmann sie und ihre Einrichtung belagert hat.«

»Über Lena habe ich mit Jenny nie gesprochen. Ich hab sie natürlich gefragt, warum sie das macht, dieses Herumhängen vor dem Kindergarten und so weiter.«

»Herumhängen? Es war weit mehr als das, Herr Buschhoff, das wissen Sie!«

»Schon, ja. Aber ich weiß nun mal nicht, was sie dazu getrieben hat.«

»Und Sie? Was hat Sie dazu getrieben?«

Er machte einen verdrucksten und zugleich verwirrten Eindruck. »Ich hab halt gemerkt, dass … Ich stand auf sie.«

Wahrscheinlich war das tatsächlich schon die ganze Wahrheit.

»Ihre Frau, Herr Buschhoff, weiß sie davon?«

»Was denn, dass ich zu Jenny gegangen bin? Natürlich nicht!«

Natürlich doch. Fast alle Frauen, die auf die eine oder andere Weise von ihren Männern betrogen wurden, wussten davon. Weil sie es *spürten*, und das reichte ihnen als sicherer Beweis neben dem abnehmenden sexuellen und sonstigen Interesse ihrer Angetrauten. Das war Hufelands Erfahrung aus unzähligen Fällen, in denen Eifersucht und Demütigung der Frauen eine Rolle spielten.

»Sie waren also um sieben, halb acht am Donnerstag mit der Stratmann zusammen. Für eine halbe Stunde, fünfzig Euro, sagten Sie. Nahm sie es so genau?«

»Leider ja. Aber wissen Sie«, seine Augen glänzten auf

einmal, »das war es ja gerade, was mich angeturnt hat. Dass sie mich im Grunde beschissen behandelt hat.«

»Sie standen drauf, dass sie Sie demütigte durch ihr Verhalten – Sex nach Vorschrift?«

»Ja. Es machte mich wahnsinnig an. Weil andererseits wollte sie manchmal auch ohne. Also ohne Gummi. Bei ihr wusste man nie. Sie war … unglaublich, wirklich.«

Es machte ihn scharf, wenn er nur daran dachte, selbst jetzt noch, stellte Hufeland erstaunt fest.

»Was geschah danach? Was haben Sie getan?«

»Ich bin nach Hause natürlich. Was gegessen, bisschen Fernsehen, noch eine Flasche Bier geköpft, irgendwann ins Bett. Musste ja morgens um sechs wieder auf der Arbeit sein. Ich bin Verkaufsleiter, Getränkegroßhandel.«

»Und das alles brav zusammen mit Ihrer Frau, nehme ich an: essen, fernsehen, Bierchen, Bett?«

»Genau. Nur das Bier nicht. Meine Frau trinkt keinen Alkohol. Wegen der Kinder hauptsächlich. Also im Kindergarten, wir haben ja keine eigenen. Leider.«

Mit anderen Worten, er hatte kein handfestes Alibi für die Tatzeit. Nur seine Frau als Zeugin für die Zeit ›danach‹.

Andererseits hatte er auch kein Motiv, überlegte Hufeland. Oder doch?

»Hat Jenny Stratmann Sie erpresst? Wollte sie Ihrer Frau alles sagen? Als Teil des Rituals zwischen Ihnen? Ein Spiel, aus dem sie dann Ernst machen wollte?«

»Nein!«, wehrte er sich so laut, dass von der Elterngruppe einige verwundert herübersahen, bis das Schwarmverhalten auf dem Platz ihre Aufmerksamkeit wieder einfing.

»Nein«, wiederholte er leiser, aber ebenso bestimmt. »Jenny Stratmann hat mich nicht erpresst. Warum sollte sie?«

Dummme Frage. »Wegen Geld natürlich.«

»Aber das bekam sie doch von mir. Mehr oder weniger regelmäßig.«

»Vielleicht brauchte sie dringend mehr? Sofort?«

Sven Buschhoff sah ihn jetzt ängstlich und verstört an. »Ich dachte, wenn ich Ihnen alles sage, so wie es gewesen ist, ich dachte, dass Sie mir dann … glauben?«

»Und Sie in Ruhe lassen, meinen Sie?«

Er nickte.

»Wie haben Sie sie eigentlich kennengelernt?«, fragte Hufeland nach einer kleinen Pause, die er ihm gönnte.

»Weiß auch nicht. Sie ist einem natürlich aufgefallen, einen Aufreger wie sie gibt's ja sonst nicht zu sehen im Dorf. Irgendwann, als wir uns zufällig mal begegnet sind, an der Tankstelle drüben, hat sie mich einfach angesprochen.«

»Stratmann hat Sie angesprochen?«

»Ja. Ganz direkt. Ich muss sagen, das hat mich unglaublich –«

»Angemacht, jaja.«

»Dass es ihr um Geld geht hauptsächlich, habe ich erst hinterher begriffen. Nachdem wir das erste Mal …«

Buschhoff wandte sich wieder dem Spielfeld zu, beobachtete zerstreut die kleinen Fußballhelden, die soeben wieder alle Mann über den armen Ball herfielen wie ein Wespenschwarm über ein verrottendes Stück Fleisch.

Hufeland kam ein neuer Gedanke. »Hatte Jenny Stratmann weitere Kunden wie Sie? Wissen Sie davon?«

Buschhoff fing seinen Blick wieder ein und sah ihn schräg über die Schulter hinweg an. »Ronald Wittekind. Ich hab ihn selbst mal dort gesehen.«

»Was denn, der Wittekind, dessen Kind sie ebenfalls ins Visier genommen hat? Im Kindergarten Ihrer Frau?«

Er nickte. »Er bog auf den Parkplatz vor dem alten Zollhaus ein, als ich gerade wegfuhr. Also wird er wohl auch mit ihr … Vielleicht aus Rache. Weil Bettina, also seine Frau, es mit Alex macht.«

»Alex wer?«

»Alex Große-Aschhoff. Die Frauen sind befreundet.« Er verzog die Oberlippe. »Die Männer nicht.«

»Wer sagt das? Ihre Frau?«

»Das halbe Dorf hat davon gesprochen.«

Hufeland musste an einen Satz von Hüsch denken, seinen Leib- und Magenkabarettisten vergangener Tage, der vor einigen Jahren gestorben war: »Alle haben et jewusst und jetuschelt«, hatte er in seinem unschlagbaren niederrheinischen Singsang in etwa gesagt. »Aber keiner hat wat jesagt.«

Sein Telefon klingelte. Er drehte sich um und entfernte sich ein paar Schritte von Buschhoff.

39

Es war van Heest.

»Was zum Teufel hast du dir dabei gedacht, den Jungen ganz allein ermitteln zu lassen, Felix?«, bellte er in die Leitung.

Hufeland fiel aus allen Wolken. »Was ist denn los, Ernst?«

»Was los ist? Der kleine Kuczmanik. Wurde angefahren. Von einem Flüchtigen. Dem Verdächtigen oder was auch immer, dem er auf die Pelle rücken wollte. Oder sollte. In deinem Auftrag. Der Name des Flüchtigen ist Uhl.«

»Uhl? Wieso Uhl?«

»*Kevin* Uhl, Sohn eines gewissen *Dieter* Uhl. Der Name sagt dir was?«, setzte van Heest bissig hinzu.

»Und Kuczmanik?«, fragte Hufeland. »Ist es schlimm?«

»Nein, zum Glück nicht. Der Arm gebrochen, leichte Gehirnerschütterung, gelinder Schock. Er wird im Krankenhaus in Oldenbrink behandelt.«

»Oldenbrink?«

»Eine von den wenigen alten Wald- und Wiesenkliniken, die's noch gibt. Es war die nächste zu Uhls Wohnort.«

»Kann ich ihn anrufen dort?«

»Besser erst später. Er dürfte noch etwas benommen sein.«

»Wie ist es denn passiert?«

»Soweit wir Kuczmanik verstanden haben, ist er von Uhls Geländewagen gestreift worden, als der vom Hof gefahren ist. Kopflose Aktion, offenbar hat er nach Kevins Anruf zuerst noch gewartet, wahrscheinlich unschlüssig, was er jetzt machen soll. Hat dann aber wohl die Nerven verloren und ist in Panik geraten. Donnert vom Hof, ausgerechnet in dem Moment, als Kuczmanik von der Straße, wo er seinen Wagen abgestellt hat, die Hofeinfahrt betritt. Erwischt ihn am Arm mit dem Kotflügel, sodass er mit dem Kopf aufs Pflaster knallt. Und flüchtet, der Idiot.«

»Was meinst du mit *Hof*?«

»Wie?«

»Du sagtest, Uhl junior sei vom Hof gefahren. Was meinst du damit?«

»Kevin Uhl lebt auf einem ehemaligen Einsiedlerhof, einem ehemaligen Kotten, den er umgebaut hat, wie's scheint. Nahe Oldenbrink eben.«

Die Ortschaft lag gute zehn Kilometer südlich von Münster, wenn Hufeland sich nicht irrte.

»Uhl junior ist Werbegestalter, selbstständig«, fuhr van Heest fort. »Aber das Finanzamt sieht schon seit Jahren keine Steuern mehr von ihm. Er muss also andere Einnahmen haben. Vorsichtig formuliert.«

Hufeland wurde misstrauisch. »Und das habt ihr alles in der kurzen Zeit rausbekommen, Ernst?«

Van Heest lachte. »Wir sind eben von der schnellen Truppe. – Nein, die Sitte hatte schon ein kleines Dossier zu ihm angefertigt. Er war bereits vorher auffällig geworden. Internetkriminalität, dubiose Kontaktaufnahme zu Minderjährigen. Aber Beweislage und Strafbarkeit sind schwierig. Beim nächsten Mal wäre er aber fällig gewesen, sagen die Kollegen.«

»Knast?«

»Billiger wäre er vermutlich nicht davongekommen.«

»Hat denn Kevin davon nichts gewusst? Dann wäre er sicher vorsichtiger gewesen.«

»Wenn der Junge nicht kooperiert? Nicht mit den Kollegen spricht, bevor er Kontakt zu Zeugen und Verdächtigen aufnimmt? Ganz wie sein Chef. Dann ist eben auch mal der Arm kaputt und das Hirn durchgeschüttelt, wenn's schlecht läuft.«

»Zyniker.«

»Im Gegenteil. Ich hab dem Kleinen sogar sein Auto von 'nem Kollegen nach Haus fahren lassen.«

»Ist ja wohl das Mindeste.

»Übrigens noch was. Zwischenruf aus dem Autopsiesaal: Sie war schwanger.«

»Wer war schwanger?«

»Das Opfer. Jenny Stratmann.«

»*Was*? Welcher Monat?«

»Knapp zwei Monate, sagt Tenberge.«

»Himmel, nein«, grummelte Hufeland. Das gab dem Fall eine weitere tragische Dimension.

»Kannst du laut sagen«, sagte van Heest und legte auf.

Hufeland ließ die Informationen noch eine Weile nachwirken und ging dann schnellen Schritts zu Sven Buschhoff zurück, der missmutig aufs Spielfeld starrte. Am Mittelkreis schoss ein kleines Gelbhemd mit säbelkrummen Beinchen soeben eine blitzsaubere Kerze, der Ball stieg hoch wie eine Rakete, stand einen Augenblick in der Luft, als wollte er der Sonne Konkurrenz machen, und fiel dann hinunter wie ein Stein. Einem aus dem gelb-roten Schwarm direkt auf den Kopf, der ihn sich rieb und dann anfing zu weinen.

Hufeland trat dicht an Sven Buschhoff heran. »Um ein Haar wären Sie vielleicht Vater geworden.«

Buschhoff fuhr herum, die Brauen bös zusammengekniffen. »*Was*?«

»Sie sagten doch, Sie hätten mitunter auf Kondome verzichtet, wenn Sie mit Jenny Stratmann zusammen waren?«

»*Sie* hat manchmal drauf verzichtet, habe ich gesagt! Wieso?«

»Sie war schwanger.«

Buschhoff sah Hufeland betroffen an. Dann fand er endlich die Sprache wieder. Schüttelte heftig den Kopf. »Nicht von mir. Kann gar nicht sein.«

»Wieso sind Sie da so sicher?«

»Ich bin steril. Hab mich untersuchen lassen. Nichts zu machen. Das Ergebnis hab ich schriftlich.«

40

Hufeland ließ Buschhoff am Spielfeldrand stehen und ging zu seinem Wagen zurück. Auf der Fahrt zurück zum Dorfkern dachte er über den Stand der Dinge nach.

Der Fall erschien ihm immer verworrener, stockte an verschiedenen Stellen. Wie so häufig, wenn der Täter nicht innerhalb der ersten vierundzwanzig Stunden nach der Tat ermittelt werden konnte. Die einfachen Fälle hatten meist einen klaren familiären Hintergrund. Hier aber fiel ein Verdachtsschatten auf mittlerweile ein halbes Dutzend Personen, ohne dass ein konkretes Motiv erkennbar wäre.

Da war Uhl, der Geschäftsführer der AbEG, der in einer zwar unverbindlichen, aber doch dubiosen Verbindung zu Jenny Stratmann gestanden hatte. Den Hintergrund dazu lieferte offenbar sein prachtvoller Sohn, blueboy, aus dem Internet, der in Panik Polizeibeamte über den Haufen fuhr, wenn sie ihm plötzlich nahekamen.

Da waren die von Stratmann gestalkten Eltern, Wittekind und Große-Aschhoff. Wobei die Väter aushäusig offenbar eigene Wege gingen, der eine (Große-Aschhoff) mit der Frau des anderen, der andere (Wittekind) als Kunde von Jenny Stratmann. Die er doch offiziell bis aufs Blut bekämpfte. Wie, zum Teufel, passte das zusammen? Er brauchte mehr Informationen. Mal schauen, was im Präsidium über die Männer vorlag. Vielleicht zeigte sich irgendein Detail, das endlich den entscheidenden Hinweis darauf gab, was Jenny Stratmann mit ihren Aktionen in Vennebeck eigentlich bezweckte.

Und welche Rolle spielte in dem Ganzen der ominöse Ex von Jenny Stratmann, Wigger? Der ihr sein Auto zum Stalken lieh und kaum, dass sie tot war, Kontakt zu Stratmanns Frauenarzt aufnahm, der selbst nicht ganz koscher erschien. Bestand die Verbindung schon vorher? Jedenfalls war er wohl kaum Patient von Doktor Mensing.

Schließlich Buschhoff. Während Jenny Stratmann die Einrichtung seiner Frau belagerte, ließ er sich von ihr sexuell bedienen. Und zahlte dafür. Ohne dass seine Frau Wind davon bekam? Wer's glaubte. Den ersten Kontakt zu Stratmann wollte er zufällig an der Tankstelle bekommen haben – sie soll ihn angesprochen haben. Möglich. Aber warum?

Wenn man alle Personen zusammennahm, die in irgendeiner Weise mit Stratmann in Kontakt standen, konnte man fast von einem Komplott ausgehen. Aber eine Verschwörung von Tätern, die nichts verband, außer dass manche ihre Kinder in denselben Kindergarten schickten? Nein.

Was dann, verflucht?

Was sie hatten, war ein Haufen Widersprüche und dubioser Aktivitäten aller in irgendeiner Weise Beteiligten, einschließlich des Opfers. Wenn es ganz schlimm kam, waren sie komplett auf dem Holzweg und vom Täter so weit entfernt wie der Mond von der Erde.

Er erreichte die Hauptstraße und sah die kleine Tankstelle, von der Buschhoff gesprochen hatte. Daneben befand sich die örtliche Sparkasse. Auf deren Parkplatz bemerkte er ein blau-weißes Polizeifahrzeug, Wagners Dienstwagen. Der Polizeiobermeister selbst lehnte am Kotflügel und rauchte, während er offensichtlich einen schmalen Fußgängerweg beobachtete, der von der Hauptstraße ins

Herz von Vennebeck, zur Kirche und zur Kneipe, dem Brooker Hof, führte.

Immer im Dienst, der Polizist von Vennebeck, selbst am Samstag.

Er ließ Wagner links stehen, hielt nach gut hundert Metern rechts vor einer Bäckerei, sprang aus dem Wagen und kaufte zwei Puddingteilchen. Auch ein Spitzbauch wollte ernährt werden.

Er fragte die junge pausbäckige Bedienung, während sie die Teilchen für ihn einpackte, nach der Praxis von Doktor Nönning.

»Ganz einfach. Die Straße weiter runterfahren«, sie winkte in die Richtung, »dann sehen Sie nach zweihundert Metern oder so ein weißes Haus.« Sie lachte, ihr rundes sommersprossiges Gesicht bekam Grübchen auf den Wangen. »Das Haus fällt sofort auf. Das einzige weiße Haus weit und breit.«

Die Kleine hatte recht, sonst gab es in der Tat nur Klinkerfassaden in Vennebeck.

Er bedankte sich und wandte sich zum Gehen, als im selben Moment ein alter Mann den Laden betrat. Ein Pater mit schlohweißem Haar in schwarzer Soutane. Hufeland erkannte ihn, er war ihm damals, vor zwei Jahren, schon mal begegnet, erinnerte er sich.

»Pater Paulus, hallo!«, begrüßte ihn das Mädchen.

Der alte Pater nickte ausdruckslos und gab ihr und Hufeland seinen Segen. »Dominus vobiscum«, sagte er mit heiserer, fast flüsternder Stimme. Dann ließ er seinen suchenden Blick über die Regale schweifen. »Habt ihr nicht …«, sagte er mit hörbarer Enttäuschung in der Stimme, »habt ihr denn keine Hostien mehr?«

Das Mädchen schüttelte lächelnd den rotblonden Kopf.

Die Frage schien sie nicht zu überraschen. »Nein, Pater Paulus. Die Hostien sind schon wieder aus heute.« Sie biss sich auf die Lippen, der kleine Scherz, den sie sich mit dem alten Pater erlaubte, schien ihr Spaß zu machen.

»Schade«, sagte der Pater. »Was habt ihr denn dann?«

»Rumkugeln. Die nehmen Sie doch sonst immer.«

»Gut. Dann eben die.«

Hufeland drückte sich an dem Alten vorbei und schlich zur Tür hinaus. Der Pater gefiel ihm so gut, dass er ihn am liebsten eingepackt und mit nach Hause genommen hätte. Als Ersatz für seine tote Mutter.

41

Doktor Nönnings Haus war wirklich weiß wie ein Arztkittel und sah sich eingeklemmt zwischen dem Gemeindezentrum, einem Funktionalbau mit dunkler Klinkerfassade, und einem Juweliergeschäft ohne Juwelen, seine Auslage war leer, das Geschäft wahrscheinlich pleite.

Hufeland parkte vor dem weißen Haus und ging an dem Eingang, der für die Patienten bestimmt war, vorbei auf eine nussbraun gebeizte Tür zu, auf der oben ein kleines Schild angebracht war: Privat.

Er klingelte, und kurz darauf öffnete eine korpulente Frau mit Dauerwelle und strengen grünen Augen hinter einer Hornbrille mit starken Gläsern. Zu seiner Überraschung schenkte sie ihm ein zuckersüßes, fragendes Lächeln, und er fand, dass sie eigentlich ganz hübsch war.

Er stellte sich vor – als Felix Hufeland, der den Doktor kürzlich erst kennengelernt habe, auf der Beerdigung seiner Mutter. »Doktor Nönning hat mich eingeladen, einmal bei ihm reinzuschauen, und als ich vorhin hier vorbeifuhr, dachte ich …«

»Aber natürlich. Kommen Sie doch rein. Der Doktor ist zu Hause.«

Sie ging ihm durch den Flur voraus, der rechts zu den Praxisräumen und links zum Privatbereich des Arztes ins Wohnzimmer führte.

Ein gemütlicher Raum, nicht allzu groß zwar, aber voller Regale mit Büchern, deren zum Teil kunstvoll gestaltete Lederrücken Hufelands Herz gleich höher schlagen ließen.

Nönning saß tief versunken in einem riesigen Ohrensessel, die Füße auf dem Tisch, in viel zu großen Pantoffeln.

Er nahm sie mühsam herunter, sortierte sich halbwegs, stand auf und schüttelte Hufeland die Hand. Bot ihm den Sessel links von sich an.

Der Arzt sah noch schlechter aus als auf der Beerdigung, bleicher, grauer, schlaffer und magerer.

Hufeland entschuldigte sich für die Störung.

»Ach was!« Nönning winkte unwirsch ab, sagte, er freue sich über den spontanen Besuch, und bat die Haushälterin um Kaffee für sie beide. »Nach meinem Verdauungsschläfchen kommen Sie mir gerade recht, Herr Hufeland.« Der Arzt musterte ihn interessiert. »Nicht wahr, das war eine Überraschung für Sie, dass Vennebeck Ihnen mal wieder eine Leiche bescheren würde.«

Hufeland lachte. »Na, auf diese Art Geschenk hätte ich gerne verzichtet.«

»Wie weit sind Sie denn mit Ihrem Fall?« Die schwarzen Augen des Arztes leuchteten vor Neugier.

»Tja, wenn ich das wüsste«, seufzte Hufeland.

Selbstverständlich durfte er über Ermittlungsdetails nicht sprechen. Und er war ja auch im strengen Sinne nicht beruflich hier. Deshalb lenkte er nach einem allgemeinen Plausch über die Stimmung in der Dorfbevölkerung (Nönning: »Begeisterung! Endlich wieder was los in Vennebeck.«) und den Gesundheitszustand von Nönnings alter Mutter (»Stabil auf niedrigem Niveau.« Ärztliches Kauderwelsch) auf das Thema, über das sie beim Beerdigungskaffee in Hamm-Uebel gesprochen hatten. Denn das war der eigentliche Grund, warum er den Dorfarzt besuchte.

»Wissen Sie, Doktor, ich musste schon einige Male an die Statistik denken, die Sie doch …«

Der Kaffee kam, dazu Kekse, offenbar selbst gebacken. Und Hufeland landete einen hübschen Überraschungscoup damit, dass er die frischen Puddingteilchen beisteuern konnte, die er soeben erst im Laden gekauft hatte.

Nönning kam auf Hufelands Frage zurück. »Sie meinen das Sterbegeschehen in Vennebeck?«

»Ja, wenn Sie es so nennen. Darüber haben Sie doch Statistik geführt?«

»Richtig.« Nönning biss mit langen gelben Zähnen ein großes Stück von einem Puddingteilchen ab und löste es im Mund mit einem Schluck Kaffee in seine Bestandteile auf, bevor er es hinunterschluckte. Es bereitete ihm offensichtlich große Mühe. Dann stand er ächzend auf und schlurfte in seinen grauen Gulliver-Pantoffeln zu einem wuchtigen Sekretär, dem er einen schmalen Büroordner entnahm. Er kam damit zurück, schob Kaffee und Kuchen beiseite und schlug den Ordner auf, die schwarzen Deckel klappten auseinander wie die Flügel eines toten Raben.

Hufeland erkannte Tabellen und Grafiken, die Auskunft gaben über das Auftreten und die Entwicklung bestimmter Erkrankungen unter Nönnings Patientenstamm.

»Leukämie und andere Karzinome, um mit dem Schlimmsten anzufangen, liegen seit Jahrzehnten kontinuierlich über dem Landesdurchschnitt.« Einige Zahlen erläuterte er nun im Einzelnen.

Hufeland sagte das nichts, er stand mit Zahlen auf Kriegsfuß, seitdem er in der Grundschule seine erste, aber weiß Gott nicht letzte Fünf in Mathe kassiert hatte.

»Auffällig ist weiterhin die ungewöhnlich hohe Infertilitätsrate bei Frauen.«

»Inferti-was?«

»Unfruchtbarkeit«, erklärte der Arzt. »Sie glauben gar nicht, wie sehr dieses Phänomen unter meinen Patientinnen zugenommen hat.« Er lachte bitter auf. »Unter den Männern auch. Aber das ist nicht spezifisch für Vennebeck, sondern ein allgemein zunehmendes Phänomen.«

»Aber man glaubt Ihnen Ihre Zahlen nicht?«

»Jedenfalls nicht die Gesundheitsbehörde, der ich die Daten angeboten habe. Als Basis für weitere eigene Analysen, habe ich denen gesagt. Aber ist etwas passiert? Nichts ist passiert. Als wäre die Verzweiflung, die hinter diesen Krebsraten, aber auch hinter der Kinderlosigkeit bei den infertilen Patientinnen steht, als wäre das alles ein Klacks!«

Hufeland hatte sein Puddingteilchen gegessen und schob nun noch einen Schokokeks mit Pistazienkern nach. »Warum sind denn Ihrer Meinung nach Krebs und Unfruchtbarkeit in Vennebeck so überdurchschnittlich hoch? Dafür muss es doch eine Erklärung geben.« Hufeland erinnerte sich daran, was der Doktor bei der Beerdigung angedeutet hatte. »Sie sprachen, glaube ich, von Müll als Ursache.«

Nönning blickte ihn ironisch lächelnd an, er sah aus wie ein grinsendes Gespenst. »Nicht wahr, deshalb sind Sie heute zu mir gekommen, Herr Hufeland? Sie sehen da vielleicht irgendeinen Zusammenhang mit Ihrem Fall, dem Tod des armen Mädchens.«

Hufeland zuckte die Achseln. »Sie wurde am Venneberg gefunden, Doktor. Auf einer Müllhalde. Viele Zusammenhänge in einem Mordfall erscheinen zu Anfang absurd. Bis man die Hintergründe erfahren hat.«

Nönning winkte ab. »Nein, nein. Ich muss Sie enttäuschen, Kommissar.« Er ließ den gekrümmten dünnen Zeigefinger wie ein Hundeschwänzchen hin und her wedeln. »Die Inzidenz von Krebs und Unfruchtbarkeit, über die ich Buch führe, hat mit Mord nichts zu tun, jedenfalls nicht mit personalisiertem Mord, oder wie sagt man dazu? Es ist ein strukturelles Problem, das Ergebnis von Umweltsünden. Das und nichts anderes belege ich mit meinen Zahlen. Seit der Lagerung von Brennelementen in Bahnhausen, seit Beginn der Urananreicherung in Dinkel – und vor allem, nachdem der Venneberg mit giftigen Sonderabfallen gefüttert wurde, stiegen die Raten in meiner Statistik signifikant an. Reden Sie mit den Leuten, und Sie werden sehen, dass sie mir recht geben. Viele sagen, dass sie schon lange ein ›komisches Gefühl‹ haben. Dass sie in ihrer Straße, in ihrer Nachbarschaft ähnliche Beobachtungen machen. Dass die hohe Zahl der Krebsfälle einfach nicht normal sein könne. Aber schließlich seien sie ja keine Fachleute, und die Behörden würden schon was unternehmen, wenn wirklich ihre Gesundheit und die der

Kinder und Enkel gefährdet wäre. Dabei nehmen gerade die nächsten Generationen die Giftstoffe schon mit der Muttermilch und dem täglich' Brot auf, Schwermetalle, Blei, Kupfer, Nickel, Zink et cetera. Von radioaktiven Partikeln nicht zu reden.« Er schüttelte geradezu verzweifelt den dünnen Schädel. »Wenn überhaupt einmal vonseiten der Behörden zugegeben wird, dass in irgendeiner Studie erhöhte Krebsraten festgestellt wurden, beispielsweise bei Kindern im Wohnumfeld eines Atomkraftwerks, oder das verstärkte Auftreten von Melanomen bei Männern – dann wird nicht die Radioaktivität als Ursache gesehen, sondern irgendwelche anderen Faktoren, die man bloß noch nicht kenne. Die reine Willkür, wie die Evakuierungszone bei Störfällen rund um Atomkraftwerke, die nach Fukushima plötzlich erheblich erweitert wurde. Und die Konsequenz: Bis sich die Wahrheit durchgesetzt hat, sterben die Leute.«

»Oder kriegen keine Kinder, meinen Sie.«

»So ist es. Die Infertilitätsrate bei Frauen betrifft das genauso. Sie wird weiter ansteigen.«

Sofern seine Daten stimmten, dachte Hufeland noch immer skeptisch.

Doch als er aufstand, sich für Kaffee und Kekse, für das anregende Gespräch bedankte, formte sich in ihm ein Gedanke, der aber vorerst noch keine konkrete Gestalt annehmen wollte. Ein Gedanke, dass die private Statistik dieses ebenso eigenwilligen wie engagierten Hausarztes am Ende doch etwas Licht in den Fall Jenny Stratmann bringen konnte.

Vorausgesetzt, sie lagen nicht völlig falsch, der Dorfdoktor und er, der Polizist aus der Stadt.

42

In seinem Wagen rief Hufeland van Heest an.

»Neues zu Uhl junior?«

»Nach wie vor flüchtig.«

»Was ist mit seinen Eltern? Dem Vater?«

»Nichts. Weder in der elterlichen Wohnung, wo wir nur die Mutter angetroffen haben, noch in Bahnhausen, wo der Vater noch im Büro hockte und aus allen Wolken fiel.«

»Angeblich.«

»Oder so.«

»Und Kevin?«

»Geht's gut. Den Umständen entsprechend. Ein Kollege hat vorhin mit dem behandelnden Arzt gesprochen. Er schläft. Kuczmanik jetzt.«

»Wär ich nicht drauf gekommen.« Aber van Heest schien zu alter Form zurückzufinden. »Was macht eigentlich deine Polin, Ernst? Die aus dem Bus, der gekapert wurde?«

»Sitzt in einem neuen Bus. Müsste schon in Königsberg sein.«

»Ah, deshalb.«

»Deshalb was?«

»Deine gute Laune. Mit ihr ist doch auch dein kleines Problemchen in Königsberg gelandet, oder nicht?«

»Sieht so aus. Bis dann, Felix.« Er legte auf.

Hufeland nahm sich vor, Kevin Kuczmanik später im Krankenhaus zu besuchen. Oder zu Hause, falls er schnell gesund wurde. Vorher hatte er noch einen anderen Besuch zu machen.

Dieter Uhl saß in einem durchgeschwitzten weißen Hemd an seinem Schreibtisch und fixierte den Bildschirm seines Rechners. Er sah nicht aus, als würde er arbeiten, sondern so, als würde es in *ihm* arbeiten.

Er blickte ohne Überraschung auf, als Hufeland das Zimmer betrat, so, als hätte er ihn bereits erwartet.

»Dachte mir schon, dass Sie auch noch zu mir kommen, Kommissar. Ihre Kollegen waren schon da.«

»Ihr Sohn auch?«

Hufeland nahm einen Stuhl, schob ihn zum Schreibtisch und ließ sich ächzend darauf nieder.

Uhl schwieg.

»Wo ist Ihr Sohn, Herr Uhl?«

»Mein Sohn ist ein Idiot.«

»Ich habe nicht gefragt, was er ist, sondern wo?«

»Ich weiß es nicht. Ehrlich, ich würd's Ihnen sagen. Ehe er noch mehr Dummheiten macht. Er ist so impulsiv.«

»So kann man es auch nennen.« Hufeland straffte seinen Rücken und sah sein dickliches Gegenüber eindringlich an. »Herr Uhl. Wir wissen, dass Jenny Stratmann Kontakt zu Ihrem Sohn aufgenommen hat.« In Wahrheit wussten sie es nicht, aber nach den vorliegenden Informationen lag es für ihn nahe. »Wir wissen außerdem«, fuhr Hufeland fort, »dass Ihr Sohn ein, sagen wir, Verhalten an den Tag gelegt hat, das ihn schon früher in Schwierigkeiten gebracht hat.« Er machte eine Pause von einigen Sekunden. »Ihr Kevin nimmt Kontakt zu Minderjährigen im Internet auf. Er versucht, sich mit ihnen zu treffen. Für höchst zweifelhafte Fotosessions. Was genau passiert auf seinem … Hof? Sie wissen doch Bescheid, Uhl!«

Uhl ließ auf einmal den Kopf hängen, der Moment,

in dem er kapitulierte, war da. »Kevin ist kein schlechter Junge.«

»Herr Uhl, Ihr Sohn ist Ende zwanzig. Kein Junge mehr«, erinnerte ihn Hufeland.

»Schon. Aber seelisch ist er noch ein Jugendlicher. Ein Junge eben! Er tut den Mädchen nichts an, die zu ihm kommen, um … Also, nichts Strafbares jedenfalls.«

»Was macht Sie da so sicher? Immerhin hat er die gerichtliche Auflage, sich nicht weiterhin übers Netz an junge Mädchen heranzumachen. Das wissen Sie.«

Er schwieg wieder und blickte durch Hufeland hindurch.

»Warum hat Jenny Stratmann sich ausgerechnet an Sie gewandt, Uhl? Raus mit der Sprache. Was war der wahre Grund? Wenn Sie jetzt kooperieren, können wir etwas für Ihren Sohn tun. Andernfalls sehe ich schwarz für ihn.«

Uhl stieß einen schweren Seufzer aus. »Die Stratmann … hat auf irgendeinem Weg seine Mailadresse, seinen Tarnnamen im Internet, rausgekriegt.«

»Blueboy.«

»Sie hat ihm geschrieben. Hat sich für eine Dreizehnjährige ausgegeben, das muss man sich mal vorstellen!«

»Ihr Kevin hat sich doch ebenso für einen Jugendlichen ausgegeben.«

Uhl schluckte das kommentarlos. »Sie ist zum Treff auf seinen Hof gekommen, wegen der … um Fotos mit ihm zu machen.«

»Aktfotos. Einer vermeintlich Dreizehnjährigen.«

Uhl nickte und schüttelte dann den Kopf. »Ich hätte ihm den verfluchten Kotten nie kaufen dürfen. Und umbauen lassen, damit er sich ein Atelier einrichten kann, wie er gesagt hat. Ich dachte, wenn schon sonst nichts aus ihm wird, dann vielleicht ein Fotograf. Er ist eben eine Künstlernatur.«

Er lenkte ab. Hufeland stellte ihn wieder aufs Gleis. »Stratmann hat sich also mit Ihrem Sohn dort getroffen?«

»Ja. Aber sie war nicht allein. Ihr Freund oder ihr Komplize, besser gesagt, war dabei. Sie haben ihn zusammen in die Mangel genommen. Sie wüssten ja jetzt, was er treibt und so weiter. Wollten Geld, falls sie schweigen sollten. Andernfalls würden sie zur Polizei gehen. Und die Presse informieren, was der Sohn vom AbEG-Chef Uhl mit kleinen Mädchen so alles mache. Stratmann war bereit, unser aller Leben zu ruinieren, unseren Leumund zu zerstören, nur um an Geld zu kommen!« Uhl atmete tief durch. Es kostete ihn Kraft, zu reden.

»Und so haben *Sie* gezahlt, richtig? Das Schweigegeld an Stratmann?«

»Kevin selbst hatte doch kaum was. Er lebt sowieso von meinem Geld.«

»Und da hat er Stratmann und ihrem Mittäter geraten, sich an seinen Vater zu halten, an Sie.«

Uhl nickte. »Sie rief an. Einfach so. Hier im Büro. Wollte vorbeikommen. Wollte Geld. Wegen Kevins Machenschaften. So drückte sie sich aus.«

»Wie viel wollte sie?«

»Tausend.«

»Und? Kam sie vorbei? Hierher?« Hufeland wusste die Antwort bereits.

»Nein!«, platzte Uhl heftig heraus. »Auf keinen Fall wollte ich sie hier im Betrieb haben. Mit ihr gesehen werden. Ich bin zu ihr gefahren. In ihre Wohnung, in Vennebeck draußen. Hab ihr die Tausend bar in die Hand gegeben. Das erste Mal und auch danach.«

Jetzt endlich waren sie am heißen Kern angelangt. »Wie oft sind Sie seitdem zu ihr gefahren, Herr Uhl?«

»Vier …« Er schluckte. »Vier Mal.«

»Wann zuletzt? War's am Donnerstag? Sagen Sie die Wahrheit, ist besser für Sie – und Ihren Sohn. Wir finden es eh heraus.«

Uhl starrte ihn sekundenlang an. Schluckte wieder, ein Klicklaut drang aus seiner Kehle, wie wenn zwei Billardkugeln aneinanderstoßen. »Ja. Donnerstagabend war ich bei ihr. Allein. Hab ihr wieder einen Tausender gegeben, den vierten. Hab ihr geschworen, dass es das allerletzte Mal wäre!« Er wurde wütend und ballte die Faust. Im selben Moment erschrak er über sich selbst. Blickte dem Kommissar direkt ins Gesicht. Verzweifelt jetzt. »Aber ich hab sie nicht ermordet! Das schwöre ich«, sagte er eindringlich.

»Wann genau, Herr Uhl, waren Sie bei ihr?« Hufeland hob warnend den Zeigefinger. »Und Uhl, glauben sie mir, ich *weiß*, wenn Sie lügen.«

Uhl überlegte kurz, seine Augen zogen sich tief in die Höhlen zurück. »Es muss so gegen halb neun gewesen sein. Ja, so in etwa.«

»Was geschah da?«

»Nichts geschah! Gar nichts. Sie hat ihr Geld bekommen, in ihrer Wohnung hat sie's von mir gekriegt wie immer, und ich bin gegangen, nach Hause gefahren.«

Hufeland musterte ihn nachdenklich. Der selbstbewusste Geschäftsführer von vorgestern war nicht mehr wiederzuerkennen. In wenigen Tagen schien er um Jahrzehnte gealtert zu sein. Er war in einer Verfassung, in der viele Täter, vielleicht die meisten, ein Geständnis ablegten.

Aber er nicht.

Er schwieg jetzt wieder.

Hufeland schob den Stuhl zurück und stand auf.

»Sie hören von mir, Herr Uhl. Und wenn Sie demnächst mit Ihrem Sohn sprechen, ich bin sicher, dass es bald sein wird, dann sagen Sie ihm, dass er sich stellen soll. Sofort. Sonst garantiere ich für gar nichts.«

»Ich weiß schon, Kommissar«, sagte Uhl müde. »Ich sag's ihm. Bin ja sein Vater.«

43

Im Wagen, bereits auf dem Weg zurück nach Münster, rief ihn schon wieder van Heest an.

Hufeland erschrak. »Ist was mit Kevin? Doch mehr passiert als ein Armbruch?«

»Nein, nein, mit Kuczmanik ist soweit alles in Ordnung. Arm in Gips, Kopf in Ordnung, seine Freundin holt ihn ab und fährt ihn nach Hause, höre ich. – Wo bist du jetzt, Felix?«

»Auf dem Weg ins Präsidium.«

»Kehr um. Kurz hinter Vennebeck hat's einen tödlichen Unfall gegeben. Der Tote, und jetzt halt dich fest, ist ein gewisser Mensing. Doktor Jürgen Mensing«, er betonte jedes Wort, »aus Münster.«

»Der Frauenarzt?«

»Offenbar ist er mit zweihundert Sachen aus einer Kurve getragen worden und gegen einen Baum gekracht.«

»Ich kümmer mich drum.«

Hufeland befand sich auf einer schnurgeraden, extrabreiten Bundesstraße, rechts und links nichts als sattgrüne Wiesen, braune Äcker und Wind in den Weiden, die sie säumten, irgendwie erinnerte ihn die Szenerie an einen amerikanischen Highway.

Er wendete und schnürte die Strecke zurück.

Die Unfallstelle befand sich in einer lang gestreckten Kurve kurz vor Vennebeck. Ein Schrotthaufen, der einmal ein silbergrauer Porsche gewesen war, wand sich in bizarrer Weise um einen Baum, der aussah, als hätte er ebenfalls blutende Wunden davongetragen. Großflächig verteilt lagen Teile des Fahrzeugs – und des Fahrers.

Mehrere Uniformierte untersuchten den Porsche, Feuerwehrleute machten sich an dem Baum zu schaffen, offenbar um ihn zu sichern. Verkehrspolizisten hatten die Straße in einer Richtung gesperrt und leiteten den Strom der Autos um die Unfallstelle herum.

Hufeland bog in die von den Kollegen abgesperrte Zone ein und stellte seinen Wagen ab. Kaum ausgestiegen eilte eine bekannte Gestalt auf ihn zu.

»Wagner, sagen Sie, was ist denn hier passiert?«, sparte Hufeland sich die Begrüßungsfloskeln. In der Regel konnte man bei Vennebecks Polizeiobermeister davon ausgehen, dass er über alles Wesentliche informiert war, was im Ort passierte.

»Tjaha«, sagte Wagner leichthin. »Der Fahrer kam aus Richtung Vennebeck und hat anscheinend gleich hinterm Ortsschild derart Gas gegeben, dass es ihn hier aus der Kurve getragen hat. Aber die ist tückisch, sehr lang gestreckt, und zum Schluss macht sie noch mal einen scharfen Bogen, sehn Sie ja. Vielleicht ist ihm aber auch schlecht geworden, oder *er* hier war mit im Spiel.« Er deutete mit der halb offenen Faust zwei schnelle Kippbewegungen zum Mund an. »Das Tempo hätte jedenfalls für ein Dutzend tödliche Unfälle gereicht, schätze ich.«

»Und es handelt sich um Doktor Mensing aus Münster, ist das sicher?«

»Das sagen seine Papiere. Also, was davon noch lesbar ist. Und das Kennzeichen, Fahrzeugnummer und so weiter natürlich. Ihn selbst kann man ja nicht mehr fragen.«

Hufeland senkte den Kopf und zog eine Braue hoch.

Wagner focht das nicht an. »Sie haben ihn schon mitgenommen. Im Sarg, meine ich. Schlimm, wie der aussah, schlimm, schlimm.«

Hufeland wandte sich ab, Wagners Mitleidskonserven waren momentan einfach zu viel für ihn. Er ging auf die zwei Kollegen zu, die das Wrack des Unfallwagens untersuchten. Er nickte ihnen zu und fragte: »Irgendein Hinweis auf Manipulationen am Fahrzeug?«

Die Kollegen blickten ihn wie versteinert an. Er winkte ab. »Versteh schon.« Es war natürlich viel zu früh, danach zu fragen. So, wie der Wagen aussah, konnte es Wochen dauern, ehe es zweifelsfreie Analysen dazu gab. Wenn überhaupt je.

Er ging schnurstracks an Wagner vorbei, stieg in sein Auto und rief van Heest an. »Ich will die Praxis Doktor Mensing auf den Kopf stellen lassen, Ernst. Kannst du das regeln? Für den Fall, dass jemand mault?«

»In Ordnung.«

»Ich bin in einer Stunde dort.«

»Bist du verrückt, in einer Stunde? Unmöglich.«

»Es *ist* möglich, Ernst. Mach Dampf. Wir beschlagnahmen die Kartei, den Rechner, was weiß ich. Ich will wissen, was für eine Praxis Mensing eigentlich genau betrieben hat.« Um einen Hinweis zu bekommen, was er in Vennebeck zu suchen hatte. »Und noch was, Ernst. Lass überprüfen, ob irgendwas gegen Ronald Wittekind und Alexander Große-Aschhoff aus Vennebeck vorliegt.«

Er legte auf und fuhr wieder los, Tod und Chaos hinter sich lassend.

44

Die Kollegen in Münster hatten sich bereits Zutritt zur Praxis des Arztes im Erdgeschoss der Villa verschafft.

Einer von ihnen, Sennenkamp (genannt Segelkamp wegen seiner Jumbo-Ohren, Hufeland schätzte, dass er in etwa sein Jahrgang war) trug kurzatmig einen Computer aus dem Haus.

»Sind noch drei weitere in der Praxis vorhanden. Und ein Laptop und zwei Tablets in der Privatwohnung. Aber da dürfen wir nicht ran, sagt die Ehefrau. Der Beschluss gilt nur für die Praxisräume.«

»Wo ist sie jetzt?«

»Gleich hier vorne.« Sennenkamp deutete mit dem gut gepolsterten Kinn vage in Richtung Praxiseingang.

Er traf die Frau im Wartezimmer der Praxis. Sie war Ende dreißig, schlank, dunkles Haar, ein kleines, aber deutlich sichtbares Feuermal auf der linken Wange. Sie saß auf der äußersten Kante des lederbezogenen Stuhls, sie weinte nicht, aber das schmale Gesicht war leichenblass und verstört.

Hufeland stellte sich vor und sprach ihr formal sein Beileid aus.

Sie winkte ab. »Warum tun Sie das, Herr Kommissar?«, brachte sie mühsam hervor. »Mein Mann hatte einen Unfall. Er ist tot. Was … was bezwecken Sie mit dieser sinnlosen Aktion?«

Hufeland setzte sich auf den Stuhl neben ihr. »Frau Mensing, Ihr Mann war in Vennebeck, bevor er verunglückte. Was wollte er dort?«

Sie zuckte die Achseln. Spielte die Ahnungslose, das spürte er an der Spannung, die ihr Körper plötzlich annahm.

»Ihr Mann fährt am Samstagmorgen von Münster bis fast zur holländischen Grenze, Frau Mensing, und Sie wollen mir weismachen, dass Sie keine Ahnung haben, warum?«

Sie blickte ihn jetzt kalt an. »Wissen Sie immer, was Ihre Frau gerade treibt?«

»Ich bin nicht verheiratet, Frau Mensing.« Gott sei Dank. »Und es geht hier nicht um mich, sondern um Ihren Mann. Er ist in den Tod gerast. An einem Ort, in dem wir ermitteln. Wegen Mordes. In den er irgendwie verwickelt ist.«

Sie senkte den Kopf, das schulterlange kastanienbraune Haar legte sich wie ein Schleier gnädig um ihr Gesicht. Sie begann zu schluchzen.

Hufeland seufzte, entschuldigte sich und stand auf.

Sennenkamp kam von draußen zurück und fragte ihn, was sie außer den Computern noch beschlagnahmen sollten.

»Vorerst nur die Rechner und die Kartei mit den Namen der Patienten, falls die noch gesondert auf Papier existiert.« Er wusste, dass angesichts der Personalsituation – dummerweise war jetzt auch der kleine Kuczmanik nicht einsatzfähig – an eine umfangreiche Materialsichtung und Auswertung der Patientendaten nicht zu denken war.

Sennenkamp blickte ihn schief von der Seite an. »Wonach genau suchst du eigentlich, Felix?«

Hufeland schnaubte mit den Lippen wie ein Gaul. »Bestimmt nicht nach Leuten, die mir dumme Fragen stellen, Sennenkamp!«

Sennenkamp legte die XXL-Ohren an und dackelte davon.

Hufeland stiefelte nun durch alle Räume der Praxis, ziellos. Sennenkamp hatte natürlich recht: Wonach suchte er eigentlich? Aber dies war nun mal einer jener Fälle, bei denen man das erst hinterher genau wusste. Sobald man etwas gefunden hatte, was nicht ins erwartbare Bild passte.

Bis dahin hieß es, pragmatisch zu sein, first things first, wie die Amis sagten.

Er nahm sein Handy und rief van Heest an. »Noch mal Felix hier. Was habt ihr zu Wittekind und Große-Dingsbums gefunden?«

»Nicht mal eine Verkehrsübertretung von denen, zwei absolut unbescholtene Männer. Falls dir das weiterhilft.«

»Und wie.«

»Sicher, dass du nicht auf dem Holzweg bist, Felix?«

Er drückte van Heest weg und brüllte: »Nein! Bin ich nicht.«

Sennenkamp kam wieder dazu und schaute ihn befremdet an. »Falls du eine Tablette brauchst, Felix, irgendwo findet sich bestimmt eine. Ist ja ’ne Arztpraxis hier.« Er lachte. »Wir sind fertig, Kollege. Stellen dir das Zeug in dein Büro. Schönes Wochenende.«

»Sennenkamp!«

»Ja?«

Er hatte sich bereits halb abgewandt, blickte über die Schulter zu ihm zurück, haarscharf am linken Segelohr vorbei.

»Du sollst mir nicht das Büro mit Rechnern vollstellen, sondern dafür sorgen, dass Mensings Daten auf meinem Bildschirm flimmern. Schaffst du das?«

Sennenkamp rollte genervt mit den Augen und verließ den Raum. Die beiden anderen Kollegen folgten ihm hinaus, ohne Hufeland zu beachten.

Er zog wieder sein Telefon aus der Tasche des dunkelblauen Jacketts, das er fast jeden Tag trug, und starrte es an. Wen wollte er eigentlich noch anrufen? Ach richtig.

45

Joost hatte die Füße auf Kevin Kuczmaniks niedrigem Wohnzimmertisch abgelegt und griff nach seiner Flasche Bier. Wenigstens hatte er die Schuhe ausgezogen, dachte Kevin, aber Joost lief ja eh meist barfuß durch die Gegend. Als Kampfsportler war er sich das schuldig, glaubte Joost.

Sie schauten sich das fertig geschnittene Happy-Video an: er, Joost und Melanie.

Melanie hatte ihn nach Hause gefahren. War gleich, nachdem sie von seinem gebrochenen Arm und der leichten Gehirnerschütterung erfahren hatte, in dieses Kaff gefahren, Oldenbrink, und hatte ihn aus dem Krankenhaus befreit. Es hatte sich dabei mehr um eine Notfallambulanz gehandelt, die als Außenstelle des Krankenhauses St. Firmian in Münster geführt wurde. »Einfacher Bruch«, hatte der Arzt gesagt, »glatt durch. Dürfte rasch heilen.«

Zur Entspannung schauten sie sich jetzt zu dritt das Video an. Melanie hatte Joost gefragt, ob er mitschauen wolle, woraufhin er als Erstes Kevins Kühlschrank nach Bier durchforstet hatte und seitdem das Video ausschließlich nach dem Kriterium kommentierte, ob er, Joost, im Bild war oder nicht.

»Ey, Scheiße, Kev«, beschwerte er sich, als sei Kevin persönlich dafür verantwortlich. »Fuck, ich bin schon wieder nicht im Bild. Du als Erdbeere, Mel als Möhre, und alle anderen scheiß Gemüsesorten oder was sind zu sehen, aber kein Dildo weit und breit. Fuck.«

Melanie nahm genervt die Fernbedienung zur Hand und hielt das Bild an. Sie löste sich von ihrem Platz an Kevins Seite auf dem Sofa und ging zum Bildschirm. Wies auf eine schlaksige Figur in vorderster Reihe, in einem knallroten Skianzug, der so eng saß, dass man seine Hasenpfote in der Hose trotz der Fütterung zu erkennen glaubte.

»Schau, Joost. Das hier bist du. Ganz vorne. Alles klar?«

Joost nahm einen weiteren Schluck aus der Pulle und starrte dann ungläubig sein eigenes Outfit an. »Was denn, der Typ, der immer wie irre rumhopst, soll *ich* sein?«, sagte er mit einem Maul, so breit, dass du einen Döner am Stück hineinbekommen hättest. »Ich dachte, das wäre ne Rote Beete oder was.«

Kevin lachte. Und merkte, dass er davon Kopfschmerzen bekam.

Das Telefon klingelte. Er wollte bereits aufstehen und rangehen, als Melanie ihm mit einem strengen Blick bedeutete, dass er sitzen zu bleiben, sich zu schonen habe, sie kümmere sich um den Anruf.

»Hallo? Melanie bei Kuczmanik?«

»Tag. Hufeland hier. Ich möchte Kevin sprechen. Falls er da ist.«

Melanie reichte Kevin Kuczmanik den Hörer. »Dein Chef, Schatz«, raunte sie.

Kevin riss ihr mit der gesunden Hand den Knochen aus der Hand. »Herr Hufeland?«, rief er überrascht.

»Hallo, Kevin, wie geht's deinem Arm?«

»Prima, prima. Danke.«

»Und dem Kopf?«

»Noch dran, so wie er sich anfühlt.«

»Tut mir leid, dass ich dich störe, Kevin, aber ich brauche eine Info von dir.«

»Ja?«

»Als du Wigger, den Freund oder was immer von Jenny Stratmann, gecheckt hast …«

»Ja?«

»War da schon eine Verbindung zur Praxis oder zur Privatperson von Doktor Mensing erkennbar? Irgendeine Andeutung in der Richtung?«

»Nein. Definitiv nicht. Deshalb war ich ja auch so überrascht, als –«

»Mensch, Kevin«, maulte Joost plötzlich dazwischen. »Wenn du mich schon einlädst, unser Video zu gucken, dann will ich mich aber auch in Action sehen! Nicht als Standbild.«

»Ja, ich will auch weitergucken, Kevin. Und du bist doch noch krank«, pflichtete Melanie Joost ausnahmsweise bei. Ansonsten gingen ihre Ansichten, Einstellungen, Bedürfnisse und persönlichen Vorlieben zu beinahe hundert Prozent auseinander. Dass sie sich trotz dieser offensichtlichen Gegensätzlichkeit nicht nur tolerierten, sondern sogar mochten (irgendwie), war eigentlich kaum zu fassen.

»Moment, Herr Hufeland«, sagte Kevin Kuczmanik und erhob sich ächzend von seinem Platz. Er ging nach nebenan in die Küche, setzte sich an den kleinen runden Tisch in der Mitte.

»Wie gesagt, ich war voll baff, als Wigger schnurstracks zu Mensings Praxis gefahren ist, kaum, dass ich draußen war. – Wieso fragen Sie mich das, Herr Hufeland, gibt es was Neues?«

»Mensing ist tot. Autounfall. Gleich hinter dem Ortsausgang von unserem geliebten Vennebeck.«

Kevin erstarrte förmlich, konnte sekundenlang nicht sprechen, nicht mal den Mund aufbekommen. Immerhin hatte er am Vormittag noch mit dem Arzt gesprochen.

»Ein Unfall, wirklich?«, brachte er schließlich hervor.

»Bis zum Beweis des Gegenteils. Im Augenblick ist nur klar, dass Mensing nicht nur eine spezielle Verbindung zu Jenny Stratmann, sondern überhaupt nach Vennebeck gehabt haben muss. Sonst wäre er nicht dorthin gefahren und wie eine Flipperkugel wieder hinausgeschossen in seinem Porsche.«

Drei, vier stille Sekunden versickerten in der Leitung.

»Was machen wir denn jetzt, Herr Hufeland?«, wollte Kevin Kuczmanik schließlich wissen.

»*Du* machst gar nichts, Kevin. Ruhst dich schön aus, mit deiner Freundin zusammen.«

»Aber wieso? Mein Kopf funktioniert noch, und von zwei Armen ist ja nur einer kaputt, der rechte. Und da ich Linkshänder bin …«

»Wir sprechen uns morgen.« Hufeland legte auf.

46

In der Tat wusste Hufeland erst in dem Moment, als er die Namen fand, dass es das war, wonach er gesucht hatte. Wahrscheinlich hätten sie sich den Aufwand sparen können, die Rechner umständlich zu beschlagnahmen und sicherzustellen, denn der erste Name war schnell gefunden.

Er war rein intuitiv vorgegangen. Hatte sich Jenny Stratmanns Liste noch einmal angesehen und der Reihe nach die Namen eingegeben, die sie sich notiert hatte. Die einzige Ordnung, die er in ihrem chaotischen Alltag bislang hatte erkennen können.

Den ersten Treffer landete er mit Große-Aschhoff. Den zweiten mit Wittekind, den dritten mit Buschhoff. Maike Große-Aschhoff, Bettina Wittekind und Lena Buschhoff wurden alle drei neben Jenny Stratmann als Patientinnen in der elektronischen Kartei des Gynäkologen geführt. Und sie litten laut dieser Dateien alle an demselben Phänomen: Menstruationsbeschwerden.

Hufeland war weit entfernt davon, sich plötzlich als Experte für Frauenleiden zu fühlen. Aber auffällig war doch, dass die Notizen zu den vier Frauen nicht nur gleichlautend, sondern auch gleich oberflächlich waren. Denn im Unterschied zu den anderen Patientinnen, Hufeland machte mindestens zwei Dutzend Stichproben zum Vergleich, fehlten bei ihnen konkrete Eintragungen zu Behandlungsterminen, Therapien, Medikamenten, Verläufen und so weiter.

Mit anderen Worten, die vier Frauen wurden zwar formal korrekt als Patientinnen geführt. Aber wie hatte er sie *behandelt*? Darüber gab es keinerlei Eintragungen außer der wiederkehrenden Floskel: Beratungsgespräch, ergänzt durch eine Ziffer, die, wie er bald herausfand, den Abrechnungsschlüssel mit der Krankenkasse bezeichnete.

Die Frauen hatten also den weiten Weg von Vennebeck, immerhin eine knappe Autostunde, auf sich genommen, um in Münster eine fachärztliche Beratung in Anspruch zu nehmen. Nur um dann ohne weitere erkennbare Behandlung wieder nach Hause zu fahren? Und sollte es in der näheren Umgebung von Vennebeck nicht ebenso fähige Gynäkologen geben, in Bahnhausen zum Beispiel, in Dinkel, in Berkel? Wie waren sie allesamt auf Doktor Jürgen Mensing in Münster verfallen? Doch wohl kaum aufgrund einer persönlichen Empfehlung von Jenny Stratmann?

Und vor diesem Hintergrund: Was hatte Stratmanns Was-auch-immer, Stefan Wigger, unmittelbar nach ihrem Tod zu dem Arzt geführt? Vielleicht nicht zum ersten Mal?

Er griff zum Hörer und wählte die Nummer von Kathrin Mensing, die er sich von ihr hatte geben lassen, bevor er die Praxis verlassen hatte. Vielleicht hatte er Glück, und sie ging ran.

Er hatte Glück.

»Frau Mensing, Hufeland hier. Ich müsste Sie dringend noch mal sprechen. Es geht um die Patientendatei Ihres Mannes. Ich wüsste gern –«

»Tut mir leid, Herr Kommissar. Ich habe keine Ahnung von der Praxis meines Mannes. Ich kann Ihnen nicht helfen.«

Er hörte, wie sie schluckte, dann legte sie auf, und er stierte noch eine ganze Weile auf den Hörer, bevor er ebenfalls auflegte.

Wie sollte es weitergehen, hatte Kevin Kuczmanik ihn vorhin gefragt.

Hufeland hatte keine Ahnung.

Das war sie dann wohl, die klassische Sackgasse in einem Fall, dachte er.

Dann fiel ihm Grit ein. Es war Samstagabend, inzwischen schon nach acht, vielleicht ließ sie Möllring, seinen widerlichen Kollegen und ewigen Widersacher, für diesen einen Abend mal sitzen, um sich mit ihm, dem alten Felix, zu treffen?

Er rief sie an.

47

Sie trafen sich im Weiten Feld.

»Aber nur auf einen Sprung«, hatte Grit ihm zugestanden und schon am Telefon gegähnt. Sie brauchte von der Piusallee, wo sie (mit Möllring) wohnte, nur die Promenade zu überqueren, um zu Fuß die Kneipe in fünf Minuten zu erreichen.

Hufeland kannte das Lokal bisher nur dem Namen nach. Das Weite Feld präsentierte sich ihm eher eng, in einem eigentümlichen Mix aus Accessoires der fünfziger und Flowerpower-Kult der sechziger Jahre. An den Wänden hingen Filzteppiche und Geweihe, unter den Decken Kristallleuchten, die von einem seltsamen Gewölle wie von einem Ausschlag umgeben waren; kalte alte Ledersessel standen vor warmen, asiatisch anmutenden Holzkulissen, und in einer Ecke hinten versuchte sich eine Band an einer Mischung aus Hillbilly-Sound und Ethnopop.

Hufeland hielt sich die auf Jazz geeichten und darüber hinaus wenig toleranten Ohren mit beiden Händen zu und schlug vor, in den Garten zu gehen.

»Also, *ich* find's gemütlich hier drinnen, aber wenn du meinst«, war Grit nur mäßig einverstanden.

Dabei war es noch warm draußen, im Karree des Biergartens staute sich die Wärme des Tages, die Schwüle aber hatte sich verflüchtigt, es war angenehm. Und in einer Ecke fanden sie auch noch ein freies Plätzchen.

Sie hatten sich jetzt schon fast ein halbes Jahr nicht gesehen, er und Grit, und er fand, sie sah mitgenommen aus, das glatte blonde Haar deutlich ergraut, der schlanke Hals faltiger geworden, und das Gesicht fahl.

Sie bestellten Bier, er wie immer sein Schwarzes, und er ging gleich aufs Ganze: »Er behandelt dich schlecht, oder?«

»Wer soll mich schlecht behandeln?« Sie kniff irritiert die Brauen zusammen.

»Na Möllring. Er behandelt dich schlecht, ich bin doch nicht blind. Du siehst schlecht aus, Grit.«

»Vielen Dank auch für das Kompliment, Felix. Zum Glück siehst du aus wie das blühende Leben.«

»Grit, ich mach mir nur Sorgen um dich.«

»Brauchst du nicht, besten Dank.«

Sie schwieg.

Er auch.

Der Einstieg fühlte sich an wie ein Ausstieg.

Das Bier kam, die junge Kellnerin ließ seines überschwappen, sie entschuldigte sich nicht, merkte es nicht mal, bevor sie weiterzog.

Sah nicht danach aus, als könnte das heute noch sein Abend werden.

»Wie geht's dir sonst, Grit? Was macht die Arbeit?«, nahm er einen neuen Anlauf.

Sie stöhnte leicht auf und erzählte von ihrer Beratungstätigkeit in einem kommunalen Projekt für minderjährige Mütter. Die Arbeit mit den Jugendlichen liebte sie. »Aber die lieben Kollegen – na ja!« Sie begann, von dem Konflikt mit einer übergriffigen Vorgesetzten zu berichten, als ihr nach fünf Sätzen auffiel, dass er ihr nicht zuhörte.

»Ich *habe* dir zugehört«, verteidigte er sich. Nur nicht im Detail, mehr so im Groben, das musste er insgeheim zugeben.

Und sie wusste das, kannte ihn immer noch besser als jeder andere, vielleicht besser als er sich selbst. »Du bist wie immer, Felix. Wirst dich nie ändern. Ich wette, du triffst dich nur deshalb so plötzlich mit mir, weil es dir um einen aktuellen Fall geht. Richtig?«

Er zierte sich. Ein wenig. Dann rückte er damit heraus, dass ihn der Fall Jenny Stratmann tatsächlich sehr beschäftige.

»Aber nur generell. So als Hintergrundrauschen. Das hat jetzt nichts mit dir zu tun, mit unserem Treffen.«

»Nicht?«

»Nein.«

»Lügner.« Sie zog einen Mundwinkel um einen Zehntelgrad hoch, vielleicht ein entfernter Verwandter des Lächelns. »Nun erzähl schon.«

»Gut. Wenn du so scharf drauf bist.«

»Das nun nicht gerade.«

Er berichtete ihr trotzdem den Fall in allen Details. Wie früher. Als sie noch zusammenlebten und sie manchmal ganz begierig darauf schien, dass er von seiner Arbeit erzählte. Lange her.

Sie bestellten jeder noch ein Bier, Hufeland einen Korn dazu, dann sagte sie ihm ihre Meinung zu dem Fall. Das war es, was er erhofft hatte.

»Mich wundert, dass ihr bislang das Wesentliche außer Acht gelassen habt. Was aber doch als Erstes ins Auge sticht«, sagte sie.

»Und das wäre?«

»Die Kinder.«

»Die Kinder?«

»Ja. Den kleinen Paulus und seine Kindergartenfreundin, Melis heißt sie, oder?«

»Was ist mit den beiden?«

»Aber das ist doch genau die Frage, Felix!« Sie kam jetzt regelrecht in Fahrt und beugte sich zu ihm vor. Es lag eine Vertrautheit darin, die er liebte und mittlerweile vielleicht am meisten vermisste, seitdem sie sich von ihm getrennt hatte. »Euer Opfer, diese Jenny Stratmann, belagerte doch nicht den Kindergarten schlechthin. Nicht die ganze Einrichtung, wie du das immer darstellst. Sondern sie ist eindeutig nur wegen der zwei Kinder dort gewesen. Ausschließlich wegen Paulus und Melis, das zeigt ihr Verhalten ganz klar. Und deshalb reagieren genau die beiden Familien der Kleinen am heftigsten darauf. Irgendwas ist mit diesen Kindern, da wette ich.«

»Aber was, um Himmels willen, könnte das sein? Wo ist die Verbindung zu Jenny Stratmann?«

»Vielleicht hat es mit dem Frauenarzt zu tun, von dem du erzählt hast. Er ist doch das wirklich überraschende Scharnier zwischen Jenny Stratmann und den beiden Müttern der Kleinen.«

»Herrgott, so weit war ich auch schon!« Er reagierte plötzlich gereizt. Spürte, dass da eine Erkenntnis hinter all den Fakten lauerte, ganz nah, die er aber noch immer nicht zu fassen kriegte.

Doch er hatte sich im Ton vergriffen. Wie früher. Aber es war nicht mehr wie früher, als sie seine Unbeherrschtheit noch akzeptiert hatte. Am Ende dann auch nicht mehr.

Sie nahm ihre leichte Baumwollweste vom Stuhl und warf sie sich über die Schultern. »Okay, wenn du alles schon weißt. Dachte, du wolltest meine Meinung hören. Aber du bist halt wie immer.« Sie stand auf.

»Entschuldige, Grit. Nun setz dich wieder. Bitte. Wir reden über was anderes. Trinken noch eins.«

»Du vielleicht.« Sie rückte ärgerlich den Gartenstuhl an den Tisch. »Du zahlst. Schönen Abend noch mit dir.« Wenige Sekunden später war sie gegangen.

Na toll, Hufeland, du bist ein Genie!

Die Kellnerin kam. »Zahlen?«

Er hob das leere Glas an. »Noch eins.«

Sie nickte und schwirrte davon.

Er atmete tief durch, lehnte sich zurück, blickte in den klaren Nachthimmel und bedauerte sich, bis das Bier kam. Er trank es beinahe in einem Zug, bestellte ein Neues, kippte es ebenfalls in sich hinein wie nichts und bestellte nach.

Dann erst fühlte er sich in der Lage, darüber nachzudenken, was Grit zu seinem Fall gesagt hatte. Die Kinder, verdammt noch mal! Er begriff auf einmal, dass er in gewisser Weise wirklich auf dem Holzweg gewesen war! Oder vielmehr, dass er sich bislang mit den Nebendarstellern befasst hatte, die er fälschlicherweise für die Hauptfiguren gehalten hatte. Was, wenn nicht die Erwachsenen, sondern die Kinder der Schlüssel zu allem waren? Paulus und Melis, die Namen der beiden blitzten wie Leuchtreklame in seinem Kopf auf.

Und noch ein weiterer Name stand ihm plötzlich vor Augen. Lena Buschhoff. Wie war *sie* eigentlich in Mensings Patientinnenkartei hineingeraten? Die genervte Leiterin des Kindergartens. Deren Mann zugleich Jenny Stratmanns heimlicher (oder unheimlicher?) Sexkunde war.

Vielleicht sollte er bei *ihr* den Hebel ansetzen?

48

Der Sonntagmorgen fand ihn in einem jämmerlichen Zustand. Neun Uhr, sein Kopf rauschte wie eine Klospülung, die Glieder fühlten sich taub an.

Er duschte eiskalt, das half ein bisschen, stellte sich wie immer nicht auf die Waage, wand sich in seinen mottenfarbenen Morgenmantel, den Grit schon vor Jahren schäbig gefunden hatte, und schlurfte in den ausgetretenen Pantoffeln in seine kleine Küche. Die Toasts in der angebrochenen Verpackung hatten Schimmel angesetzt, aber im Brotkasten fand er noch zwei halbweiche Brötchen, im Kühlschrank Reste einer Halbfettmargarine und Aufschnitt, der sich an den Rändern zwar etwas krümmte, aber nicht roch.

Er kochte Kaffee, trank ihn schwarz, kaute ausgiebig auf den Brötchendarstellern herum, es fühlte sich an wie Extremtraining für die Kieferngelenke. Dann war er in der Lage, zu telefonieren.

»Lena Buschhoff«, vernahm er ihre Stimme, die ihm seltsam matt und tonlos vorkam.

»Hufeland. Morgen, Frau Buschhoff. Es tut mir leid, dass ich Sie am Sonntagmorgen störe, aber ich würde gern mit Ihnen reden.«

»Das dachte ich mir schon«, sagte sie mit der gleichen monotonen Stimme. »Es ist bestimmt wegen Doktor Mensing, oder? Weil er doch verunglückt ist.«

»Ich komme bei Ihnen vorbei. In einer Stunde, wenn's recht ist.«

»In Ordnung. Bloß …«

»Ja?«

Sie senkte ihre Stimme: »Mein Mann ist zu Hause, und ich möchte nicht … Es wäre mir lieber, wenn wir uns in meinem Büro sprechen könnten. Im Sonnentau. Wenn es Ihnen nichts ausmacht?«

»Nein, gar nicht. Dann sehen wir uns dort, Frau Buschhoff. Bis gleich.«

Es war ein strahlender Sonntagmorgen, viel zu schön für eine Vernehmung in einem Mordfall, aber das Gefühl, das Leben zu verpassen, kannte er ja nun schon seit bald vierzig Jahren. Er segelte unter einem leuchtend blauen Himmel durch die flache Landschaft dahin und versuchte, den Gedanken an die verunglückte Begegnung mit Grit gestern Abend zu verdrängen. In den Dörfern, die er passierte, waren Radfahrer und Kirchgänger unterwegs, in einer Bauernschaft kurz hinter Bahnhausen marschierte ein kleiner Trupp Uniformierter des örtlichen Schützenvereins mit Federbüschen auf den roten Köpfen zum Schießplatz, gefolgt von einer Herde hemdsärmeliger Schützen, die tapfer ihre Holzgewehre oder Spazierstöcke schulterten.

Auch auf dem Parkplatz der Golfanlage schien Hochbetrieb zu herrschen, bemerkte Hufeland, als er vor dem Kindergarten aus dem Touran stieg und einen Blick zu Osterkamps nun endlich florierender Hotelanlage hinüber warf.

Im Fahrradständer neben dem Eingangsbereich stand ein Damenrad, holländisches Modell. Lena Buschhoff wartete also bereits auf ihn. Und tatsächlich sah er wie zuletzt den rostroten Schatten ihres üppigen Lockenkopfs hinter dem Fenster ihres Büros.

Sie öffnete ihm, noch ehe er die Klingel gedrückt hatte, grüßte mit einem verschlossenen Gesichtsausdruck, und sie gingen ins Büro. Sie hatte bereits für Kaffee gesorgt, stellte für ihn (nicht für sich) eine Tasse auf den kleinen runden Tisch, und er begriff, dass diese Frau heute nichts anderes wollte, als zu reden. Über das, was sie bedrückte. Nicht um sich zu belasten, sondern um sich zu *ent*lasten. Er kannte diese Stimmung aus vielen Vernehmungen, hätte nicht sagen können, was genau es ausmachte, aber es war wie mit Händen zu greifen, der ganze Raum war schwanger davon.

»Ich nehme an, Sie wissen, dass ich Patientin bei Doktor Mensing war?« Sie begann vorsichtig mit leiser Stimme.

Er nickte.

»Ich will aber ... Sie sollen auch wissen, dass ich mit der ganzen Sache nichts zu tun habe, die da jetzt hochkommt.«

Er unterbrach sie nicht, nickte nicht einmal mehr, hörte nur zu.

»Ich bin zu Mensing gefahren, vor Jahren schon, nachdem ich zufällig von Bettina, Bettina Wittekind, mit der ich seit der Schule schon eng befreundet bin ... also von Bettina hatte ich erfahren, dass sie da jetzt bei einem Doktor wäre, in Münster, der etwas machen könnte, wenn man bislang keine Kinder bekommen konnte. So wie Bettina bis dahin. Und wie ich. Doktor Mensing wäre ein Frauenarzt, der ein bisschen ... der halt *mehr* machen könnte als andere Ärzte.«

Sie senkte den Kopf, starrte die weiße Tischplatte an, fuhr sich mit der kleinen kräftigen Hand durch den dichten Rotschopf – Hufeland fiel auf, wie schön sie war – und blickte ihn dann wieder offen an, mit ihrem Lach-wein-Gesichtsausdruck.

»Sven und ich hatten zu dem Zeitpunkt schon alles Mögliche versucht, ein Kind zu kriegen. Es klappte einfach nicht. – Haben Sie Kinder?«

»Ich bin nicht verheiratet. Und keine Kinder, nein.«

»Sie können sich nicht vorstellen, wie frustrierend das für eine Frau ist, unfruchtbar zu sein. Für den Mann natürlich auch, aber ich glaube doch, eine Frau empfindet es als besonders schlimm, wenn sie scheinbar keine Kinder bekommen kann. Steril ist das Fachwort dafür.

Oder infertil. Auch nicht schöner.« Sie verzog die vollen ungeschminkten Lippen zu einem bitteren Lächeln. »Das Gefühl, zu versagen – obwohl man weiß, dass das Unsinn ist –, wenn die Periode, nachdem sie kurzzeitig ausgeblieben ist, doch wieder kommt. Wenn kein Kraut, keine Pille, kein Urlaub, am Ende nicht mal eine Hormonbehandlung, icsi oder sonst was, hilft. Wenn Sie wissen, Sie können nun mal keine eigenen Kinder bekommen. – Und dann kommt auf einmal diese Botschaft, dieses Versprechen, unter dem Siegel der Verschwiegenheit natürlich, denn das Ganze ist ja nicht legal: Da ist ein Arzt, der hilft dir mit einer Eizellenspende. Von einer 1A-Spenderin. Gesund, intelligent, aber arm. Der man hilft, weil sie dringend Geld zum Leben braucht, ohne dass man je mit ihr in Kontakt treten müsste. Und die deshalb keine Ansprüche auf das Kind machen wird, weder jetzt noch später mal.«

Sie stockte kurz, atmete durch und fuhr dann fort.

»Es gibt natürlich auch die Möglichkeit, das im Ausland zu machen, Eizellenspende ist in Holland zum Beispiel nicht verboten. Aber erstens ist das häufig ein Tauschgeschäft, es wird dann, sagen wir, ›erwartet‹, dass umgekehrt auch der Vater der empfangenden Frau seinen Samen spendet, damit andere Frauen Kinder bekommen können. Aber Sven wollte das nicht. Und mir war auch nicht wohl bei so einem Tauschgeschäft.«

»Verstehe. Und zweitens?«

»Zweitens – und vor allem! – wird dem Kind in Holland, aber auch in anderen Ländern, die biologische Mutter mitgeteilt, sobald es erwachsen ist.«

Er tat den Teufel, ihr jetzt zu widersprechen. Er war an ihrer Aussage interessiert, nicht an der Diskussion von moralischen Fragen. Deshalb behielt er den Gedanken für sich, ob das Kind nicht sogar das *Recht* habe, spätestens als Erwachsener zu erfahren, wer biologisch seine Eltern waren? Und galt das nicht auch für adoptierte Kinder?

»Sven und ich«, fuhr sie fort, »wollten unser Kind nicht irgendwann mal mit einer fremden Frau teilen müssen. Und für Bettina und ihren Mann galt das Gleiche. Deshalb erschien uns eine Spenderin, die auch später kein Interesse an dem Kind haben würde, ideal.«

»Ihre Freundin, Bettina Wittekind, und Sie wollten es also mit Doktor Mensing versuchen?«

»Ja. Ich war zuerst skeptisch, hab, das muss ich zugeben, lieber gewartet, wie es bei Bettina funktioniert. Ob alles reibungslos klappt.« Sie riss die Augen auf. »Und es klappte! Bettina war auf einmal schwanger. Mit der Eizelle einer anderen Frau. Aber es war *ihr* Kind. Sie trug es ja in ihrem eigenen Körper aus. Und so wurde *sie* eben die Mutter von Paulus, nicht die andere Frau. Die ja anonym blieb, nur eine Zelle gespendet hatte. Künstlich befruchtet mit dem Samen von Bettinas Mann. – Ich hab mich so für die beiden gefreut, das kann ich Ihnen gar nicht sagen.«

Sie strahlte für diesen kurzen Moment, ihre hellen Augen blitzten ihn an.

»Und dann hat mir Bettina erzählt, dass sie auch Maike Große-Aschhoff den Tipp gegeben hat. Mit dem gleichen Ergebnis wenig später, Maike wurde schwanger. Sie können sich denken, dass es mich dann auch nicht mehr gehalten hat. Irgendwann war ich ebenfalls bei Doktor Mensing. Aber ...« Sie senkte den Kopf. »Bei mir klappte es nicht. Das heißt, die Befruchtung und Einnistung schon. Aber ich hab es immer schon nach kurzer Zeit wieder verloren.«

Sie setzte sich sehr aufrecht auf ihren Stuhl, versuchte, sich zu beherrschen. Die Tränen begannen dennoch zu laufen, sie strich sie mit den Fingern fort.

»Ich war so verzweifelt. Wollte unbedingt ein Kind. Wie die anderen. Jetzt mehr denn je. Und da schlug er mir vor, Doktor Mensing, dass die Frau, die bislang die Eizellen nur gespendet hatte, das Kind auch für mich austragen könnte. Gegen einen erheblichen Aufpreis selbstverständlich. Ich müsste mich dann eben für ein paar Monate aus Vennebeck verabschieden, offiziell zur Schonung in eine Spezialklinik, inoffiziell in eine private Unterkunft bei Münster, er könnte da den Kontakt herstellen. Als Kitaleiterin hätte ich doch sicher die Möglichkeit, mich vertreten zu lassen und so weiter. Angesichts der Vorgeschichte, dass ich mehrmals das Kind verloren hatte, würde später keiner nachfragen, wenn ich schließlich mit dem neugeborenen Baby zurückkehren würde.

Ich habe ihm gesagt, dass ich darüber nachdenken müsste. So einfach war das nämlich nicht mit der Vertretung als Leiterin, ich hatte ja die Verantwortung für alles, und nachdem auch Sven nicht begeistert von der Idee war, zu teuer, hat er gemeint, hab ich zu Doktor Mensing gesagt, ich möchte die Frau, die das Kind für mich austragen soll, wenigstens vorher persönlich kennenlernen.«

Sie faltete die Hände in ihrem Schoß und legte sie dann auf den Tisch, beugte sich vor, sah ihn an. »Ich wollte eben wissen, wer in den ersten neun Lebensmonaten meines Kindes seine Mutter sein würde. Leihmutterschaft, das war doch ein Riesenunterschied zu der relativ simplen Eizellenspende, wie Bettina und Maike sie bekommen haben. Die Frau, die Leihmutter, würde es ja schließlich in ihrem Bauch tragen, nicht ich.«

Sie machte eine Pause, wartete, dass Hufeland von seinem Kaffee getrunken hatte, und sprach dann weiter. »Seltsamerweise kam es nicht zu der Begegnung mit der Frau. Irgendwas kam immer dazwischen, jedes Mal ein anderer Grund. Und da wurde ich dann misstrauisch. Vielleicht stimmte was mit der Frau nicht, dachte ich, körperlich, geistig, was weiß ich. Oder es gab Ärger zwischen ihr und dem Arzt. Und die Frage stellte sich natürlich, welche Folgen konnte das eventuell für uns, für mich und Ronald, haben. Und erst recht fürs Kind.«

Sie beugte sich zum Schreibtisch hinüber, nahm ein Taschentuch aus einer Pappbox und wischte sich die Tränen ab. »Ich hab's dann gelassen. Vorerst, wie ich dachte. Aber dann geschah das Seltsamste von alldem.« Ihre Stimme wurde jetzt fester, härter. »Mit der Zeit merkte ich, dass ich kein Kind mehr *wollte*. Das heißt, nicht mehr mit Sven! Er … Ich kam dahinter, dass er was mit anderen Frauen hatte. Auch zu … Professionellen, da war ich mir ganz sicher. Ich habe Tankrechnungen bei ihm gefunden, in seiner Jackentasche, zwei Uhr nachts in Enschede, zu einer Zeit, als er behauptete, er wäre beruflich im Ruhrgebiet unterwegs gewesen …«

Sie winkte ab. »Irgendwann hat er es zugegeben. Er wäre sexsüchtig, hat er behauptet. Hätte nichts mit mir zu tun. Hat es vielleicht auch nicht. Aber wissen Sie, das ändert nichts. Jedenfalls nicht für mich. Er hat dann versprochen, er würde das in den Griff kriegen, ganz bestimmt. Und er wollte nach wie vor unbedingt Vater werden. Mit mir ein Kind haben. Bestimmt würde es noch klappen.«

Sie schaute weg, zum Fenster hinaus, nichts spielte sich draußen ab, aber auf ihrem Gesicht, das von einem Lichtstrahl, der sich an der Gardine vorbei ins Zimmer stahl, sekundenlang aufleuchtete, spielte sich ein Drama ab, Hoffnung, Enttäuschung, Demütigung und damit weiterleben müssen, Tag für Tag, als wäre nichts gewesen …

Sie fuhr wieder herum zu ihm und schüttelte leicht den Kopf, als könne sie es noch immer nicht fassen. »Eines Tages tauchte plötzlich Jenny Stratmann auf. Hier in Vennebeck. Begann mit ihrem Psychoterror vor *meinem* Kindergarten! Ich hatte keine Ahnung, wer sie war. Aber als ich sah, wie sie Paulus und Melis ins Visier nahm, und wie Bettina und Maike auf sie reagierten, ahnte ich das Unheil. Ich sprach mit Bettina darüber, und sie sagte, Stratmann behaupte, sie wäre die Mutter von Paulus und Melis. Die Eizellenspenderin. Und sie wolle Geld. Viel Geld. Und das nach den Tausenden, die für sie bereits an Mensing gezahlt worden waren. Aber die Stratmann behauptete, sie hätte nur einen Bruchteil davon bekommen und jetzt würde sie den Spieß endlich mal umdrehen. Falls sie das Geld nicht bekäme, würde sie alles auffliegen lassen. Biologisch *und* von Rechts wegen seien es ihre Kinder.« Sie atmete ein weiteres Mal tief durch, bevor sie fortfuhr. »Wittekinds und Große-Aschhoffs haben sich anfangs natürlich geweigert. Dachten, sie blufft. Aber sie ließ nicht locker, fing an, den Kindergarten zu belagern … Den Rest der Geschichte kennen Sie ja.«

Hufeland schwieg eine Weile, dachte darüber nach, was sie zuletzt gesagt hatte. »Woher, Frau Buschhoff, wusste Jenny Stratmann überhaupt, wer die Empfängerinnen ihrer Eizellen waren? Mensing wird ihr doch kaum Namen und Adressen genannt haben.«

»Nein! Natürlich nicht. Das war sogar eine der Bedingungen, dass die Spenderin keinerlei Informationen über die Eltern, also die Empfängerinnen, erhalten sollte. War ja auch nicht nötig, da die Frau angeblich keine Ansprüche auf die Kinder erheben würde. Als die Stratmann dann aber hier auftauchte, musste Mensing das natürlich erklären. Und er behauptete, es wäre bei ihm eingebrochen worden, in seiner Praxis. Und jemand hätte gezielt nach seiner Kartei mit den Empfängerinnen gefahndet. Und sie gefunden. Dabei hätte er die Patientinnen nur dadurch gekennzeichnet, dass er außer Namen und Adressen im Rechner keinerlei Angaben zur Behandlung, zu Terminen und so weiter gemacht hätte.«

»Das eben war auffällig«, sagte Hufeland. Er selbst war so auf die Spur gekommen. Allerdings erst mit Hilfe von Jenny Stratmanns unscheinbarer Liste mit Namen und Telefonnummern.

»Doktor Mensing sagte, es müsse dieser undurchsichtige Freund oder was von Stratmann gewesen sein, der bei ihm eingebrochen und die Daten kopiert hätte. So wusste Jenny Stratmann ziemlich sicher, wo sie es probieren musste. Und nach den Reaktionen, die sie ausgelöst hat, wusste sie, dass sie gleich zwei Treffer gelandet hatte, Wittekind und Große-Aschhoff.«

»Und Sie?« Hufeland lächelte matt. »Waren froh, dass Sie sich am Ende mit Mensing auf nichts eingelassen hatten?«

»Und wie. Aber ich war doch Mitwisserin geworden, Bettina war meine Freundin, auch Melis ging wie Paulus in meinen Kindergarten. Und der wurde von Stratmann regelrecht belagert, sodass sich noch mehr Eltern belästigt oder zumindest beobachtet fühlten, auch wenn Stratmann es gar nicht direkt auf sie abgesehen hatte. Ich sprach mit Wittekinds und Große-Aschhoffs über die Situation. Unsere Vermutung war, dass Stratmann letztlich nicht zur Polizei gehen würde. Sie wollte Geld, nicht die Kinder. Also bekam sie ihr Geld, etliche Tausend, ganz genau kenne ich die Beträge nicht. Eine kurze Weile war Ruhe. Dann machte sie weiter.«

Sie legte die Hände flach auf den Tisch und schüttelte leicht den Kopf, in dessen roten Locken sich wieder das Licht verfing. »Allen war klar, dass es auf Dauer so nicht weitergehen konnte. Es musste irgendwas passieren.« Sie lehnte sich zurück und stieß einen schweren Seufzer aus. »Dass es dann auf Mord hinauslaufen würde, das konnte ich doch nicht ahnen! Ich vermute, dass es vielleicht eine Art Unfall war. Aber jetzt ist auch noch der Doktor tot. Was bedeutet das alles?«

Nun, das war eben die entscheidende Frage.

Sie kam wieder vor, setzte die Ellbogen auf die Tischkante und sah ihn mit bitterem Ausdruck in den Augen an. »Und es betrifft ja auch Sven, der regelmäßig … zu Jenny Stratmann ging. – Ich will von alledem nichts mehr wissen, Herr Kommissar. Ich will meine Ruhe, einen Schlussstrich ziehen. Verstehen Sie das?«

Hufeland hielt ihrem Blick eine Weile stand, ohne etwas zu sagen, und schob dann die leere Kaffeetasse von sich fort. Er dankte ihr für ihre Aufrichtigkeit, erhob sich langsam und ging.

Draußen stand er plötzlich wieder im freundlich hellen Tageslicht des späten Sonntagmorgens, ein stärkerer Kontrast zu dieser unglücklichen Frau, deren Schatten er noch immer hinter dem Bürofenster wahrnahm, schien ihm kaum denkbar.

49

»Ach, das passt uns aber leider gar nicht im Moment, Herr Kommissar«, sagte Bettina Wittekind, als er anrief, froh, dass jemand ans Telefon ging. »Wir haben gerade Besuch. Unsere Nachbarin ist da, mit ihrer kleinen Tochter. Wir sind praktisch schon auf dem Sprung ins Freibad.« Sie lachte gezwungen.

»Ihre Nachbarin, Frau Große-Aschhoff?«

»Ja. Mit unserem Babysitter, Sofie. Wieso?«

»Wunderbar«, ignorierte Hufeland ihre Unsicherheit. »Mit ihr wollte ich ebenfalls sprechen.« Und am besten auch gleich mit ihrem Mann Alex, den er noch nicht einmal zu Gesicht bekommen hatte. »Ich bin in fünf Minuten bei Ihnen.«

Das Trio war die Entrüstung selbst. Ihre Gesichter zuckten förmlich vor Wut. Die Kinder, zum Glück, spielten hinter dem Haus der Wittekinds auf dem Rasen. Bewacht von Sofie Kreykamp. Er musste sich also keinerlei Zurückhaltung mehr auferlegen. Schluss mit den Spielchen!

Er ließ sich ungefragt in dem verbliebenen freien Sessel nieder und schoss seine erste Salve ab: »Ich habe vorhin mit Lena Buschhoff gesprochen. Über den Mord an Jenny Stratmann. Über Doktor Mensing, der gestern gestorben ist – wie genau, das wissen wir noch nicht, aber wir werden es herausfinden. Und über Ihre Kinder …«, er ließ die Pause sich mit Bedeutung füllen, »haben wir ebenfalls gesprochen.« Er warf demonstrativ einen kurzen Blick durch das große Fenster in den Garten hinterm Haus. »Wenn man denn überhaupt von *Ihren* Kindern sprechen kann. Rechtlich dürfte da einiges unklar sein. Und biologisch sind sie Geschwister.«

Volltreffer. Die vor Zorn aufgeblähten Gesichter fielen in sich zusammen.

Bettina Wittekind aber glaubte vielleicht noch an einen Trick von ihm. »Sie behaupten, Lena hätte mit Ihnen über unsere Kinder gesprochen?«, sagte sie mit lauerndem Blick. »Niemals. Warum sollte sie? Lena ist meine Freundin, sie würde nie …«

»Sie mag Ihre Freundin sein, Frau Wittekind«, schnitt Hufeland ihr das Wort ab. »Aber sie hat auch Angst, in etwas hineingezogen zu werden, mit dem sie nichts zu tun hat. Mord. In einem oder sogar in zwei Fällen, wenn wir einmal Doktor Mensings Tod im Auto dazurechnen.«

Allerdings mochte Hufeland in Mensings Fall noch immer nicht an ein Verbrechen glauben. Die Voraussetzungen für eine bewusste Manipulation des Wagens erschienen ihm zu kompliziert. Letzte Klarheit ergab freilich erst die kriminaltechnische Untersuchung.

Ronald Wittekind, mit leichenblassem Gesicht, und seine offensichtlich vom ›Verrat‹ ihrer Freundin Lena Buschhoff erschütterte Frau warfen sich entsetzte Blicke zu.

Maike Große-Aschhoff starrte auf ihren hochschwangeren Bauch und rieb ihn mechanisch. Hufeland wandte sich an sie. »Wo, Frau Große-Aschhoff, ist eigentlich Ihr Mann? Ich könnte mir vorstellen, dass Sie momentan ein wenig Beistand nötig haben?«

Seine kleine Provokation ging auf. Ihre blauen Augen schossen einen Satz Giftpfeile auf ihn ab. »Ich bin schwanger, Herr Kommissar. Nicht krank. Und mein Mann ist beruflich unterwegs. In Brüssel. Er soll dort eine Stelle bei der Kommission bekommen, in der Verwaltung.«

»Ich dachte auch nicht an Ihre Schwangerschaft, Frau Große-Aschhoff, jedenfalls nicht direkt. Sondern an den Verdacht, unter dem Sie stehen. Sie alle, auch Ihr Mann. Wann ist er übrigens nach Brüssel gefahren?«

»Unter Verdacht? Das ist doch absurd.«

»Beantworten Sie bitte meine Frage.« Er hoffte, nicht zu weit zu gehen, wenn er ihr, vermutlich kurz vor der Entbindung, ein wenig zusetzte, vielleicht gar eine Krise auslöste, wer wusste das schon.

Aber sie wirkte resolut und von den dreien am wenigsten beeindruckt, eher nur verärgert. »Mein Mann ist nicht gefahren. Sondern geflogen.«

»Wann?«

»Am Donnerstag.«

»Donnerstag früh, spät, wann genau?«

»Sie verdächtigen uns jetzt *alle zusammen*, Herr Kommissar?«, griff plötzlich Ronald Wittekind ein. Er bleckte die Zähne. »Des Mordes in zwei Fällen? Machen Sie sich doch nicht lächerlich. Worauf stützen Sie sich? Allein auf die Aussage von Lena Buschhoff, die bloß der Neid umtreibt, weil sie keine Kinder bekommen kann?«

Hufeland hörte ihn ruhig an. »Ich habe mich vorhin offenbar nicht klar genug ausgedrückt. Jenny Stratmann ist laut Frau Buschhoffs Aussage die biologische Mutter von Paulus und Melis. Und das lässt sich mit einem Test leicht nachweisen, Herr Wittekind.« Er schaute wieder zu Maike Große-Aschhoff hinüber. »Vielleicht gilt das auch für das Kind, das in Ihrem Bauch heranwächst?«

Die blonde Frau schüttelte den Kopf und sagte, nicht ohne Stolz: »Nein. Tut es nicht. Diesmal nicht.«

Er wandte sich wieder an alle. »Jenny Stratmann hat Ihre Namen und Adressen herausbekommen, wahrscheinlich unter tätiger Mithilfe ihres Komplizen, der in Doktor Mensings Praxis einzig zu dem Zweck eingebrochen war, um an sie heranzukommen. Stratmann hat Sie erpresst, wollte Geld, hat welches bekommen, wollte mehr. Am Ende war es zu viel, was sie von Ihnen verlangte, die Gefahr, dass Sie Ihre beiden Kinder verlieren könnten, würde niemals enden, das wussten Sie. – Es sei denn, Jenny Stratmann wäre tot. Und dafür haben schließlich Sie gesorgt, Wittekind.« Er bedachte den Mann mit einem mitleidlosen Blick. »Sie, zusammen mit Ihrem Leidensgenossen, Ihrem Nachbarn Große-Aschhoff.«

Wittekind sprang plötzlich auf. Für den Bruchteil einer Sekunde glaubte Hufeland an einen Angriff, und instinktiv sprang er ebenfalls auf, nahm Verteidigungsstellung ein.

»Wir sagen kein Wort mehr!«, brüllte Wittekind ihn an. »Ich rufe jetzt unseren Anwalt an.«

Er wollte bereits losstürmen, doch seine Frau griff plötzlich nach seiner Hand und zog ihn zurück aufs Sofa. »Kein Anwalt, Ronald«, sagte sie resigniert. Es war, als wäre schlagartig alle Spannung von ihr abgefallen, sie gab auf. »Sag ihm, was passiert ist. Sag ihm alles. Damit endlich Ruhe ist. Stratmann ist tot. Paulus wird also bei uns bleiben. Und Melis bei Maike. Wir sind ihre Eltern.«

Hufeland war keineswegs sicher, ob sie recht behalten würde, hoffte es nur. Aber er schwieg, setzte sich wieder und ließ Ronald Wittekind seine Beichte ablegen.

50

»Es stimmt. Stratmann hat uns erpresst. *Sie* wäre die leibliche Mutter der Kinder. Sie wollte sie zurückhaben, hat sie getönt. Als hätte sie sie je gehabt. Aber die Lage war ernst. Also haben wir gezahlt. Beim ersten Mal fünftausend, beim zweiten Mal zehntausend, so viel wie Mensing jeweils von uns bekommen hatte. Dann wollte sie weitere zehntausend. Da haben wir dann gestreikt. Uns mit Mensing besprochen. Er behauptete, er hätte keinen Einfluss auf sie. Sie würde mit einem Kleinganoven zusammenarbeiten. Der bei ihr abkassiert, sie unter Druck setzt, was weiß ich. Als wir im Grunde schon so weit waren, ihr auch die nächsten zehntausend noch zu zahlen, wir alle vier wollten zusammenlegen, passierte die Sache mit Paulus.«

Er warf einen unsicheren Blick zur Nachbarin hinüber, die aber den Teppich unter ihren weit ausgestellten Beinen anstierte.

»Sofie, unser Babysitter, rief mich Donnerstag Nachmittag auf der Arbeit an, dass Paulus verschwunden sei. Sie könne es sich auch nicht erklären und so weiter. – Ich schon. Jenny Stratmann hatte natürlich nicht nur den Kindergarten im Blick gehabt, sondern, was die anderen Eltern nicht wussten, beobachtete immer wieder auch unsere Häuser. Sie muss mitbekommen haben, dass an dem Nachmittag der Moment günstig war, und hat sich Paulus gegriffen. Entführt.

Ich rief Stratmann an, auf dem Handy, dessen Nummer sie mir mal gegeben hatte. Sie lachte ganz frech, höhnte, ob wir's endlich gemerkt hätten, dass Paulus weg wäre. Ich hörte ihn im Hintergrund weinen. Ich sagte ihr, ich würde ihr das Geld sofort bringen. Zumindest einen Teil davon, denn zehntausend Euro in bar konnte ich so schnell auch wieder nicht auftreiben. Den Rest würde sie später kriegen.

Sie war einverstanden, fühlte sich obenauf. Ich habe zweitausend von unserem Konto geräumt und bin zu ihr gefahren.«

Er stockte kurz, atmete durch, dann redete er weiter. »Aber sie war nicht alleine mit Paulus in ihrer Wohnung. Ihr Dealer oder Zuhälter oder was weiß ich war bei ihr. Sagte, wenn wir bis zum Abend nicht noch mal mindestens fünftausend auftreiben würden, würde *er* zur Polizei gehen und das mit Paulus und Melis anzeigen. Nur wir als Nutznießer von Jennys Eizellen – so hat er sich ausgedrückt, das Schwein! – nur wir hätten uns strafbar gemacht. Und Mensing natürlich. Nicht aber Jenny, die *Heilige Stratmann*. Das stehe im Gesetzbuch, und mit dem würde er sich auskennen.

Ich sagte alles zu und war einfach nur froh, den Kleinen wieder mit nach Hause nehmen zu können. – Alex«, er blickte zu seiner Nachbarin hinüber, »also Maikes Mann, konnte dann noch mal fünftausend auf die Schnelle flüssigmachen. Damit sind wir also wieder zu ihr hin.«

»Sie waren zu zweit?«

»Ja, wie gesagt, Alex ist mitgefahren.«

»Wann genau war das?«

»So gegen sechs, oder nein, eher halb sieben. Aber ich schwöre, es ist nichts weiter passiert! Wir haben ihr nichts angetan. Wir gaben ihr das Geld. Und fuhren wieder. Das war alles.«

»Hm.« Hufeland überlegte kurz. »Als Sie das zweite

Mal bei ihr waren an diesem Abend gegen halb sieben, wie Sie behaupten …«

»Ja?«

»War Jennys Komplize noch da? In der Wohnung?«

»Nein. Der war wohl schon weg. Jedenfalls hab ich ihn nicht gesehen. Und der alte Golf, den wir ja nun zur Genüge kannten, stand auch nicht mehr auf dem Schotterplatz vor dem alten Zollhaus.«

»Sie wollen also sagen, dass Sie Stratmann nur noch die nächste Rate ausgehändigt haben, fünftausend Euro, und dann gefahren sind, ohne ihr ein Haar zu krümmen? Statt sie, da die Gelegenheit günstig war – sie war allein in ihrer Wohnung, ihr ominöser Freund war fort – statt sie also zu erschlagen und nachts am nahe gelegenen Venneberg zu entsorgen. Und mit ihr alle Sorgen um Ihre Kinder.«

Ronald Wittekind schüttelte den Kopf und starrte ihn an wie einen Irren. »Das ist einfach absurd, Kommissar.« Mehr fiel ihm dazu nicht ein.

Nun übernahm seine Frau. »Sie *waren* es nicht, Herr Kommissar. Ronald und Alex haben dieser Frau nichts angetan. Sie hat *uns* Schlimmes angetan. Aber umgebracht hat sie keiner von uns. Es war so, wie Ronald gesagt hat. Alex, wenn er wieder zurück ist aus Brüssel, wird das bestätigen.«

Hufeland schnaubte ärgerlich durch die Nase. »Denken Sie ernsthaft, wir warten, bis der Herr sich zu einer Aussage bequemt?« Er atmete einmal durch und riss sich am Riemen. »Ich habe aufzuklären, wer für den Tod von Jenny Stratmann verantwortlich ist. Und möglicherweise auch für den von Doktor Mensing. Was ihn betrifft, interessiert mich im Augenblick nicht mal die Vorgeschichte. Ich will nur wissen, was gestern mit ihm passiert ist. Er war hier in Vennebeck. Bei Ihnen. Richtig? Was wollte er? Was genau ist geschehen?«

»Mensing«, sagte Maike Große-Aschhoff, mit einem Gesicht, als wolle sie auf einmal alles vom Tisch haben, jetzt sofort, »hatte gestern Vormittag in seiner Praxis Besuch von diesem Freund der Stratmann bekommen. Der behauptete, *wir* hätten seine Jenny auf dem Gewissen: wir Vennebecker und der Doktor. Mensing war völlig aufgelöst. Stratmanns Komplize wolle Geld. Was denn sonst. Und zwar drei-hundert-tausend.« Sie zerhackte die Zahl in ihre Bestandteile. »Hunderttausend verlange der Mann von ihm, Mensing, und zweihunderttausend von uns hier in Vennebeck.«

Sie strich wieder zärtlich mit den Händen über ihren Bauch. »Mensing stand offensichtlich unter Drogen. Meiner Ansicht nach war das schon länger der Fall. Er hielt den Druck nicht aus, den er sich mit Jenny Stratmann und ihrem Freund letztlich selbst ins Haus geholt hatte.«

»Zu Ihren Gunsten«, hielt Hufeland ihr vor.

»In erster Linie aber zu seinen Gunsten. Finanziell gesehen.« Sie machte eine schlaffe, wegwerfende Handbewegung über ihrem schwangeren Bauch. »Das spielt jetzt keine Rolle mehr.«

»Noch einmal«, sagte Hufeland und blickte sie scharf an. »Was ist gestern passiert?«

Sie nickte, wollte eh alles sagen. »Gestern kam es zum Streit zwischen ihm und uns hier.« Sie schaute in die Runde, zu Bettina und Ronald Wittekind.

»Sicher nicht zum ersten Mal, oder?«, warf Hufeland ein.

»Nein, das nicht«, gab sie zu. »Aber diesmal war der Streit besonders heftig. Mensing war vollkommen außer sich, glaubte, dass wir schon bald als Mörder angeklagt würden, und dass dann alles auffliegen würde, seine Praxis, das Geschäft mit der Eizellenspende und so weiter.«

»Was wollte er von Ihnen?«

»Er war der Meinung, wir müssten wenigstens einen Teil von dem zahlen, was der Mann, Stratmanns Komplize, forderte. Aber das war ja ganz unmöglich. Woher sollten wir so viel Geld nehmen?«

Sie schüttelte müde den Kopf.

»Ich habe Mensing gesagt«, schaltete sich Ronald Wittekind wieder ein, »dass es außerdem wie ein Schuldeingeständnis aussähe, wenn wir diesem Erpresser jetzt auch nur einen Cent zahlen würden. Das käme gar nicht infrage. Niemals.«

»Mensing stand vollkommen unter Strom«, ergänzte Bettina Wittekind. »Er stürmte wütend aus dem Haus, schmiss sich in seinen Porsche und trat schon gleich vor dem Haus das Gaspedal durch, so sehr hat der Motor aufgeheult.« Sie blickte Hufeland bittend an. »Es war ein Unfall, Herr Kommissar. Wir haben mit Mensings Tod nichts zu tun. Und auch nicht mit dem Mord an Jenny Stratmann. Nicht das Geringste.«

Hufeland ließ die letzten Worte in sich nachklingen. Dann klatschte er mit einem Mal die großen Hände auf seine langen dünnen Oberschenkel und schoss in die Höhe. »Sie hören von mir.«

Er verabschiedete sich mit einem Kopfnicken und ging. Niemand begleitete ihn zur Tür. Ein Stück Ehrlichkeit in diesem undurchsichtigen Geflecht aus Betrug und Selbstbetrug, wie er fand.

51

»Ernst? Felix hier.« Er erreichte van Heest wie erwartet zu Hause. »Ich bin auf dem Weg zurück nach Münster.«

»Fein. Und?«, sagte van Heest mit einem leichten Schnalzgeräusch, als würde er soeben versuchen, sich eine Fleischfaser zwischen den Zähnen zu angeln; vermutlich war er mit dem Sonntagsbraten beschäftigt gewesen.

»Ich will, dass ihr mir diesen Stefan Wigger beischafft, das ist der –«

»Ich weiß, wer Wigger ist. Aber was heißt: beischaffen? Willst du einen Haftbefehl?«

»Was sonst? Verdacht auf Nötigung, Erpressung, vielleicht sogar Mord. Der Typ ist jetzt reif zum Pflücken.«

»Felix, du erwartest doch nicht, dass wir ihn dir in einer halben Stunde in Handschellen vorführen, sobald du in Münster eintriffst. – Manchmal frage ich mich wirklich, in welcher Welt du eigentlich lebst.«

»Das frage ich mich auch«, sagte Hufeland. »Schönen Sonntag noch, Ernst.«

»Felix!«

Hufeland drückte ihn weg.

Er rief Kevin Kuczmanik an.

»Tag, Kevin. Wie geht's deinem Kopf?«

»Hallo, Herr Hufeland! Meinem Kopf geht's blendend. Und der Arm tut auch nicht mehr weh.«

»Schön. Kevin, ich brauche die Adresse von Stefan Wigger, den du gestern vernommen hast. Weißt du sie zufällig auswen-?«

»Heckenweg 17. Das ist in Rumphorst.«

»Ach richtig, ich erinnere mich.«

»Wollen Sie zu ihm hin? Jetzt sofort?«

»Solange er nicht freiwillig zu mir kommt.«

»Ich werde dort sein, Herr Hufeland. Melanie wird mich bestimmt fahren.«

»Das sollte sie schön bleiben lassen, deine Melanie. Ich mach das alleine. Gute Besserung.«

Er legte auf.

Und erreichte knapp vierzig Minuten später den Heckenweg in Rumphorst. Vor einem dreistöckigen Wohnhaus machte er eine kleine dicke Gestalt aus, die den linken Arm in Gips trug und auf der Stirn ein breites Pflaster. Kevin Kuczmaniks mondrundes Gesicht verwandelte sich in ein Smiley, als er Hufeland in seinem schwarzen Touran heranrauschen sah. Er deutete bereits heftig mit der gesunden Hand auf einen dunkelblauen Golf, der vor dem Haus parkte.

Hufeland stellte seinen Wagen auf der gegenüberliegenden Seite ab und begrüßte Kuczmanik damit, dass er ihn dafür rüffelte, gegen seine Anweisung erschienen zu sein.

Kevin tat es mit einem Achselzucken ab, er wusste nur zu gut, dass Hufeland insgeheim sogar froh war, ihn hier zu sehen. So konnte er sich von ihm in aller Kürze das Wichtigste aus Kevins gestriger Vernehmung von Stefan Wigger zusammenfassen lassen. Dass Kuczmanik das in der Eile hinbekam, machte Hufeland jetzt sogar ein wenig stolz, denn bevor er ihn als Azubi bekommen hatte, damals vor zwei Jahren, hätte Kevin daraus das Wort zum Sonntag gemacht, in doppelter Länge.

Kevin ging voran. Sie mussten um das Haus herum gehen. Und trafen Wigger an, als er soeben seine Wohnung verlassen wollte. Hufeland war im ersten Augenblick überrascht, der Mann war ebenso groß und der gleiche leptosome Typ wie er selbst, nur ohne Spitzbauch und natürlich mehr als zwanzig Jahre jünger.

Wigger war ein gewiefter Hund, er ignorierte Hufeland einfach und fixierte zuerst nur den kleinen Kuczmanik. »Was'n, du schon wieder, Gartenzwerg?«

Das Grinsen, das ihm im Gesicht stand, verging ihm jedoch, als er Hufelands große knochige Hand auf seiner Brust spürte, die ihn zurück in seine Wohnung schob.

»He, das ist Körperverletzung! Ich will –«

»Du willst nicht wissen, was *ich* unter Körperverletzung verstehe, Freundchen«, sagte Hufeland ganz ruhig. »Setz dich auf dein verflohtes Bett und beantworte meine Fragen. Und zwar wahrheitsgemäß, sonst kommt außer Nötigung, Freiheitsberaubung eines Kindes und Erpressung noch eine Mordanklage dazu. Haben wir uns verstanden?«

Wigger ließ sich plötzlich wie ein verschüchterter kleiner Junge auf seinem Bett nieder und schaute sichtlich angeknockt zu Hufeland auf.

Der baute sich in seiner ganzen beeindruckenden Größe vor ihm auf und legte den Zeigefinger auf ihn an. »Wir wissen nicht nur, dass du am Donnerstagabend in Vennebeck warst, Wigger. Sondern auch, dass du Jenny Stratmann geholfen hast, Geld zu erpressen. Oder besser: sie *dir*.«

Der Leptosome schnappte nach Luft, um etwas zu sagen, doch Hufeland zeigte ihm mit dem wedelnden Finger an, dass er noch nicht fertig war.

»Wir wissen auch, dass du am Donnerstagnachmittag dabei warst, als Ronald Wittekind seinen Jungen in Stratmanns Wohnung von euch wieder gnädig in Empfang nehmen durfte. Später, als Wittekind und Große-Aschhoff noch einmal zurückkamen, um weiteres Geld zu bringen, wenn auch noch nicht den ganzen Betrag, den du ihnen abpressen wolltest, warst du nicht mehr in der Wohnung. Stimmt das?«

»Stimmt genau! War ich nicht, nein.« Er glaubte, wieder Oberwasser zu bekommen und wollte schon aufstehen.

Doch Hufeland stieß ihm den Finger gegen die dürre Brust, sodass er wieder aufs Bett zurück sackte. »Gut. Wo warst du also in der Zwischenzeit? Was hast du gemacht? Hattest Streit bekommen mit deiner Freundin, richtig? Ging es um das Geld? Hast du sie deshalb umgebracht, im Affekt höchstwahrscheinlich? Hast sie danach am Venneberg entsorgt, als wäre sie Sondermüll?«

Wigger war immer bleicher geworden. »Nein, so war das nicht, Herr Kommissar!«, wehrte er sich jetzt heftig und wollte wieder vom Bett aufstehen.

»Setz dich sofort wieder hin. Oder du sitzt noch heute ganz woanders.«

Wigger rückte nur ein winziges Stück vor und saß nun auf der Bettkante. Starrte weiter zu Hufeland auf, als wäre er der Leibhaftige. Den kleinen Kuczmanik beachtete er inzwischen gar nicht mehr, er hatte begriffen, wer sein wahrer Gegner war. Ein gefährlicher Gegner, kompromisslos, unnachgiebig, mitleidlos. Dieser große grauhaarige Bulle in seinem unscheinbaren hellblauen Sommeranzug machte ihm Angst.

»Ich hab Jenny nicht umgebracht. Warum sollte ich? Sie war ja meine …«

»Deine Einkommensquelle.«

Er nickte. »Ja, wir haben das Ding gemeinsam durchgezogen, das stimmt. Aber den Anfang hat Mensing gemacht. Jenny hat mal bei ihm abtreiben lassen. Also … nicht ganz legal, der Termin war eigentlich schon weit überschritten, weil sie war zu der Zeit ständig bedröhnt. Ich hab noch zu ihr gesagt, Mensch kümmer dich drum. Aber sie … Mensing hatte damals schon den Ruf, dass er sich auch um, na ja, Notfälle kümmert. Er hat Jenny pro forma in seine Kartei aufgenommen, nur mit Namen und Adresse, ohne die Behandlung zu definieren. Sollte ja keinem in der Praxis auffallen, was da lief, auch den Praxishilfen nicht. Genauso wie bei Jenny hat er später dann ja auch die Akten der anderen Frauen geführt.«

»Du bist bei Mensing eingebrochen. Hast ihn erpresst. Auch gestern wieder. Diesmal wolltest du ihn sogar wegen des Mordes unter Druck setzen, den du selbst begangen hast!«

»Nein! Ich … ich dachte wirklich, er und die Eltern aus Vennebeck hätten sie plattgemacht. Und verdammt, das haben sie auch! Wer denn sonst?«

»Du zum Beispiel. Aber warum auf dem Venneberg? Wolltest du Uhl belasten? Der ja auch von dir und Jenny erpresst wurde. Damit er seinen Sohn freikaufte, der nicht ganz koschere Kontakte via Internet herstellt, wie ihr wusstet. So war's doch?«

»Das mit dem alten Uhl stimmt. Das geb ich zu. Wir haben ihn ein bisschen, na ja, geschröpft. Aber wir wollten ihn danach in Ruhe lassen, mehr würde er für seinen Sohn nicht zahlen, das war klar. – Aber ich habe Jenny nicht umgebracht, Herr Kommissar. Ich bin am Donnerstag mit der ersten Kohle von Wittekind –«

»Zweitausend Euro?«

»Ja, damit bin ich erst mal zurück nach Münster. Jenny war sauer. Weil ich noch einen … Termin hatte. Mit 'nem … Bekannten. Mann, ich hatte Schulden. Sie sagte, ich würde unser Geld durchbringen, dabei hat sie selbst fleißig die Nase aufgehalten, wenn das Koks da war. Sie wollte zuerst mit nach Münster. Hatte plötzlich keinen Bock mehr auf Vennebeck und die ganze Sache. Bloß, scheiße, ich konnte nicht bleiben, ich brauchte die Kohle dringend. Sofort, noch an dem Tag, sonst … Ey, sie kennen die Typen nicht, die –«

Doch, er kannte diese Typen von der Drogenmafia, aber das war jetzt nicht wichtig. »Lenk jetzt nicht ab«, blaffte Hufeland ihn an. »Weiter.«

»Ich hab Jenny versprochen, ich würde später zurückkommen, um dann in Holland mit ihr einen drauf zu machen. In 'ner schicken Bar in Enschede irgendwo, de Kater oder so.«

»Sie sollte also unter allen Umständen in Vennebeck bleiben?«

Er riss die Augen auf. »Klar! Es wollte ja noch Buschhoff kommen, wegen, na ja, knallen.« Er machte eine entsprechende Andeutung mit der Faust. »Und danach Uhl wegen der letzten Rate für seinen Sohn.«

»Außerdem Wittekind und Große-Aschhoff mit dem restlichen Geld«, erinnerte ihn Hufeland. »Es war also deine wahnwitzige Idee, den kleinen Paulus zu entführen, richtig? Damit wenigstens Wittekind sofort zahlte. Noch am selben Tag.«

Wigger schwieg.

»Du bist also nach Münster, hast von Wittekinds erster Rate brav die Kohle an deinen Großdealer abgedrückt und bist danach wohin?«

»Zu mir erst mal. Nach Hause, hierher. Mich noch mal frisch machen und so.«

»Frisch machen?« Hufeland lachte hell auf. »Deine Nase hast du vielleicht aufgefrischt. Und Jenny Stratmann später, ordentlich Koks in deinem löchrigen Hirn, erschlagen. Mit was eigentlich?«

»Mit gar nichts!« Er hob die Hände wie ein Priester. »Okay, ich bin in das Kaff zurückgefahren, das hab ich ja schon gesagt. Dem da.« Er warf Kevin Kuczmanik einen hasserfüllten Blick zu. Der sah ihn nur wie versteinert an.

»Du bist also zurück nach Vennebeck«, sagte Hufeland. »In Jennys Wohnung. Wann genau bist du dort angekommen?«

»Viertel nach neun, halb zehn, so was, war ich da. Aber sie war *weg*! Die Wohnung abgeschlossen. Aber wenn sie dagewesen wäre, hätte sie mir aufgemacht, hundertprozentig.«

»Sie hatte Angst vor dir, du Lump!« Hufeland trat ihm achtlos, ohne Schwung, eher angewidert, gegen einen Fuß. Wigger zog ihn nicht mal fort. »Was dachtest du, wo sie wäre?«

»Keine Ahnung, wo sie steckte. Ich war bloß stinksauer. Ich war extra ihretwegen zurückgefahren, und jetzt das. Ich dachte, sie ist vielleicht mit der restlichen Kohle abgehauen. War ja ein ziemlicher Batzen an dem Tag. Ab nach Holland oder so, die Sause ohne mich machen. Die Grenze ist ja nur ein paar Hundert Meter entfernt, und von dort mit dem Taxi in die Stadt, das geht fix. Ich hatte aber keine Lust, sie auf gut Glück zu suchen. Dachte, die ist morgen wieder da. Und dann knöpf ich sie mir vor. Also hab ich mich wieder in den Wagen gehauen und bin zurück nach Münster.«

Hufeland schnaufte verächtlich. »Um dich mit hundertvierzig Sachen innerhalb der Ortschaft blitzen zu lassen.«

»Künstlerpech.«

Hufeland trat einen Schritt zurück. Am liebsten hätte er Wigger auf der Stelle festgenommen, aber der Typ würde ihnen nicht weglaufen. Letztlich war er nicht schlau genug dazu.

»Wir sehen uns, mein Freund. Und nicht vergessen: Ich bin nur die Vorhut. Solltest du versuchen, unterzutauchen, wird dich der gesamte Apparat suchen. Und finden. Und dann fang schon mal an, die Tage zu zählen, die du absitzen musst. Ich bezweifle, dass du so weit rechnen kannst.«

Er tippte Kevin, der die Szene still und sichtlich beeindruckt beobachtet hatte, auf seinen gesunden Arm, und sie verließen die Wohnung.

52

Hufeland fuhr Kevin Kuczmanik zurück nach Kinderhaus.

»Haben wir eigentlich überprüft, ob Jenny Stratmann ein eigenes Konto hat?«, fragte er ihn, während sie die Cheruskerstraße entlangfuhren.

»Nein, glaub' nicht«, sagte Kevin in dem Wissen, dass sie es definitiv noch nicht überprüft hatten. »Wieso fragen Sie?«

»Weil wir inzwischen zwei Motive haben, die zu ihrer Ermordung geführt haben könnten.« Sie bogen in die Grevener Straße ein. »Erstens das naheliegende Motiv, sie als Erpresserin zu beseitigen.«

»Das würde dann die Vennebecker belasten«, sagte

Kevin, während er sich mit der unverletzten Hand die Unterseite seines vergipsten Arms kratzte. Es juckte wie Teufel, hoffentlich wurde das nicht noch schlimmer. »Die Eltern, denen Stratmann drohte, ihnen ihre Kinder wegzunehmen. Wie im Märchen. Als Rumpelstilzchen.«

»Aber auch Uhl senior und junior wurden erpresst«, erinnerte Hufeland Kevin Kuczmanik. »Mord, um Rufmord zu verhindern, verstehst du.«

Kevin nickte. Er versuchte inzwischen, sich das Kratzen zu verbieten und saß mit seinem dicken kurzen Schenkel auf der freien Hand. »Okay, und was ist das zweite Motiv?«, sah er fragend zu Hufeland hinüber.

»Geld, Kevin. Schnelles Geld. Jenny Stratmann muss an diesem Donnerstagabend einige Tausend eingenommen haben. Das Schweigegeld von Uhl, die zweite, besonders dicke Rate von Wittekind und Große-Aschhoff. Das Geld fürs schnelle Sexgeschäft mit Buschhoff.«

»Das würde dann aber nur Wigger belasten.«

Hufeland nickte zustimmend. »Vielleicht wollte sie ihm nicht alles geben, es gab Streit, er hat sie erschlagen, zugedröhnt, wie er wahrscheinlich war, und auf den Müllberg geworfen.« Hufeland wiegte unzufrieden den Kopf hin und her. »Trotzdem. Warum sollte er seinen Goldesel umbringen? Noch dazu für einen Betrag, der läppisch war im Vergleich zu dem, was in Zukunft noch mit ihr zu verdienen war.«

Das Verhältnis zwischen Jenny Stratmann und Wigger, dachte Hufeland weiter darüber nach, als sie Kinderhaus erreichten, war bestenfalls ein Zweckbündnis. Geprägt von gegenseitigem Misstrauen und wechselseitiger Abhängigkeit, für die sie jeweils den anderen verantwortlich machten.

»Wir müssen die Kontofrage klären«, sagte Hufeland. »Sicherheitshalber.« Denn eigentlich glaubte er nicht daran, dass Stratmann oder Wigger so dumm waren, das Schweigegeld ihrer Erpressungsopfer brav auf einem Sparkonto zu führen.

Sie waren da. Hufeland hielt vor dem grauen Hochhausblock, in dessen 6. Stock Kevin Kuczmanik wohnte. Er hatte ein wenig Mühe, aus dem Wagen auszusteigen. Wegen des gebrochenen Arms. Und wegen der Schwerkraft, die seinen kleinen fetten Körper einfach nicht hochkommen ließ.

Hufeland half ihm hinaus, begleitete ihn auch noch ins Haus und, in einem plötzlichen Anfall von Fürsorglichkeit, sogar bis hinauf zu seiner Wohnung. Um sicherzugehen, dass ihm nicht etwa eine schwergängige Haus- oder Fahrstuhltür den Weg erschwerte.

Vor seiner Wohnung bemerkte Kevin mit Schrecken, dass er vorhin offenbar seine Schlüssel in der Wohnung vergessen hatte, als Melanie ihn nach Rumphorst gefahren hatte. Sie besaß zwar einen eigenen Schlüssel zu seiner Wohnung, war aber jetzt nicht da, sondern vom Heckenweg aus zur Arbeit gefahren, Tagesschicht auf der Station im Krankenhaus.

»Vielleicht ist Joost zu Hause«, fiel Kevin ein. »Er hat auch noch einen Schlüssel zu meiner Wohnung. Moment.«

Er klingelte an der Nachbarwohnung. Nichts. Er klingelte erneut. Wieder nichts. Oder doch, sie hörten jetzt schlurfende Schritte. Die Tür wurde geöffnet.

Hufeland sah einen nicht mehr ganz jungen Mann mit ziemlichen Triefaugen in einem seidenschwarz glänzenden Morgenmantel und mit blonder zotteliger Just-out-of-bed-Frisur. Weil er just out of bed *war*. Irgendwie erinnerte Kevins Nachbar ihn an den verrückten Bürgermeister von London. Von dem es hieß, er habe kürzlich zwei deutsche Wasserwerfer für die Londoner Polizei bestellt und sei bereit, sich selbst als Erster davon bespritzen zu lassen, testweise. (In Wahrheit, war Hufeland sicher, würden sie nur einen schlappen Strahl auf ihn richten, der so viel Druck hatte wie sein Harnstrahl, wenn die Prostata streikte.)

Joost stierte Kevin Kuczmanik verständnislos an. »Kev? Was'n los? Ich frühstücke gerade«, sagte er vorwurfsvoll. Er warf auch Hufeland einen scheelen Blick zu.

»Sorry, Joost, Schlüssel vergessen.«

»Mm, okay«, brummte Joost. »Komm rein.« Er drehte sich auf seinen zimtfarbenen Jesuslatschen um die eigene Achse und schlurfte zurück in seine Wohnung.

Hufeland folgte ihm und Kevin, neugierig, wie er nun mal war, durch den kurzen Flur in die Küche, die größer und komfortabler war als seine eigene, wie er jetzt feststellen musste.

Joost öffnete eine Tür des weißen Schleiflackhängeschranks und drückte Kuczmanik den Ersatzschlüssel für seine Wohnung in die Hand, den er zuvor aus einem Zuckerschälchen geangelt hatte. Kevin blies die letzten noch daran haftenden Reste des offenbar feucht gewordenen Zuckers vom Schlüssel und schloss die dicke kleine Faust darum.

Joost sah damit seine Aufgabe für beendet an und setzte sich wieder an den kleinen runden Küchentisch, um sein Frühstück fortzusetzen. Mit der Spitze einer ellenlangen grauen Häkelnadel, wenn Hufeland das richtig deutete, spießte er wie ein Reiher kleine Stücke eingemachter Kirschen aus einem großen bauchigen Glas auf, wo sie in ihrem roten Saft schwammen.

Joost fing Hufelands irritierten Blick auf und lachte. »Die Kirschen sind von meiner Oma. Nix anderes mehr im Kühlschrank gewesen heute.«

»Kenne ich«, sagte Hufeland und dachte an sein eigenes frugales Frühstück heute Morgen.

Sie verabschiedeten sich von dem Kirschenangler, gingen hinaus, und Kevin schloss seine Wohnung auf.

»Dein Nachbar«, sagte Hufeland, als er noch auf der Schwelle stand, um sich zu verabschieden. »Warum spießt er die Kirschen mit der Häkelnadel auf?«

Kevin lachte. »Die Nadel ist noch von seiner Ex, glaube ich. Sie hat ihn vor einer Weile verlassen. Ganz plötzlich. Bis dahin hat sie Tag und Nacht für ihn gehäkelt.«

»Und jetzt isst er damit. Gute Idee.«

Kevin zuckte die Schultern. »Trennungsschmerz oder so, keine Ahnung. Joost isst aber auch sonst nur mit Stäbchen, er ist Asienfan, Kampfsportler und so weiter. Vielleicht verstecken sich die Holzstäbchen gerade irgendwo.« Kevin lachte wieder. »Bei Joost weiß man nie.«

Hufeland zeigte auf Kevins Gipsarm. »Morgen früh im Präsidium, Kevin? Oder brauchen Kopf und Arm noch eine Auszeit?«

»Bin dabei, Herr Hufeland. Unbedingt. Melanie fährt mich. Schon mit ihr verabredet.«

Hufeland nickte zufrieden. »Fein.« Das war es, was er von ihm hören wollte. Beckenbauer, ein Fußballer, den die junge Generation heute nur noch aus der Werbung kannte, hatte mal eine ganze Weltmeisterschaft hindurch mit bandagiertem Arm gespielt. Aber das war ja nun auch schon wieder … mein Gott: fünfzig Jahre her. War er denn wirklich schon so alt, dass er sich selbst daran noch erinnern konnte?

Er tröstete sich mit dem Gedanken, dass er *ur*alt wohl erst dann war, wenn er sich an solche Szenen aus dem letzten Jahrhundert *nicht* mehr erinnern konnte.

53

Sie trafen sich bei den Aaseeterrassen. Es gab Tage, da konnte Hufeland am besten nachdenken, wenn Köttering ihm auf altvertraute Weise gegenübersaß und sich über Gott und die Welt beschwerte.

Hufeland trank seinen Kaffee, Köttering hämmerte sich zusätzlich ein Riesenstück Schwarzwälder Kirsch in den Magen. Er war schon immer ein sagenhafter Esser gewesen, aber dabei dünn wie ein Draht geblieben.

Es war noch immer sonnig an diesem Sonntagnachmittag, doch eine frische Brise zog über den Aasee. Das mochte die Segler freuen, Hufeland aber nicht, er glaubte, den pochenden Schmerz eines Stirnhöhlenkatarrhs schon jetzt zu spüren.

Köttering fixierte wild die Sonntagsgäste des Lokals und die Ausflügler, die wie auf Eiern in die wackeligen Tretboote stiegen oder brav wie die Zinnsoldaten auf die Ankunft des Ausflugsboots warteten. Er hatte sich mit Lisabeth, seiner Frau, gestritten. Sie war wie immer die erste Testleserin seines neuen Krimis (mit dem originellen Titel ›Finster in Münster‹) gewesen. Doch sie war unzufrieden mit dem Ergebnis.

»Sie findet, es kämen kaum Fahrräder drin vor, obwohl Münster doch voll davon wäre.«

»Ist es doch auch«, musste Hufeland Lisabeth grundsätzlich recht geben.

»Münster ist auch vollgestopft mit Studenten, soll ich da jeden einzelnen erwähnen?« Köttering kratzte bereits die Reste des Kuchens vom Teller und schnaubte. »Außerdem, sagt sie, wenn schon mal ein Fahrrad drin vorkäme, sollte ich es doch bitteschön Leeze nennen. Das würde der Geschichte mehr Lokalkolorit geben. Was einem Regionalkrimi nur gut täte.«

»Also, wo sie recht hat, Alfred …« Es machte Hufeland durchaus Spaß, Köttering ein wenig zu ärgern. »Es geht doch nur um das eine Wort, Mensch: Leeze.«

»Nee, mein Lieber! Es geht ums Prinzip. Ich bin doch nicht der Hermann Löns von Münster, der seinen Helden mit der *Leeze* zum *Prinzipalmarkt* schickt, wo er *Töttchen* frisst, die er natürlich *jovel* und nicht *schofel* findet, genauso wie die *Promenade* und den *Aasee* und so weiter – alles nur, damit auch noch der letzte Idiot merkt, dass er gerade einen Münsterkrimi liest.«

Er winkte wütend die junge Kellnerin heran und hackte mit der Kuchengabel auf den leeren Teller. »Ich krieg noch so ein Stück. Und einen Kaffee. Aber diesmal einen, der nicht aus dem Spülwasserbecken kommt.«

Die Kellnerin zog überrascht-amüsiert eine Braue hoch. »Sind Sie sicher?«

»Dass der Kaffee nach Spülwasser schmeckt?«

»Nein. Er schmeckt danach, keine Frage. Ich meine, sind Sie sicher, dass Sie trotzdem noch einen zweiten wollen?«

Köttering starrte sie fassungslos an.

»Kleiner Scherz.« Sie lachte auf eine entwaffnende Weise Grübchen in ihre roten Wangen. »Ein Kaffee, ein Schwarzwälderkirsch. Kommt sofort.« Notierte die Bestellung auf ihrem Block und tänzelte leichtfüßig davon.

»Von wegen Studenten, Alfred«, sagte Hufeland. »*Die* hier solltest du auf jeden Fall verarbeiten. Spätestens in deinem nächsten Krimi.«

Köttering winkte ärgerlich ab und widmete sich einem weiteren Kritikpunkt seiner Frau. Sie fand es albern – »albern, wörtliches Zitat!« –, dass er aus der Münsteraner Überwasser- eine Unterwasserkirche gemacht hatte. Dabei sei das nur aus weiser Voraussicht geschehen, da er in seinem Krimi einem katholischen Priester eine Missbrauchsaffäre angedichtet habe. Mit der Namensänderung habe er sicherstellen wollen, dass sich nicht zufällig ein *echter* Priester der Kirchengemeinde gemeint fühle. »Alles schon vorgekommen. Du ahnst nicht, was es für dumme Zufälle geben kann.«

Doch, Hufeland ahnte es, seitdem der kleine Kuczmanik ihm immer mal wieder von bestimmten ganz ungewöhnlichen Zufällen erzählte, über die er und seine Freundin Melanie quasi Buch führten.

Aber Hufeland hörte ›Knöttering‹ jetzt nur noch mit einem Ohr zu, so wie er es gewöhnlich auch bei Kevins Zufallsgeschichten tat. Während er den Blick über die metallisch blau blinkende Oberfläche des Aasees schweifen ließ, ging ihm Mensing durch den Kopf, der Arzt, der seine gynäkologische Praxis hier ganz in der Nähe betrieben hatte.

Es waren vermutlich schwarze Schafe wie Mensing, überlegte er, die die künstliche Befruchtung insgesamt, auch die ganz legalen Methoden, in Verruf brachten. Und den Moralpredigern, die derzeit aus ganz ungewohnten Ecken dagegen hetzten, ihre Argumente lieferten.

Kürzlich hatte er von einer bibelbesessenen Literatin gelesen, wie hieß sie gleich …? Einer kinderlosen katholischen Hasspredigerin, der jedes ›im Reagenzglas erzeugte Kind‹ wie Frankensteins Monster vorkam. In einer seltsam verschwurbelten Sprache, einer bleiernen Mischung aus Soldatenprosa und Bibelexegese, schoss sie verbal auf alles, was nicht durch ›normalen GV‹, oder was sie dafür hielt, entstanden war.

Nein, künstliche Befruchtung erschien ihm, der niemals den Wunsch gehabt hatte, Kinder zu haben, keineswegs als Teufelszeug. Auch nicht die Eizellenspende. Sie hatte jedoch unter anderem den Nachteil, hierzulande illegal zu sein. Was Mensing erst sein Geschäftsmodell ermöglicht hatte. Wittekinds und Große-Aschhoffs hatten bloß den ganz normalen Wunsch gehabt, Eltern zu werden. Und waren dabei buchstäblich an die Falschen geraten.

Die entscheidende Frage war nun: Wären sie auch so weit gegangen, die Frau zu *töten*, die drohte, ihnen die Kinder wegzunehmen? Deren Existenz sie ja erst ermöglicht hatte!

Kötterings zweites Stück Kuchen und der neue Kaffee kamen. Die junge Kellnerin stellte beides vorsichtig auf dem Tisch ab. »Der Kuchen, direkt aus dem Schwarzwald. Und der Kaffee, vor zwei Minuten frisch aus Brasilien eingetroffen«, flötete sie.

Köttering versuchte den Kaffee. »Uäh. Der ist wohl eher aus dem Aasee. Bestenfalls lauwarm, die Plörre.«

Die Kellnerin klemmte sich das kleine ovale Tablett unter die Achsel und sah belustigt auf ihn herab. »Schon probiert?«

»Na gerade eben doch.«

Sie schüttelte leicht den Kopf. »Den Aasee, meine ich.«

Köttering stierte sie verstört an. Darauf fiel selbst ihm kein Spruch mehr ein.

54

Am Montagmorgen, kurz nach acht, lieferte Dieter Uhl seinen Sohn Kevin persönlich in der Friesenstraße ab. Einen zarten Jungen mit bartlosem Gesicht, der in der Tat für sechzehn, siebzehn gelten konnte, wenn man es nicht besser wusste.

Gleich mitgeliefert wurde der Anwalt der Familie.

»Herr Uhl will sich stellen. Aber nur, um alle Verdächtigungen gegen ihn auf der Stelle auszuräumen.«

»Na, dann folgen Sie mir mal ins Vernehmungszimmer«, sagte Hufeland. »Sie nicht, Herr Uhl. Sie warten fein hier draußen auf Ihren Sohn«, hinderte er Dieter Uhl daran, den Raum ebenfalls zu betreten. Es reichte, wenn der Anwalt seinem Sohn die Pfote hielt.

Und der legte sich auch gleich ins Zeug.

»Herr Uhl bedauert den Zusammenprall mit dem Polizisten vor seinem Haus in Oldenbrink. Legt aber Wert darauf, dass es ein Unfall ohne sein Verschulden war.«

»Was heißt *Unfall*!«, empörte sich Kevin Kuczmanik. »Das war *Absicht*.«

»Nein, war es nicht«, sagte Kevin Uhl leise und schaute mit Dackelblick zu seinem Vornamensvetter Kuczmanik hinüber. »Ich wusste nicht, dass du, ich meine, dass Sie –«

»Später«, unterbrach ihn Hufeland, der blueboy im Vernehmungszimmer frontal gegenübersaß. »Mich interessiert momentan nur der vergangene Donnerstag, Herr Uhl. Donnerstagabend, wo waren Sie da?«

»Na, bei meinen Eltern. Den ganzen Abend.«

»Bei Ihren Eltern, so. Wie praktisch«, sagte Hufeland. »Sie waren aber nicht zufällig in Vennebeck, in Jenny Stratmanns Wohnung, nein? So zwischendurch? Zusammen mit Ihrem Vater?«

»Nein! Wie kommen Sie darauf?«

Der Anwalt an seiner Seite beugte sich leicht zu ihm herüber. »Ich rate Ihnen, hierzu keine weiteren Angaben zu machen, Herr Uhl.«

Hufeland ignorierte den Aufpasser und sprach den jungen Mann weiter direkt an. »Spielen Sie hier nicht den Ahnungslosen, Herr Uhl. Sie kannten Jenny Stratmann. Das wissen wir von Ihrem Vater. Sie haben sich mit ihr getroffen. Nachdem Sie sich zuvor beim Chatten als Jugendlicher ausgegeben hatten. Wie schon anderen Mädchen gegenüber, die wirklich erst zwölf oder dreizehn waren.«

»Aber die Stratmann hat doch das Gleiche getan!«

Der Anwalt stöhnte genervt auf. »Herr Uhl«, sagte er eindringlich. »Sie schweigen jetzt besser.« Er sah Hufeland an. »Mein Mandant hat Ihre Frage falsch verstanden. Er widerruft seine letzte Einlassung.«

Hufeland seufzte. Und beendete die Vernehmung. Sinnlos, weiterzumachen.

»Sie können gehen, Herr Uhl. Die Vernehmung ist für heute beendet. Sie hören von uns.«

Blueboy konnte es kaum fassen, sekundenlang verharrte er auf seinem Stuhl, die zarten Hände wie Krallen um die Lehne geschlungen, dass die Knöchel schon ganz weiß waren.

Hufeland verließ den Raum, gefolgt von Kevin Kuczmanik, und wandte sich im Flur an den heftig schwitzenden Vater. »Nehmen Sie ihn mit, Ihren Filius. Am besten huckepack. Schätze, er braucht das jetzt.«

Dann ging er hinüber in sein Büro und angelte sich das Jackett von der Stuhllehne.

»Wir fahren, Kevin.«

»Wohin?«, wunderte der sich.

»Nach Vennebeck. Zu Stratmanns Wohnung. Ich will wissen, ob wir da was übersehen haben.«

55

»Das Geld, Kevin«, sagte Hufeland, als sie bereits in seinem Touran saßen und durch die Innenstadt Richtung Westen fuhren. »Das Geld geht mir nicht mehr aus dem Kopf. Eine ganz hübsche Summe am Mordabend. Wenn Wigger in diesem einen Punkt nicht gelogen hat, dass er Jenny Stratmann an dem Abend nicht mehr angetroffen hat, dass die Wohnung verschlossen war, dann müsste es noch dort sein.«

»Aber ihre Wohnung wurde durchsucht«, entgegnete Kevin Kuczmanik überrascht. »Von *uns*, Herr Hufeland. Und dann auch noch von den Technikern.«

»Aber doch nur daraufhin, ob sich Anzeichen von Gewalt und eventuell andere Spuren finden ließen. Wurde nach Geldverstecken geschaut? Nach Hohlräumen, losen Verkleidungen, hinter den Schränken, unterm Teppich und so weiter?«

»Okay«, sagte Kevin Kuczmanik gedehnt. Er verstand noch nicht ganz, worauf Hufeland eigentlich hinaus wollte.

»Natürlich könnte Wigger sie wegen des Geldes umgebracht haben. Aber was, wenn es immer noch *da* wäre. Irgendwo intelligent versteckt, wie gesagt. Verstehst du?«

»Sie meinen, in dem Fall würde Wigger als Tatverdächtiger ausscheiden? Und die Vennebecker wären definitiv unsere Hauptverdächtigen. Die Eltern?«

»Ja. Nur die Eltern.« Hufeland legte den Kopf ein wenig schief, so als würde ihn sein Hemdkragen kratzen. »Dass Uhl senior für seinen berufsjugendlichen Sohn einen Mord begeht, womöglich zusammen mit dem Milchbubi, und dann die Leiche auch noch an seiner eigenen Mülldeponie ablegt«, er schüttelte den Kopf, »ich glaub es einfach nicht.« Die kurze Begegnung mit den Uhls vorhin im Präsidium hatte ihn endgültig von dem Verdacht gegen sie abgebracht. Ihr Motiv war letztlich zu schwach, und Dieter Uhls Psyche trotz der verständlichen Besorgnis um seinen Sohn zu stark für eine solche Totalentgleisung. Nein, der Schlüssel lag woanders.

Hufeland parkte den Touran auf dem Schotterplatz des alten Zollhauses und half Kevin, der sich inzwischen fast permanent an seinem Gipsarm kratzte, aus dem Wagen.

Sie betraten den dunklen kühlen Flur und klingelten an der Hausmeisterwohnung. Diesmal öffnete ihnen nicht der Hausherr, sondern eine Frau, die etwa zehn Jahre älter sein mochte als Hecking. Sie war klein, aber keineswegs zierlich, ihre sehr breiten birnenförmigen Hüften steckten in einer alten kakaobraunen Hose, ihre spröden Haare waren vom gleichen Ton, nur die Haaransätze waren grau wie Asche.

Sie schaute staunend zu Hufeland, der unmittelbar vor ihr stand, auf. »Ja bitte?«

»Frau Hecking? Guten Tag«, sagte Hufeland. »Wir sind von der Polizei. Wir –«

»Aber das ist doch die Kripo, Gertrud!« Robert Hecking kam im Flur mit großen Schritten, die weit weniger schwerfällig wirkten als noch vor ein paar Tagen, auf sie zu. »Gibt's noch was, Herr Kommissar? Das Kaninchen war übrigens gut.« Er grinste über das breite, teigige Gesicht. »War lecker.«

»Was für ein Kaninchen?«, fuhr Hufeland ihn an.

Kevin Kuczmanik trat einen Schritt vor und klemmte sich an die Seite seines Chefs. »Er meint das weiße Kaninchen aus der Wohnung von Jenny Stratmann.«

»Kleiner Scherz«, sagte Hecking beschwichtigend, rieb sich aber genüsslich die umfangreiche Wampe.

Hufeland kniff die Brauen zusammen. Ging nicht darauf ein. »Wir hätten gern noch mal den Schlüssel zu Jenny Stratmanns Wohnung.«

Gertrud Hecking, die direkt neben dem Schlüsselbrett stand, brauchte sich nur halb umzudrehen, um ihn von einem der Haken zu angeln, und reichte ihn Hufeland.

»Aber Wiedersehn macht Freude!«, schickte ihnen Robert Hecking noch mahnend hinterher, als seine Frau die Tür bereits halb geschlossen hatte.

Hufeland verdrehte genervt die Augen, und sie stiegen die Treppe hinauf.

Plötzlich, auf halber Strecke, blieb Kevin Kuczmanik stehen und wurde kalkweiß im Gesicht.

»Was ist los, Kevin? Ist dir schlecht? Der Kopf?«, fragte Hufeland besorgt.

Kevin klatschte sich die gesunde Hand vor die Stirn. »Jetzt weiß ich wieder, was mir schon beim ersten Mal seltsam vorgekommen ist. Nur ganz kurz, dann war es wieder weg, und ich hab's vergessen. Leider.«

Hufeland zog sein Handy aus dem Jackett. »Weißt du was, Kevin, ich rufe jetzt sofort den Notarzt.« Die Gehirnerschütterung war offenbar doch schlimmer, als gedacht. Wie konnte ich nur so rücksichtslos sein und den Jungen drängen, heute schon wieder zu arbeiten, schalt er sich.

Aber Kevin winkte hektisch mit seiner freien Hand ab. »Nein, nein, Herr Hufeland, mir geht's gut. Ehrlich. Ich wollte nur … mir ist da was aufgefallen. Vorhin. Wie schon beim ersten Mal, als wir«, er senkte die Stimme, »als wir bei Heckings unten waren.«

»Bei Heckings?«, flüsterte Hufeland jetzt ebenfalls.

»Ja. Wissen Sie, das Schlüsselbrett.«

»Was ist damit?«

»Es hängen zwei Schlüssel an dem Haken für Jenny Stratmanns Wohnung. Wie auch bei einigen anderen Wohnungen, vermutlich denen, die leer stehen. Ich hatte es irgendwie registriert, schon beim ersten Mal, als wir da waren, aber mehr nur unterbewusst, keine Ahnung.«

»Zwei Schlüssel?« Hufeland verstand noch immer nicht.

»Ja. Das ist doch merkwürdig. Es hängen entweder ein oder zwei Schlüssel pro Wohnung an den Haken. Der Ersatzschlüssel für den Hausmeister, für Notfälle und was weiß ich, hängt immer am Haken. Aber nur für manche

Wohnungen, logischerweise solche, die zurzeit leer stehen, hängen jeweils zwei Schlüssel übereinander, haben Sie das gesehen?«

Nein, Hufeland hatte nicht mal hingeschaut.

»Weil die Mieter ihre Schlüssel beim Auszug zurückgegeben haben!«

Hufeland begriff plötzlich. »Was Jenny Stratmann mit Sicherheit nicht getan hat. Jedenfalls nicht freiwillig.« Er musterte den kleinen Kuczmanik sehr aufmerksam. »Entweder, du bist wirklich noch krank, Kevin«, sagte er, »oder ein Genie.«

Sie machten auf dem Absatz kehrt und klingelten ein weiteres Mal an Heckings Wohnungstür.

56

In der Tür stand wie zuvor die Frau des Hausmeisters. Sie hatte jetzt einen leichten beigefarbenen Sommermantel angezogen, und ihre Faust umschloss eine cremefarbene Handtasche; sie befand sich offenbar im Gehen.

»Sind Sie schon fertig, oben in der Wohnung?«, wunderte sie sich.

Hufeland sah über sie hinweg und warf einen Blick auf das Schlüsselbrett und den Haken für Stratmanns Wohnung, darunter ein Aufkleber, winzig, aber noch deutlich zu lesen: 1. St. re. Es hing tatsächlich noch ein Ersatzschlüssel daran. Den zweiten wog er in seiner Hand.

»Wie viele Schlüssel, Frau Hecking, haben Sie eigentlich von jeder Wohnung?«, fragte Hufeland.

»Immer nur zwei. Einer für uns, der andere für die Mieter. Weitere Nachschlüssel nur mit Genehmigung der Hausverwaltung. Aber die hat schon lange keiner mehr gewollt. – Wieso? Ist was nicht in Ordnung?« Sie fragte ganz arglos, reagierte durchaus normal.

Dann drehte sie sich langsam um und warf wie Hufeland einen Blick auf den Schlüsselhaken für die Wohnung im ersten Stock rechts.

Jenny Stratmanns Wohnung.

Als sie ihnen ihr Gesicht wieder zuwandte, hatte es sich vollkommen verändert. Es schien geradezu auseinanderzufallen, verzerrte sich, zuckte. Sie senkte plötzlich den Kopf und kippte vornüber, Hufeland direkt in die Arme.

Er fing sie auf. Im selben Moment bog auch Hecking hinten im Flur um die Ecke. Er wieselte heran, kein Gedanke mehr an seine vermeintliche Gehbehinderung, und rief erschrocken: »Gertud! Was ist denn? Gertrud!« Dann blitzte er Hufeland mit wütenden Augen an. »Was haben Sie mit ihr gemacht?«

»Seien Sie still und helfen Sie mir, sie auf einen Stuhl zu setzen, Mann!«, stopfte Hufeland ihm den Mund.

Hecking gehorchte, griff seiner Frau von der anderen Seite unter die Arme, und gemeinsam mit Hufeland brachten sie sie in ein kleines dunkles Wohnzimmer, in dem vermutlich das ganze Jahr das Licht brannte.

Sie lagerten sie auf einem alten durchgelegenen Sofa. Hufeland legte ihr die Beine auf die Lehne, schob ein abgewetztes Kissen darunter und wies Kevin Kuczmanik an, den Notarzt zu rufen.

»Was ist denn passiert, verdammt noch mal?«, fuhr

Hecking ihn an. Seine Wut auf Hufeland war offenbar größer als die Angst um seine Frau.

Hufeland schwieg, wartete, bis Heckings Frau sich fürs Erste leicht zu erholen schien, ihr Gesicht wieder etwas Farbe bekam und sie sich sogar ein wenig aufrichten konnte. Er schob ihr ein weiteres Kissen unter den Kopf, während Kevin Kuczmanik dem Notarzt die Adresse durchgab.

Hecking schien sich zu beruhigen, sah aber immer noch mehr verärgert aus als besorgt um seine Frau. »Notarzt, das ist sicher nicht mehr nötig. Am besten wär's, Sie würden jetzt gehen. Sie sehen ja, meine Frau braucht bloß Ruhe.«

Hufeland machte einen Schritt auf ihn zu, sodass er jetzt ganz dicht vor ihm stand. »Woher, Hecking«, raunte er ihm bedrohlich zu, »stammt der zweite Schlüssel an dem Haken für Jenny Stratmanns Wohnung?«

Hecking wurde mit einem Mal totenbleich. Er schien wirklich erst jetzt, in diesem Moment, zu begreifen, welchen kolossalen Fehler sie gemacht hatten. Und zwar von Anfang an.

Hufeland wiederholte seine Frage. »Wir können natürlich auch direkt den Eigentümer fragen, ob Sie wenige Stunden nach Stratmanns Ermordung, das heißt, noch bevor *wir* bei Ihnen waren, einen Nachschlüssel bekommen haben. Aber es wäre besser für Sie, für das Strafmaß später, verstehen Sie, wenn Sie mir die Wahrheit sagen würden. Jetzt gleich.«

Hecking zitterte plötzlich. »Das ist …«, begann er zu stammeln. »Wir haben … haben für manche Wohnungen auch mehrere Schlüssel im Haus. Nicht nur zwei.«

»Ihre Frau hat vorhin was anderes gesagt, Hecking. Wollen sie mir weismachen, Sie lassen auf eigene Rechnung Nachschlüssel machen? Nur so zum Spaß?«

Hecking schwieg, ihm brach der Schweiß aus, ein beißender Geruch ging plötzlich von ihm aus.

»Hören Sie zu, Hecking«, fuhr Hufeland in dem warnenden Tonfall fort. »Wir werden Ihre Wohnung kriminaltechnisch untersuchen lassen.« Er war sich mit einem Mal ganz sicher, dass der Mord sich nur hier, in der Wohnung des Hausmeisterehepaars, ereignet haben konnte. Der Venneberg war der Leichenfundort, aber nicht der Tatort gewesen. Ebenso wenig Jenny Stratmanns Wohnung, in der jede Spur von Gewalt fehlte.

»Ich gebe es Ihnen schriftlich«, machte er im gleichen Stil weiter, »wenn sich hier auch nur ein winziger Hinweis auf den Mord an Jenny Stratmann findet, sind Sie geliefert. Lebenslänglich. Für Sie und Ihre Frau. Ohne Möglichkeit, auf Totschlag zu plädieren, wenn Sie jetzt nicht kooperieren. Wollen Sie das?«

Er wusste, dass Hecking und seine Frau nicht das Stehvermögen hatten, den Mord zu leugnen, wenn sie sie erst richtig in die Zange nahmen.

Doch Hecking war zäh. »Ich weiß gar nicht, wovon Sie reden, Herr Kommissar. Sie kommen hierher, behaupten Dinge, also –«

»Gib's Ihnen, Robert.« Gertrud Hecking schüttelte leicht den Kopf, als sie ihren Mann jetzt vom Sofa aus leise ansprach.

»Tu ich doch!«, versicherte er ihr hektisch. »Mach ich doch. Ich sag ja –«

»Nein, Robert«, sagte sie müde und traurig. »Gib ihnen das Geld. Alles. Unrecht Gut tut nicht gut, ich hab's dir gleich gesagt.«

57

Urplötzlich ließ er den Kopf hängen. Als hätte ihn das Henkersbeil gerade in diesem Moment halb abgeschlagen. Er sagte, den stieren Blick auf den Boden gerichtet: »Wir … ich wollte sie nicht umbringen. Nur das Geld. Das sie immer von ihren Kerlen kriegte. Wofür auch immer. Sogar den Uhl hab ich einmal im Haus angetroffen. Dem der Venneberg gehört. Und andere.«

»In der Vitrine«, sagte seine Frau und wies schwach mit dem Finger auf das dunkel gebeizte Möbelstück an der Wand gegenüber, das gewiss alt, aber ohne großen materiellen Wert war. Wie alles in der Wohnung. »Im Fach unten«, ergänzte sie schwach. »In der Zuckerdose.«

Kevin ging hinüber, öffnete das Fach und fingerte aus einer ganz hübsch verzierten Porzellandose ein Bündel Scheine heraus. Er warf einen Blick darauf und sagte: »Mindestens zehntausend. Anscheinend hat sie schon früher was von ihren Einnahmen zur Seite gelegt. Damit Wigger es nicht finden sollte.«

Hufeland sah Hecking auffordernd an. »Wie ist es passiert?«

»Erzähl's Ihnen, Robert. Jetzt sofort«, bat seine Frau. Ihre blassen Lippen bebten vor Schwäche und Angst. »Damit es endlich vorbei ist.« Sie ließ den Kopf erschöpft auf das Kissen zurückfallen.

Hecking wandte sich ab, ging zwei Schritte bis zu dem wuchtigen ovalen Wohnzimmertisch und ließ sich, nun ebenfalls vollkommen ermattet, auf einen Stuhl sinken.

»Es war schon den ganzen Tag über Tamtam dort oben in ihrer Wohnung gewesen«, begann er schleppend. »Ihr komischer Freund war mal da, dann wieder weg, später auch andere Männer. Wie im Taubenschlag. Außerdem ließ sie Musik laufen. Laut wie aufm Rummel. Sie ließ sie auch laufen, wenn sie ging. Nur um uns zu ärgern, die Nachbarn hier im Haus, aber besonders uns, mich, als Hausmeister. Am Abend sah ich sie dann aus dem Haus gehen. In Jogginghose, diesen engen Dingern.«

»Sie joggte?«, wunderte sich Hufeland.

»Nein, das nicht. Das waren so ihre Ausgehklamotten, wenn sie abends wegging. Ich wusste, sie kam dann erst spät nachts zurück. Oder erst am nächsten Tag. Keine Ahnung, wo sie sich rumtrieb, war mir auch egal. Jedenfalls sage ich zu Gertrud, weißt du was, ich geh mal rauf zu ihr. War einfach neugierig, was die da oben so trieb. Wir hatten ja den Schlüssel.« Er setzte eine enttäuschte Miene auf. »Eigentlich gab's nicht viel zu sehen. Aber das Kaninchen in dem Karton, das war dann doch eine Überraschung. Hatte natürlich keine Ahnung davon. Kontrolliere ja nicht anderer Leute Müll. Und wie ich bisschen genervt gegen die Pappe, also den Karton trete, um nachzusehen, ob der Mist, die Pisse von dem Vieh nicht vielleicht schon den Fußboden ruiniert hat, sehe ich auf einmal so einen braunen Umschlag darunter vorlugen. Eigentlich zuerst nur eine Ecke davon. Ich denke, was soll das jetzt, was macht so ein dicker Umschlag, DIN A5-Format, gepolstert, ja, was macht der unter dem ollen Karton für das Kaninchen? Reine Neugier, dass ich den Umschlag ganz rausziehe.«

Hufeland deutete mit dem Kinn auf das Bündel, das Kevin Kuczmanik auf dem Tisch abgelegt hatte.

»Ja, jede Menge große Scheine drin, paar kleinere dazwischen.« Er schüttelte leicht den Kopf. »Da hat das Kaninchen quasi auf dem Geld gehockt. Geniales Versteck. Wahrscheinlich sollte es ihr Freund, dieser Lude, mit dem sie sich oft gestritten hat, nicht finden.«

»Oder Sie!«, konnte Kevin Kuczmanik sich nicht zurückhalten.

»Sie nahmen also das Geld«, sagte Hufeland, der sich auf den Stuhl Hecking gegenübergesetzt hatte. »Und was dann?«

»Ich ging in unsere Wohnung zurück, hängte den Schlüssel an den Haken und fertig. Ich hatte das Geld mitgenommen, *ja*. Aber es war doch sowieso nicht ehrlich verdient. Es stand mir vielleicht nicht zu. Aber der Stratmann doch genauso wenig. Oder?« Er warf einen Hilfe suchenden Blick hinüber zu seiner Frau. Die aber lag mit grauem Gesicht wie gelähmt auf dem Sofa, eine Hand wie festgewachsen auf der Stirn. »Erzähl alles, Robert«, presste sie mühsam durch die beinahe ganz geschlossenen Lippen.

Er nickte, ohne den Rest eines Widerstands. »Als ich Gertrud das Geld zeigte, meinte sie, es wäre Unrecht und es würde uns nur Unglück bringen. Aber da klingelte es auf einmal an der Tür.« Er hielt auch jetzt einen Moment inne, als würde er den Schrecken noch einmal nachempfinden. »Es war die Stratmann. Sie war nur losgefahren, mit ihrem ollen Holländerrad, um sich Zigaretten zu holen, wie sich dann rausstellte, drüben an der Tankstelle, wo früher die Grenze war. Sie wusste sofort, dass ich in ihrer Wohnung war. Der Karton von ihrem Murkel, dem Kaninchen, hätte vorher anders dagestanden, meinte sie. Außerdem hätte sie mich *gerochen*. Behauptete doch glatt, meinen ›Stinktiergeruch‹, so hat sie es gesagt, würde sie selbst unter Tausenden Schweinen wieder erkennen. Das Aas.«

Der säuerlich stechende Geruch wie von vergorener Milch, der auch jetzt von Hecking ausging, gab Jenny Stratmann im Nachhinein durchaus recht, dachte Hufeland.

»Sie hat Sie also gleich in Verdacht gehabt? Sie beschuldigt?«

»Ja. Nur wir als Hausmeister hatten außer ihr selbst noch einen Schlüssel für die Wohnung. Aber ich dachte, was soll's. Die Polizei wird sie mit Sicherheit nicht alarmieren, dann müsste sie am Ende noch erklären, woher das Geld eigentlich stammt. Ordentlich gemeldet war das mit Sicherheit nicht, was sie so alles getrieben hat. – Aber sie! Stieß gleich wie eine Furie die Wohnungstür auf, als ich sie auch nur einen Spaltbreit geöffnet hatte. Stürmte ins Wohnzimmer, brüllte herum, wir wären Diebe, wo das Geld wäre und …«

Er stockte, schaute wieder zu seiner Frau hinüber, doch die rührte sich nicht, lag wie versteinert auf dem Sofa.

»Ja? Was dann?«, mahnte ihn Hufeland, fortzufahren.

Hecking wandte sich ihm wieder zu. Sein Gesicht nahm einen aus tiefster Seele empörten Ausdruck an. »Auf einmal ging sie auf Gertrud los. Weil sie wohl dachte, bei ihr hätte sie's leichter.«

»Das ist jetzt wichtig, Hecking: Sie griff Ihre Frau körperlich an?«, hakte Hufeland nach. Der wusste, dass sich aus diesem Detail, später, vor Gericht, bei geschickter Verteidigung, eventuell mildernde Umstände herausarbeiten ließen.

»Ja! Sie ging mit Fäusten auf Gertrud los. Das … das hat mich plötzlich so in Wut gebracht, dass ich … dass ich … ihr eins über den Kopf gezogen habe.«

»Womit?«, wollte Hufeland wissen. »Wie genau haben Sie Jenny Stratmann erschlagen?«

Hecking deutete mit dem Kinn auf eine hölzerne Marienfigur, die auf einem schmalen Sideboard stand. Sie war etwa ellenlang und aus Eiche geschnitzt. Hartes tödliches Holz in diesem Fall.

»Was denn?«, rief Kevin Kuczmanik aus. »Sie haben sie mit dieser Marienfigur erschlagen und …« Er wies entgeistert mit dem Finger auf das Corpus Delicti. »Und anschließend haben Sie die Figur wieder an ihren Platz gestellt? Als wenn nichts gewesen wäre?«

»Sie wollten es ungeschehen machen, richtig?«, sagte Hufeland. »Nichts passiert, wenn alles wieder seinen Platz hatte wie immer. Die Leiche im Dunkeln ins Auto geschleppt und auf den Müllberg geworfen. Wo sie Ihrer Meinung nach sicher auch hingehörte. Dann die Figur gereinigt und an ihren Platz, alles in Ordnung, wenn *alles andere* seine verdammte Ordnung hatte.«

Hecking schwieg.

»Ging es auch darum, Uhl zu belasten? Den Sie ja flüchtig kannten und sogar hier im Haus schon gesehen hatten, als er Stratmann besuchte?«

Hecking schwieg weiter. Der nächste Treffer.

»Und den Schlüssel von Jenny Stratmann?«, fragte Kevin Kuczmanik. »Wie sind Sie an den gekommen? Haben Sie ihre Leiche durchsucht, bevor Sie sie auf der Deponie entsorgt haben?«

Hecking atmete jetzt schneller, sein Gesicht verfärbte sich von Grau zu Rot zu Violett. »Sie hatte den Schlüssel anscheinend noch in der Hand, als sie auf Gertrud losging. Ich fand ihn später auf dem Fußboden, nachdem ich sie auf den Venneberg … Ich hab ihn dann wohl … ohne nachzudenken …« Er schüttelte fassungslos den Kopf über diesen unverzeihlich dummen Fehler, den er gemacht hatte.

»Sie hängten den Schlüssel an den Haken, *an den er nun mal gehörte*«, führte Hufeland für ihn den Satz unerbittlich zu Ende. »Ganz mechanisch, vollkommen unbewusst taten Sie das. Weil Sie nun mal ein Mensch sind, der die Ordnung liebt. Nicht wahr, Hecking? Und erst jetzt, in diesem Moment, geht Ihnen auf, dass es genau diese gedankenlose, ordnungsliebende Routine war, die Ihnen am Ende das Genick brechen wird.«

Hufeland hatte natürlich nur bildlich gesprochen, Hecking zuckte trotzdem mächtig zusammen.

Es blieb ihm nun nichts mehr zu sagen.

»Ruf die Kollegen an, Kevin«, sagte Hufeland. »Sollen uns den Wagen schicken für den Herrn hier.«

Kurz darauf hörten sie die Sirene des Notarztwagens. Der, wie Kevin Kuczmanik schien, ganz schön lange gebraucht hatte. Hier draußen auf dem Lande. So nah an der Grenze. Zur Zivilisation.

58

In Vennebeck geht das Leben weiter. Allerdings ohne Robert und Gertrud Hecking.

Er sitzt seine zwölfeinhalb Jahre ab, für den Totschlag an Jenny Stratmann, in Tateinheit mit Einbruchsdiebstahl.

Sie erlitt einen Tag nach seiner Verhaftung, noch in der Bahnhausener Klinik, in die man sie zur Notfallversorgung gebracht hatte, einen Schlaganfall, von dem sie sich nicht mehr erholt hat. Sie dämmert seitdem in einem Dinkeler Pflegeheim vor sich hin, spricht in einer Sprache, die niemand versteht.

In Vennebeck waren anfangs alle überrascht. Den Heckings hätte keiner einen Mord, aus welchen Gründen auch immer, zugetraut. Bald aber meldeten sich die Ersten, die dennoch »so etwas geahnt« haben wollten, und am Ende hatten es die meisten »innerlich gespürt« und irgendwie »vorausgesehen«, dass mit dem Hausmeisterpaar etwas nicht stimmte.

Es war Pater Paulus, der in einer spontanen Ansprache, die bereits als ›Vennebergpredigt‹ in die Annalen eingegangen ist, indirekt um Milde im Urteil über die Heckings warb. Eines Tages erschien er wie immer werktags beim Bäcker und hielt aus dem Stegreif eine Rede. »Es war Sünde. Vor Gott und vor den Menschen«, brabbelte er, kaum, dass er den Laden betreten hatte. »Aber sie taten es aus Armut, nicht aus Hochmut. Armut, die ihnen die Würde genommen hatte. Die Würde und das Maß für das, was wichtig ist im Leben!«

»Und was wäre das, was wichtig ist, Pater Paulus?«, fragte ihn verschmitzt die junge Verkäuferin. »Rumkugeln?«

»Nein, Kind.« Er sah sie entrüstet an. »Die Liebe doch. Dass du das nicht weißt.«

Dabei wusste sie es. Sie musste an Johannes denken, den Juniorchef. Der das alles hier mal erben würde, den ganzen Laden, die Bäckerei mit allem Drum und Dran inklusive Rumkugeln. Ihn liebte sie so sehr, dass sie täglich Bauchkrämpfe davon bekam. Die jedoch eher daher rührten, dass er sie links liegen ließ und sie offenbar so attraktiv fand wie die Brötchen von gestern.

Wittekinds und Große-Aschhoffs interessierte das Geschwätz der Leute nicht. Schon gar nicht das der anderen Nachbarn, die sich ja immer das Maul zerrissen, sobald sie ihnen den Rücken zukehrten. Hauptsache, sie behielten ihre Kleinen, Paulus und Melis. Und Eizelle hin oder her, niemand erstattete Anzeige gegen sie, Hufeland war der Letzte, der sich dazu veranlasst sah, aber auch sonst ergriff keine Behörde die Initiative, um nach Jenny Stratmanns Tod die Elternfrage zu stellen. Ohnehin wäre am Ende alles beim Alten geblieben. Kindeswohl heißt das Zauberwort beim Familiengericht.

Erleichtert wurde dieses stillschweigende Arrangement mit den bestehenden Familienverhältnissen selbstverständlich durch die kriminaltechnischen Untersuchungsergebnisse zu Doktor Jürgen Mensings Verkehrstod. Wie Hufeland schon vermutet hatte, war keine Manipulation des Fahrzeugs festzustellen. Dafür hohe Konzentrationen von bewusstseinsverändernden Medikamenten (vor allem Barbiturate und Opiate) im Zusammenspiel mit Alkoholkonsum (1,8 Promille). Die nervliche Zerrüttung durch Wiggers und Stratmanns Erpressungen, die Aufregung am Samstagmorgen bei seinen Vennebecker Patienten, den Eltern Wittekind und Große-Aschhoff, überhöhte Geschwindigkeit, das Unterschätzen der ungewöhnlich lang gezogenen Kurve am Ortsausgang von Vennebeck, Kontrollverlust über das Fahrzeug – alles das kam zusammen beim finalen Crash.

Stefan Wigger – aber man kennt diese Geschichten. Nötigung, Erpressung, Kindesentführung im Fall Stratmann. Zudem die kleinen Brüche, die noch zusätzlich auf sein Konto gingen. Die ihm nachgewiesen wurden, nachdem man Reste der Hehlerware bei der Durchsuchung seiner Wohnung gefunden hatte. Wie sollte das auch anders enden als im Knast, oder? Mal wieder. Drehtürkarriere.

Kevin Uhl dagegen kam nicht einmal vor Gericht. Die unter falschen persönlichen Angaben erfolgte Kontaktanbahnung zu Minderjährigen via Internet war *als solches* zwar nicht eben rufördernd, aber auch noch nicht strafbar. Und zu weiteren eventuell strafbaren Handlungen war es nicht gekommen, oder sie waren ihm nicht nachzuweisen, weil sich keine Zeugen dafür fanden. Aus verständlichen Gründen, wenn man an das Risiko der Retraumatisierung der möglichen Opfer denkt.

Auch das Verfahren wegen des Verkehrsdelikts, bei dem Kevin Kuczmanik der Arm verletzt und das Gehirn erschüttert wurde, musste bereits im Vorfeld eingestellt werden. Keine Zeugen, Aussage gegen Aussage, in dubio …

Sofie ärgerte sich noch eine Weile über Svenja, die nun definitiv nicht mehr ihre beste Freundin war. Sondern nur noch mit Chantal abhing.

Aber dann kam die Zeit der Genugtuung. Ab dem Tag nämlich, als Sofie im Vennebecker Freibad allein auf ihrem viel zu großen Handtuch saß, und auf einmal dieser voll cool aussehende Junge auftauchte, allein, nur mit seinem Handtuch bewaffnet, das er neben ihres legte.

Er hatte eine Riesentüte mit Kuchen dabei. Sie sah verlangend zu ihm hinüber (aber nicht wegen des Kuchens), und auf einmal bot er ihr eine Rumkugel an.

»Haben wollen?«, fragte er.

Sie lachte.

Er nahm das als ein Ja und kam mit seiner Tüte zu ihr herüber, setzte sich nassforsch auf ihr Handtuch. »Wusstest du, dass Rumkugeln eigentlich eine Resteverwertung sind?«

Nein, wusste sie nicht.

»Der Kuchen vom Vortag, gefärbt mit Kakao, ertränkt in Rumaroma.«

»Schmeckt aber voll cool.«

Sie wusste natürlich, warum er sich so gut mit Kuchen auskannte. Er machte eine Bäckerlehre. War der Sohn vom Bäcker an der Vennebecker Hauptstraße, in der Nähe von Doktor Nönning, dem alten Hausarzt, der kürzlich gestorben war (gleich mehr dazu). Sie kannte auch den Namen des Jungen. Johannes.

Danach trafen sie sich noch oft im Freibad. Oder anderswo. Und jedes Mal hatte er Kuchen für sie dabei. Svenja lästerte in der Schule, sie wäre fett wie ein Otter geworden. Aber Sofie wusste, sie ärgerte sich nur, weil *sie* einen Freund hatte, einen *richtigen*. Svenja aber war bis heute leer ausgegangen, dabei hatte sie schon mit zwölf getönt, sie werde »hundertpro mit dreizehn eine feste Beziehung« haben. Und jetzt? Hatte sie bloß Chantal. Vielen Dank auch.

Doktor Nönning ist gestorben. Er, der so vielen Patienten in Vennebeck geholfen hatte, konnte sich selbst nicht heilen, kein Arzt der Welt konnte das. Blutkrebs. Ging ganz schnell. Im Herbst nach dem denkwürdigen Sommer, als Jenny Stratmann ermordet wurde, starb er. Seine private Statistik der deutlich überhöhten Fälle von Krebs und Unfruchtbarkeit infolge der Giftstoffe vom nahe gelegenen Venneberg und den etwas ferner gelegenen Atomanlagen in Bahnhausen und Dinkel nahm amtlicherseits niemand mehr zur Kenntnis. Der Doktor gehörte nun selbst zu diesen Fällen. Weitere Vennebecker würden ihm nachfolgen, aber wer sollte nun darüber noch Statistik führen?

»Ach, schade um ihn«, seufzte Hufeland traurig, als er von Nönnings Krebstod hörte.

»Quatsch, der Mann war einfach fällig!«, befand sein Bruder Bernd, mit dem er nach dem Gedenkgottesdienst für ihre Mutter noch zusammensaß. »Typisch Arzt.«

»Was soll typisch daran sein, wenn ein Arzt stirbt?« Hufeland starrte seinen Bruder befremdet an.

»Ungesunde Lebensweise, Stress, saufen, Drogen, Medikamente, die sie sich selbst tonnenweise verschreiben können. Ergebnis: Gevatter Tod sagt Hallo. Viele hängen sich auf, wusstest du das nicht? Unterm Speicher, in der Garage, im Wald. Weil sie zu viel arbeiten und gar nicht dazu kommen, ihre Yacht zu segeln, die sie nutzlos in Cuxhaven liegen haben.« Bernd schüttelte verständnislos den Kopf. »Ich hatte bisher drei Ärzte, mein Lieber. Jeder von denen hat mir prophezeit: Wenn Sie so weiter machen, Herr Hufeland, weiter zu viel trinken, zu viel arbeiten und zu viel bumsen – nee, war'n Witz jetzt! – also, wenn Sie so weitermachen, Herr Hufeland, werden Sie keine fünf Jahre mehr leben.«

»Und?«

»Ja, wie, und!« Er klatschte sich mit beiden Pranken gegen die breite Brust wie ein Gorilla. »Siehste doch, ich lebe. Aber die drei Ärzte? Alle tot inzwischen. Und dich überleb ich auch noch, Felix. Obwohl du kein Arzt bist!«

Er lachte dröhnend und klopfte Hufeland jovial auf die Schulter. »Komm, Bruderherz, darauf trinken wir noch einen!«

»Was denn, darauf, dass du mich überlebst? So weit kommt's noch.«

Er winkte den Kellner heran und sagte, indem er mit dem gekrümmten Daumen auf Bernd deutete: »*Er* zahlt. Alles.«

Zwei Monate, nachdem das Happy-Video (»We are from Kinderhaus. And we are happy!«) ins Netz gestellt worden war, erhielt Kevin Kuczmanik eines frühen Abends einen unerwarteten Anruf. Vom neuen Leiter des Lepramuseums in Kinderhaus.

»Herr Kuczmanik?«

»Ja?«

»Mönnich mein Name. Ich rufe an im Namen des gesamten Personals des Lepramuseums, hier in Kinderhaus.«

»Aha. Wieso denn?« Kevin begann nichts Gutes zu ahnen.

»Es heißt, *Sie* hätten die Idee gehabt, das Happy-Video vor unserem Lepramuseum zu drehen.«

»Na ja, nicht ich alleine!«

»Aber maßgeblich, das sagen alle in Kinderhaus.«

»So? Das, ähm, wusste ich gar nicht.«

»Ja. Jedenfalls: danke!«

»W-was?«

»Vielen Dank für diese Aktion, Herr Kuczmanik. Für Ihre Unterstützung unserer Arbeit. Also, dass wir nicht selbst darauf gekommen sind, so ein Video zu drehen. –

Wissen Sie, dass es inzwischen häufiger im Netz angeklickt wird als das Happy Münster-Video?«

»Ähm, nee. So genau hab ich das nicht verfolgt.«

»Doch, doch. Und unsere Besucherzahl im Lepramuseum, Herr Kuczmanik, hat sich inzwischen *ver-fünffacht*!«

»Wow. Cool.«

»Wir mussten – was heißt mussten: Wir *durften* neue Leute einstellen, volle drei Mann, das heißt eine Frau darunter. Ein ganzes Vierteldutzend neue Arbeitsplätze in Kinderhaus. Die wir *Ihnen* zu verdanken haben!«

»Na ja, finden Sie wirklich?«

»Und deswegen, Herr Kuczmanik, möchte ich Ihnen ein Angebot machen, das Sie nicht ausschlagen können, wie gesagt, im Namen des gesamten alten und neuen Personals: Sie bekommen von uns eine Jahreskarte fürs Lepramuseum!«

»*Cool*. Danke.«

»Und zwar, mit fünf Prozent Rabatt.«

»...«

»Die Karte liegt an der Kasse für Sie bereit, jederzeit. Na, ist das was?«

»Tja, also ...«

»Bis bald, Herr Kuczmanik. Und auch im Lepramuseum nicht vergessen: Just be *happyyyy*! Jede Krankheit kann irgendwann besiegt werden.«

Nur die Dummheit nicht, dachte Kevin Kuczmanik und legte auf.

Und Wagner? Hat eine Kollegin bekommen, Silvia Egbrink, er nennt sie seine Assistentin, obwohl sie den gleichen Rang hat wie er.

Als eine der ersten Maßnahmen hat POM Egbrink vorgeschlagen, bei der Gemeindeverwaltung drei eiserne Pfeiler zu beantragen. Und sie an jedem Ende sowie in der Mitte des Fußgängerwegs aufzustellen, der mitten im Ort von den Motorradrowdys noch immer unsicher gemacht wurde. Durch die rot-weiß markierten Eisenpoller sind die Zugänge jetzt so schmal geworden, dass man ein Moped nur dann noch hindurchbekommt, wenn man es vorher auseinandernimmt und dann wieder zusammenbaut.

So hat Polizeiobermeister Jochen Wagner eines seiner wichtigsten Aufgabenfelder in Vennebeck verloren. Dass er grundsätzlich ersetzbar war, schien ihm bislang theoretisch zwar möglich zu sein. Aber dass sein Einsatz nun von drei Vollpfosten überflüssig gemacht wurde, drückt seine Stimmung doch erheblich. Entsprechend vernichtend fällt sein Urteil über die neue Kollegin aus. »Wer braucht eine POM Egbrink in Vennebeck? Ich jedenfalls nicht.«

Mit dieser Einschätzung steht er sehr alleine in Vennebeck.

HERBERT BECKMANN
Hühnerhölle

978-3-8392-1415-2 (Paperback)
978-3-8392-4143-1 (pdf)
978-3-8392-4142-4 (epub)

»Eine Kriminalgeschichte, frisch vom Lande. Hintergründig. Abgründig. Hochaktuell!«

Wilhelm Kock, Besitzer einer Hühnerfarm mit zigtausenden Tieren, liegt erschlagen auf dem Grab seiner ersten Frau. Kommissar Hufeland und Kripo-Azubi Kuczmanik ermitteln in der kleinen westfälischen Gemeinde Vennebeck. Im Grunde hatten alle Dörfler ein Motiv für den Mord, denn ganz Vennebeck stöhnt seit Jahren wegen des Gestanks und der Umweltbelastungen durch die Farm. Jetzt, da Kock tot ist, hoffen alle auf ein Ende der »Hühnerhölle«. Doch die Apokalypse steht Vennebeck erst noch bevor …

Das Neueste aus der Gmeiner-Bibliothek

Unsere Lesermagazine

Bestellen Sie das kostenlose KrimiJournal in Ihrer Buchhandlung oder unter www.gmeiner-verlag.de

Informieren Sie sich ...

www ... auf unserer Homepage:
www.gmeiner-verlag.de

@ ... über unseren Newsletter:
Melden Sie sich für unseren Newsletter an unter www.gmeiner-verlag.de/newsletter

f ... werden Sie Fan auf Facebook:
www.facebook.com/gmeiner.verlag

Mitmachen und gewinnen!

Schicken Sie uns Ihre Meinung zu unseren Büchern per Mail an gewinnspiel@gmeiner-verlag.de und nehmen Sie automatisch an unserem Jahresgewinnspiel mit »mörderisch guten« Preisen teil!

GMEINER SPANNUNG

WWW.GMEINER-VERLAG.D
Wir machen's spannen